U0678354

外国文学
经典阅读丛书

美国文学经典

月亮谷

yueliangggu

[美] 杰克·伦敦 / 著

齐永法 / 龚晓明 / 译

百花洲文艺出版社
BAIHUAZHOU LITERATURE AND ART PRESS

前言

《月亮谷》在美国已绝版多年。它确实是部不可多得的优秀小说。它的再版真是读者之大幸。美国文学传统赞颂扎根于土地的生活方式，主张小说摒弃都市价值，坚持对“路”乐趣的正确评价。从沃尔特·惠特曼到杰克·克罗亚克，“路”一直是美国作家的热门话题。小说以北加利福尼亚为背景。当时的加利福尼亚人口尚不稠密，自然风貌幽美。小说对加利福尼亚的描写生动细腻，脍炙人口。

《月亮谷》是一部无产阶级小说，它叙述了工业无产阶级的观点，这是美国文学极少涉及的。

上世纪末的小说主要描绘上流社会生活。斯蒂芬·克莱恩，法兰克·诺恩斯以及其他许多作家对现实主义流派做出过重大贡献。然而使现实主义成为美国文学生机勃勃一部分的却是杰克·伦敦遒劲的叙事风格。他的作品笔力雄健浑厚，人物描写栩栩如生。《冒险记》一书的前言对其作品的意义说得非常透彻：

> 杰克·伦敦涉足文学领域时，世界仍处于维多利亚女王时代，道德和理想之风极盛。充斥市场的都是通俗作家写的供消遣的感伤作品，读者长期读不到真正具有文学价值的著作。对他们来说，杰克的原始现实主义和英雄争斗的小说有着强烈的感染力。他的小说如滚滚潮汐，涤荡到处泛滥的虚伪、浪漫式的理想

主义。他为十九世纪和二十世纪之间的豁口架起了桥梁，为崭新的现实主义流派点亮了通道。

《月亮谷》尤其有这样的感染力，它是杰克·伦敦呕心的力作，是他切身经历的再现。主人公撒克逊·布朗和比利·罗伯兹就是根据杰克和查米恩·伦敦两人塑造的。

《月亮谷》是一部加利福尼亚的早期冒险故事。故事取材于伦敦在奥克兰的青春岁月，以及他和卡尔米尔的波希米亚艺术家们相处的经历，一九一一年他乘马车去俄勒冈的旅行，他在萨克拉门托附近三角洲水乡和圣约昆因河上的历次奇遇以及他在圣弗兰西斯科北六十英里处的真正的月亮谷中经营的大牧场。所有这些经历都写进了比利和撒克逊的生活中。比利和撒克逊原住在奥克兰，过着工人阶级的贫困生活。他们进行了史诗般的旅行，长途跋涉，寻找机会，寻找成功，寻找大牧场的美梦。他们相信美梦只能存在于月亮的山谷中。

杰克·伦敦于一八八六年抵达奥克兰。那时的“东海湾”文化刚开始发展。奥克兰的人口从一八九〇年的四万八千六百多猛增到一九一〇年的十五万，大多数人是一九〇六年地震和火灾后从圣弗兰西斯科涌入的。人口的迅速增长导致了经济和社会的瓦解。更糟的是，二十世纪初全国范围内掀起的劳工运动破坏了旧的资本主义制度，从而引起了严重的工业混乱。为了帮助贫困的家，杰克干起了大量的杂工。但是他对资本主义制度的真正介绍是在一八九〇年。他后来把这种制度称之为“经济陷阱”。当时，如同比利和撒克逊，他中学毕业以后就参加了工作。他每周劳动六天，每天劳动十或十几个小时，而工资每小时仅仅十美分。

我不到十五岁就进了一家罐头食品厂，超负荷工作，日复一日的，我每天至少工作十个小时。十个小时的机旁操作，加上中午时间和步行上下班，早上起床、梳洗，早餐、晚餐、睡前准备等所需时间，一天二十四个小时中剩给身体健康的青年人的睡眠时间只有九个小时了。许多夜晚，我直至半夜才歇工，间或我在机床边连续干活三十六个小时。有时候接连几个星期，天天劳动到十一点才歇手，回家睡觉已是午夜十二点半了。第二天清晨五时半我又被叫醒，穿衣、吃饭、上班，七时随哨子一响又站在机器旁了。

这段经历使他对世界上被剥削的工人产生了亲密的情感，对肆意剥削工人的资本家产生了极大的蔑视。在那种非人的工作环境中，强烈的对抗意识萌发了，发展了。这是由资本主义控制的富人和穷人相对立，有知和无知相对立的世界。《月亮谷》中，他对比利和撒克逊在奥克兰经历的生动翔实的描绘，刻画了他的那种情感。

但是杰克·伦敦渴望更美好的东西。他的博览使他醒悟到实现的可能性。在小说中，撒克逊的觉悟是通过海湾一位渔民而产生的。渔民忠告说，“奥克兰只是一个人生的起点”。他的忠告给了她离开城市、消除贫困的力量。海湾渔民显然是困境的化身，这种困境激发了杰克，他一度成了牡蛎掠夺者，捕渔巡警和一位水手。这些不时离开城市的简短经历使他清晰认识到，把自己困死在城镇工业圈子里是多么地愚蠢。

比利和撒克逊表示了同样的认识。撒克逊说：“我意识到，穷人在城市里无时不为工作烦恼，他们是不幸的。如若乡村也没有他们的幸福，幸福就不存在了。这似乎是不公正的，难道不是吗？”

比利和撒克逊背上铺盖，开始跨越北加利福尼亚州的长途跋涉。对他们来说，徒步旅行是教育，是醒悟，是最终抵达索诺马峡谷——月亮谷中梦想大牧场的坦途。

他们首先遇见了农民莫蒂默夫人。她是位发迹的贵妇，原是一家图书馆的馆长，她从书本上学到了技术，从她那里，他们认识到，拥有一定量的土地、钱和劳力，就可以在乡村过上舒适体面的生活。几乎可以肯定，莫蒂默夫人的性格就是按杰克的良师益友，奥克兰城图书馆管理员伊娜·库尔勃利塑造的。

他们一直徒步走到卡尔米尔南面。在那里，做过运输车车夫的比利和当过洗烫工的撒克逊偶然来到波希米亚艺术家的聚居地。艺术家们诙谐幽默。一九〇六年以前，杰克·伦敦的许多从事艺术的朋友聚在一起，成了波希米亚式的亚文化群。他们居住在圣弗兰西斯科著名的考柏饭庄四周。乔治·斯特林,查维尔·马蒂尼士,杰米·霍帕,哈曼·威泰丁,埃德温·爱默生,格兰特·希尔格斯，波特尔·盖米特威尔和瓦拉斯·欧文，柏皮·艾特肯，柏力和“布特斯吉”纽贝立，哈里·拉夫勒，马尔纳德·迪克桑，阿诺尔德·查恩瑟等等，都是这个文化圈中的人物。地震和火灾以后，考柏群的许多人逃到了卡尔米尔，他们成了卡尔米尔艺术圈的核心。后来哈里·里昂·威尔逊,伏迪纳德·帕哥多夫，辛克莱·路易斯，玛·奥斯汀等等也加入了这个圈子。

比利和撒克逊成了比尔斯小海湾食鲍族的分子。通过对这一经历的描写,杰克让读者看到了这些名流在安乐地的古怪行径。小说中，杰米·霍帕是以吉米·哈柴德的形象出现的，马克·哈尔代替了乔治·斯特林，何伯特·什福德成了戏剧评论家，诗人哈里·拉夫勒可能变为哈夫勃·杰克和查米恩·伦敦就是后来出场的杰克和克拉拉·奥斯汀。

比利和撒克逊从这些波希米亚分子那里学到了一条对杰克

来说极其重要的原理：和儿童一样，成人也可以成功地把工作和游玩结合起来，使精神轻松愉快。这一理想成了他们要谋求的生活的最重要的要素。

在卡尔米尔过冬以后，这两位冒险家回到了春天的路上。他们往北悠然来到萨克拉门托水乡和圣昆丁三角洲。他们在小帆船漫游号上邂逅杰克和查米恩·伦敦，即小说中的杰克和克拉拉·奥斯汀。杰克和克拉拉暗示，他们寻找的理想大牧场或许就在索诺马峡谷。

但是比利和撒克逊为考察延伸到俄勒冈边界的原野，先转向北旅行。归途上，他们再次遇上杰克和克拉拉。去俄勒冈路程长达一千三百五十英里，一九一一年，伦敦一家是坐马车登上去那里的旅程的。

最后，比利和撒克逊折向索诺马峡谷，在那里结束了他们的长途跋涉。

杰克·伦敦热爱冒险，不过他最喜爱的冒险是“以前只有一片草叶生长的地方，我要使两片草叶生长”。一九〇三年，他初次看到索诺马峡谷时，他没有对它一见钟情。

而一九〇五年，他买下了第一片峡谷土地。后来碰上好机遇，又添置了许多。最终他拥有一千四百英亩地，地盘从索诺马山的谷地延伸到山顶。大牧场靠近威克罗密印第安人居住地，它成了比利和撒克逊的隐蔽所。在真实生活中，埃德蒙德和艾尼特就是埃德瓦德·比罗恩·帕恩和涅尼泰·帕恩。涅尼泰是查米恩·伦敦的姨母，她从查米恩·伦敦六岁起就抚养他。据说有一天杰克向外远眺牧场时，他转身对查米恩说：“我向外远眺整个牧场时，我的喉咙就哽咽，心中感慨万千，语言无法表达。”

比利和撒克逊一进峡谷就发现环境和条件都十分中意。他们的教育几近完成，漂泊者终于可以安家了，他们真正开始建设多年憧憬的那种生活。进入山谷时，比利断言："我想，我们不会在卡尔米尔过冬了，这个地方是老天特意赐给我们的。"撒克逊接过话说："是的，毫无疑问，这就是我们的家了，我认识它。"

鲁斯·金曼

戈兰·埃伦，加利福尼亚

一九八八年

一

1

“听我说，撒克逊。一块儿去吧。说不准是砖瓦匠的聚会呢。我将结交几位绅士朋友，你也会找到朋友的。阿尔维斯塔乐队将亲临现场。你知道他们的演奏出神入化，而你又喜爱跳舞——”

二十英尺外一位体态臃肿上了年纪的妇人发出的呻吟声打断了姑娘的劝导。老妇人身体佝偻着，她的松弛、突隆而畸形的背脊开始痉挛起伏。“上帝！”她叫道，“哦，上帝！”

她困兽般的神情狂迷地上下扫视着宽大、涂成白色的厂房。厂房内热气腾腾。一群烫衣女工手持熨斗在湿布上烫起的一股股蒸气滋滋上窜，令空气十分潮湿。姑娘近旁机械而快速地运动熨斗的其他女工迅捷地往这边瞟一眼，手头的停顿或熨烫次数不足影响了工作效率。老妇人的叫喊声在烫衣女工间引起的骚动令她们的收益遭受损失。

姑娘显然在努力控制自己和把握手中的熨斗。她下意识地继续熨烫着板上极薄的衣服褶边。“我想她又发病了，你看呢？”她说。

“好可怜呢，都到这把年纪了，”撒克逊一边说着，一边使用滚烫的凹槽熨斗成形一个花边褶皱。她的动作灵巧、稳健而轻捷。虽然疲乏和难耐的高温使她脸现倦容，但手中的动作却毫不呆滞。

“她生养了七个孩子，其中两个进了教养院呢，”隔壁台上的姑娘同情地说，“但明天你得去韦塞尔公园，撒克逊。砖瓦匠们可会玩了——拔河，胖人竞跑，地道的爱尔兰快步舞——名堂多着啦。舞场里更是人山人海。”

老妇人又一次打断了姑娘的话。她的熨斗掉落在女佣衬衫上。她一手扶着烫衣板，一手抖抖索索去抓熨斗，不料双膝一软，像一只干瘪的布袋，一屁股落座，软瘫在地上。她发出的长而尖利的惊叫声与布料烧焦的刺鼻的气味融合在一起，飘荡在单坡屋顶的厂房中。邻近的女工赶忙围拢，拾起尚压在布料上的熨斗，搀扶着老妇人站起身来。女监工怒形于色地沿过道直奔过来。较远处的女工心神不定地继续着手中的活计，足足过了一分钟车间才恢复了通常的工作秩序。

“不是人过的日子，”姑娘咬牙切齿地说，愤愤地将熨斗放回座架上，“女工的生活与宣传的相去太远。我要辞工，非辞不可。”

“玛丽！”撒克逊直呼姑娘的名字。为强调其话语间的责备之意，她不得不停下熨斗，因此而少烫了几个来回。

玛丽投过来略带惊惧的一瞥，目光虔诚而不屈。“我不是那个意思，撒克逊，”她呜咽着说，“对天发誓，我真的无意于此。我说什么也不会那样做的。但你说这种日子怎能不让人心烦意乱！你听听吧！”

受了难的老妇人躺倒在地上，两只脚跟敲得震天响。她的尖叫宛如机械报警器一般持续而单调。两个女人抓住她的胳膊把她往过道那边拖去。老妇人不停地跺着脚，声嘶力竭地大声喊叫。门打开了，巨大沉闷的机器声隆隆而来。不待门关闭，老妇人的敲击地板声和尖叫声已被机器的轰鸣吞没，唯有空气中衣服被烧焦的难闻的气味还提示着人们刚刚发生的一幕。

“让人恶心。”玛丽说道。

此后的许久时间，车间里熨斗此起彼伏，工作节奏一如既往。女监工来回在过道踱步，虎视眈眈，不放过任何精神崩溃和歇斯底里的蛛丝马迹。偶尔一位女工放慢节奏，稍事喘息或叹息几声，又强打精神勉力追赶。漫长的夏日渐渐天色昏暗，但炎热未曾有些许退减。明晃晃的灯光下，工作仍在继续。

晚间九点，部分女工开始返家。堆成山的衣衫已经熨烫完毕，只剩女工们手头依然在忙活的一些。另有一些零星散落在各处。

撒克逊在玛丽之前完成工作。准备离开时，她在玛丽跟前停下脚步。

“周六晚上，又过了一周，”玛丽的话语不胜悲哀。她年轻的双颊苍白下陷，黑色的眼睛闪动着灰色的阴影，显露出倦态。“你干完多少了，撒克逊？”

“十二又四分之一捆，”回答声中略显自豪，“如果不是那捆假货，或许还要多些。”

“天啦！我确实佩服你，”玛丽祝贺道，“你真有干劲，全完了啊。我只完成十捆半，这一周还觉得累得不行。九点四十再见吧，就这么定了。舞会开始前，我们可以到各处游玩一番。我的一些体面的朋友下午也会到场。”

距洗衣房两个街区的地段，一盏弧形灯把杂丛的树影投落在街角。撒克逊加快了脚步。穿越街区时，她的脸不知不觉地绷紧了起来。她没有听清身后的闲言碎语，但随之爆发的粗俗的大笑，让她有所意识，使得她两颊泛起一层愤怒的潮红。她在渐渐清凉的晚风中踽踽独行，跨过三个街区，转向左侧后又踏上右边的街道。两旁是工人们租住的房舍，木板历经风霜，年代久远的油漆遮蔽着一层灰蒙蒙的岁月的积尘，明白无误地展示着其廉价与丑陋。

浓重的夜色没有影响她对方向的判断。她来到家门前，伸手熟练地搭在门拱上，随即门发出吱吱嘎嘎的响声。她沿着狭窄的门廊走向后院，不假思索地迈过缺损的阶梯，一直进入厨房。一盏煤油灯忽明忽暗地闪烁着。她把灯火调到最明亮的位置。这是一间斗室，寥寥几件家具使室内显不出零乱。墙上的灰泥经过无数次浆洗同水蒸气的侵蚀已经黯然失色。一道道纵横交错的裂痕是前一年春天大地震的遗迹。地板凹凸不平，宽大的裂缝触目可见。炉灶前的地板已然磨穿，洞口充填着一个被敲打平整的五加仑油罐。屋内仅有一个洗涤槽，一条污秽的环状毛巾，几把椅子和一张木桌。

她将坐椅拖近餐桌，一颗苹果核在她脚下被踩得噼啪作响。桌面铺着一块破旧的油布。晚餐已经准备好，她尝了一口表面漂浮着厚厚一层油脂的冰冷的豆角，便住嘴不吃了。她将面包涂上黄油。

一阵沉重、无所顾忌的脚步让原本不很稳固的房屋晃荡不已。萨拉打开内房门走了进来。她是一位中年妇女，双乳松垂，头发蓬乱，一副不与人善罢甘休的样子。

“哈，是你呀，”她咕哝一声算是招呼，“我受不了任何热东西了。什么天气！我快要热死了。小亨利把唇部割了一个大口子。医生给他缝了四针呢。”

萨拉走过来，像座山似的耸立在桌前。

“豆角怎么了？”她挑衅地问道。

“没什么，只是——”撒克逊努力平心静气，压抑着发泄的冲动，“我只是不太饿。今天气温这么高，洗衣房真是热得可怕。”

她胡乱抓起桌上浸泡已久的凉茶猛喝一口。茶在她口中像醋一般难以下咽，但当着嫂子的面，她横下心吞了下去，接着又喝完了杯中剩余的茶水。她用手绢擦擦嘴，站了起来。

“我想我该上床休息了。”

“谁知道你是不是要去跳舞，”萨拉轻蔑地说，“很有意思，不是吗？你每晚归来都精疲力尽，但一周总有几个晚上出去跳到昏天黑地。”

撒克逊紧闭双唇努力抑制着，终于在冲动之下脱口抢白道：“难道你不曾年轻过？”

话音刚落，她转身走入与厨房邻接的卧室。这是一个小房间，面积约九十六平方英尺，墙面上仍可见到上一次地震遗留的痕迹。房间里只有一张床，一把劣质松木椅和一个相当古老的衣橱。撒克逊是伴着这个衣橱长大的。衣橱的面貌与她早年的记忆交织在一起。她知道它曾与她的祖先一道坐着大篷车穿越大平原。衣橱使用坚硬的桃花心木制作，一边已经爆裂，罗克大峡谷的一次翻车在板面上留下了一排齿痕。最上层抽屉的一个已堵塞的枪眼是在利淘草地与印第安人遭遇战的见证。母亲为她讲述了那些故事。母亲还告知她衣橱随家人自英格兰跋涉到此之日，乔治·华盛顿尚未降临人世。

衣橱上方的墙面上挂有一面小镜子，框架下有几张青年男女们的照片，还有一组是野炊时拍摄的。照片中年轻的男人放浪地把帽子扣在后脑壳上，怀抱里搂着姑娘。墙上较远些的地方，挂着一副彩色日历，还有许多形形色色的广告和几幅从杂志上剪辑下来的图片，图片上画的大多是马。煤气固定钉上胡乱挂着一叠字迹潦草的舞曲单。

撒克逊脱下帽子,猛然坐倒在床上。她压抑着内心的悲哀,轻轻地抽泣着。虚掩的门无声无息地打开。不期然听到她嫂子的声音，撒克逊吃了一惊。

“又怎么了?如果你不喜欢吃豆角——”

“不，不,”撒克逊赶忙解释,“我只是累了，仅此而已。脚也挺痛。我不饿呢，萨拉。我只是累坏了。”

“如果你来照看这所房子,”萨拉得理不让人,“要做饭，烤食品，洗东西，忍受我必须忍受的一切，那你才知道什么叫累呢。你现在过得挺快活，是很快活。但等着瞧吧。”

她停顿片刻，幸灾乐祸地咯咯笑了一阵,“等着瞧吧，这么就行了，到时你也将像傻瓜似的找个人嫁出去，和我一样，那时你就有得罪受了——小崽子一个接一个，没完没了。不能再参加舞会，不再穿丝袜，不再同时拥有三双鞋。你现在当然好了。除了你那宝贵的身体，你没有也用不着考虑什么，还有不少二赖子与你眉来眼去，对你说你的眼睛多么漂亮。哈，总有一天，你会和他们中间的某一个拴在一起，然后，或许某个时候，你的眼睛就会变成青黑色的了。”

“别这么说，萨拉,”撒克逊抗议道,“我哥哥可从来没动过你一个指头。你自己明白。”

“他是没动过我,他没有那个胆量。不过,他虽然过得窝囊,不能给他的妻子买三双鞋，和你那帮狐朋狗友相比，那可是天壤之别。你跟的那帮臭狗屎，给正经女人擦鞋都不配。在他们面前，他算得上是一个大好人呢。这么长时间麻烦没找上你,真让我难以理解。也许年轻一辈对这种事情要精明得多。这我可不知道，但我知道一个有三双鞋子的稚货满脑子想的肯定只有她自己的享乐，她会有她受苦的时候。我能告诉她的就这么多。我当姑娘时，哪有这等事情。要是我像你那样,我妈妈会剥了我的皮。她是对的，而现今世事都是一塌糊涂。瞧瞧你的那位老兄，一个劲跑社会主义者的聚会，满嘴空话，为给工会缴纳额外的罢工经费直掏尽了最后一个子儿。这和从他的孩子嘴里抠面包有什么区别？可他宁愿这样，也不愿处理好和老板的关系。如果我一心顾着自己，用那些钱我足以买十七双鞋了。总有一天，记住我的话，他要倒霉的。那时我们怎么办？五张嘴要吃饭，没有一分钱进账，我该怎么办？”她气喘吁吁地稍作停顿，随之神情又变得激愤，预示着新一轮的疾风骤雨又将来临。

“哦，萨拉，能不能请你把门关上？”撒克逊恳求道。

房门“砰”地猛然关上，撒克逊听到她嫂子在厨房里沉重的脚步声和高吊着嗓门的自言自语声。继而，她扑倒在床上，悲声大作起来。

2

韦塞尔公园入口处，姑娘们各自买好了票。放下手中的半个美元时，每人都免不得在心里把硬币和获得同等价值所需熨烫的衣衫数暗自掂量一番。离大队人马到来为时尚早，但砖瓦匠们携同家属，手挽盛装舞餐的硕大提篮，怀里抱着孩子，已陆续开始进场了。这是工薪优厚的上班一族，身体健壮，丰衣足食。与他们接踵而来的是那些从古老的爱尔兰疆土移民过来的前辈人物。他们的体型略见瘦小，体面的美式衣着掩饰不住其浓郁的故土气息。流逝的岁月、经年的节衣缩食和早年的苦难在他们的身上留下了风霜的痕迹。他们跟随在其吃着较为精美食品长大的精力充沛的后代身后蹒跚而行，脸上流露出自豪与满足的神情。

玛丽和撒克逊与这群人不同行业，与他们素不相识，在人群中找不到一张熟悉的面孔。无论是爱尔兰人、德国人或斯拉夫人的节日喜庆，抑或是砖瓦匠协会、酿酒商协会或屠宰业协会举办的野炊活动，她们这些姑娘都是舞场的常客。野炊活动的门票收益很大的一个部分就来自于这群跳舞的姑娘。

她们流连于各个货摊之间。摊主们正忙于压榨花生和爆玉米花，准备一日的货物。她们一路来到舞厅察看舞场。撒克逊摆出舞姿，与想象的舞伴一起，踏起华尔兹舞步。玛丽不由得击掌叫起好来。

“上帝，”她叫道，“你好美！你的袜子也很漂亮。”

撒克逊颇为自得地露出盈盈笑意。她指向脚部，只见一双天鹅绒拖鞋带着高挺的古巴跟。她又略略撩起紧身黑裙，露出纤细的脚踝和曲线优美的小腿，五角钱一双质地极薄的丝袜掩饰不住其雪白晶莹的肌肤。她身材苗条，个子不高，又不失成熟女性的丰腴。她的衬衣上用廉价的花边褶折成一个胸饰，用一根硕大的样式别致的仿珊瑚针别住。衬衣外套着一件漂亮的夹克衫，衣袖齐肘，肘下部分戴着仿皮手套。唯有她额上迥异于巧手制作的几簇天然卷发洋溢着清新自然的气息。它们从她低扣到眼眉的俏皮的小黑帽下不屈地探向外部世界。

玛丽见此情形，一双黑亮的眸子流光溢彩。她走上前将撒克逊搂在怀里，热情地亲吻她的面颊，迅即她放开女友，失态的表现令她脸上泛起一片红晕。“你俊美非凡，”她叫道，借以掩饰自己的窘态。“如果我是男人，我绝不会对你放手。我会吃了你，毫无疑问。”

她们相互挽扶着走出舞厅，在明媚的阳光下信步游荡，快活地摆动手臂，尽情释放一个星期繁重工作的烦闷。她们倚着熊窝的铁栏，为其间这位体形巨大、形孤影单的居民惊得簌簌发抖，而后又来到猴笼前，开怀大笑了十分钟。她们走过这块场地，俯身见到一个天然竞技场，其中有细长的跑道，下午的赛事就将在那儿进行。接着她们前往树林探幽览胜，林间小道纵横交错，不可胜数。外皮漆成绿色的原木桌和隐蔽在叠翠的树荫下的板凳点缀着树林，不时地让她们惊喜交加。木桌和板凳大多为家庭游玩者占用。在一块林木环抱的斜坡草地上，她们铺了一层报纸，坐了下来，加利福尼亚的太阳，把薄薄的草皮晒成一片干枯褐黄。她们想要歇息片刻，连续六天辛苦的工作让她们感到浑身懒散。此外，她们也可趁机养精蓄锐，等待跳舞时分的到来。

"伯特·温荷普肯定要来，"玛丽说，"他说过他会带比利·罗伯兹来的——'大比尔'，众人都这么叫他。他只是个大男孩，但十分强壮。他是职业拳击手，是姑娘们追逐的热点人物。我有些怕他。他说话慢条斯理，就像我们刚刚见到的那头大熊。扑哧！扑哧！——突然一口把你的头给咬了下来。他给人就那种感觉。实际上他不是以拳击为职业的。他是工会属下的马车夫，为考伯利和莫里森工作，有时也到俱乐部参加拳击赛。大部分人都对他诚惶诚恐。他脾气不好，动手揍人是家常便饭。他就那个德性，你不会喜欢他的。但他的舞技可好了，他身体壮实，总是一个劲地旋转啊，滑步啊，让你禁不住向往着和他伴一回舞。他为人慷慨，从不吝啬。但是，上帝，他那个脾气可难伺候。"

谈话行云流水般进行，玛丽的独语围绕着伯特·温荷普铺展。

"你和他交谊不浅。"撒克逊小心翼翼地试探着说。

“我愿意明天就与他结婚。”玛丽脱口而出，继而脸色变得灰暗，表情近乎于呆板，语调中带着一份无奈的悲哀。

“只是他不会向我求婚。他——”她略作停顿，随即一阵突如其来的激情让她重新拾起了话题，“你得留意他，撒克逊，如果他对你纠缠不休的话。他不是什么谦谦君子。不过，我还是愿意明天就与他结婚。除此之外，他休想得到我。”她张开嘴，没有说话，却长长地叹了一口气，“这个世界很可笑，不是吗？”她继续说道，“像是一出滑稽戏。星星也是一个世界。不知道上帝在哪里躲藏着呢？伯特・温荷普说没有上帝。他太可怕了，他说的一些话真是骇人听闻。我信仰上帝，你呢？你对上帝怎么看，撒克逊？”

撒克逊耸耸肩膀，莞尔一笑。

“但如果我们做了错事，就会有报应，不是吗？”玛丽坚持道，“大家都这么说，唯有伯特例外。他说他不在乎做什么，他永远也不会有什么报应，因为当他死去，他便魂飞魄散了。而在死去之后，他倒愿意有人来折腾他，让他醒转过来。他很可怕，是吗？事情真的很滑稽。有时想到上帝随时随地都在睁大眼睛盯着我看，我就禁不住感到毛骨悚然。你想他知道我在说什么吗？你认为他长成什么模样呢？”

“我不知道，”撒克逊回答道，“他只是一个存在于人们幻想之中的滑稽的意象。”

“哦！”另一位姑娘气息变得急促起来。

“据众人之所言，他确是如此，”撒克逊不以为然地继续说道，“我哥哥认为他像亚拉伯罕・林肯，萨拉认为他长着络腮胡子。”

舞厅里传来一阵乐声，两位姑娘赶忙起身。

“午餐前我们还可以跳上几轮，”玛丽建议道，“到了下午，全体人员都会到齐。一伙吝啬鬼——他们之所以姗姗来迟，是想逃避带姑娘们出去吃饭呢。伯特不在乎花钱，比利同样大方。如果我们的表现比其他姑娘更引人注目，他们会邀请我们一同外出就餐的。来吧，快些，撒克逊。”

她们抵达舞厅时，舞场里只有寥寥几对舞伴在起舞。两位姑娘相拥着踏起了华尔兹舞步。

“伯特来了。”跳到第二圈时撒克逊小声说。

“别注意他们，”玛丽也咬着耳朵说道，“我们继续跳。别让他们以为我们有心追他们。”

撒克逊注意到女伴的脸上红云飞起，呼吸频率渐渐加快。

“看见另外那一个吗？”玛丽问道，引着撒克逊大步滑过舞厅的远端，“那就是比利·罗伯兹。伯特说了他要来的。他会带你去吃饭，伯特带我去。今天将会很开心，你瞧着吧。天啦，我只希望我们转到另一角落前音乐别停下来。”

她们沿着长长的舞廊翩翩起舞，蓄意要为男人设下圈套，赢得一顿午餐。两位清丽可人的姑娘如愿踏着乐曲的尾声抵达舞场对角。她们精湛的舞技立时博得观众的一片赞叹声。

伯特和玛丽互唤名字。伯特以姓氏称呼撒克逊，她则称他为“温荷普先生”。他们给撒克逊和比利·罗伯兹作了介绍。玛丽面对着二人，尽力表现出一副无所谓的神态，以掩饰其紧张心情。

“罗伯兹先生——布朗小姐，她是我最好的朋友，她叫撒克逊。这个名字是否有些古怪？”

“挺中听，”比利说，他脱去帽子，伸出手去，“见到你很高兴，布朗小姐。”

握手时她感觉到马车夫手掌上的老茧。一览之中，她已将许多东西收入眼底。他只看到她的一双眼睛，朦胧中觉得它们是蓝色的，一天过了大半才发现原来是呈灰色。而她对他的眼睛则看得十分真切——深蓝色，长条型，略微下陷，显得漂亮而孩子气。她发现他敢于直视对手。她喜欢那样的眼睛，就像喜欢偶尔一瞥中见到的他的手以及与之接触的动作本身。此外，她注意到他的鼻子短而宽厚，鼻梁挺直，面色红润，上唇薄而坚实。但这些没有给她留下深刻印象。快活的心境让她在眼波流转中把注意力集中到他形状优美、宽阔清洁的嘴巴上。面露微笑时，只见他红唇之间展露出两排晶莹雪白、令人羡慕的牙齿。“一个男孩，一个呱呱叫的大男孩。”她心中暗想。她们脸上挂着笑容，各自收回了自己的手。她眼角的余光扫视到他的头发，心中愈发感到惊奇——卷曲的短发黄中透红，恍若淡金，区别只在于头发的亚麻色较为浓重而已。

带亚麻色头发的年轻人让她想起某些戏台上的角色，如奥尔·奥尔森和容·容森等，但其相似仅此而已。只是颜色上的相似。他的睫毛和眉毛都呈黑色，眼神忧郁，没有孩子特有的茫然。一身平整的棕色衣服出自职业裁缝之手。撒克逊对这套衣着大为赞赏，暗自判断绝对不下五十元。此外，他没有斯堪的纳维亚移民惯有的局促。相反，他是极少见的一类人，他们能够透过文明时代远非优雅的人类外衣展示其肌肉运动的风采。他的每一举动都柔顺，沉着，显示出惯常的深思熟虑。她没有看出来这一点，也未曾对此多费思量。她只看到一个身着楚楚衣冠的男人举手投足气度优雅。她感觉到而非清晰地意识到他的肌肉运动冷静，充满自信。她认识到这种非凡气度是适意和轻松生活的保证，这对于一个连续六天埋头于熨烫衣衫的工人而言，无疑是一个福音，是求之不得的。他的手给人以良好感觉，因而，她对有关他的思想与身体的细腻感觉，都是妙不可言。

他取过她的舞曲单，以年轻人惯有的方式与她拌嘴逗乐。与他短暂的接触为她带来身心的愉悦。在她的生命中，她尚未曾如此的受到一个男人的吸引。她悄然自问，这就是我期待的男人？

他的舞姿潇洒飘逸。作为舞场高手，她为发现一个优秀的舞伴而喜不自胜。他结实的肌肉伴着音乐节奏自然流畅地舒展，没有呆滞，没有一丝犹豫不决。她扫视了一眼伯特。他伴着玛丽共舞，身姿甚为“硬派”。他们两度移动到长舞廊的另一端。场中舞客渐渐增多，他们不时与人发生碰撞。伯特身材颀长挺拔，风流倜傥，不失为舞场之中一俊彦，但在撒克逊的记忆中，与他伴舞难以体验到迸发的激情。时而发生的痉挛般的动作影响了他的舞蹈质量。这种动作并不常有，却时刻让人提心吊胆。他的头脑中似乎具有某种敏感质。他的动作过于快捷，或者说他总让人担心音乐赶不上他的动作节奏。他似乎永远停留在超限用时的边缘，让人不得安宁。他对骚动不安情形的喜好与生俱来。

“你的舞蹈神乎其技，”比利·罗伯兹对她说，“我听闻过很多人传颂你的舞技呢。”

“我喜欢跳舞。”她回答道。

她说话的口吻让他意识到她无意交谈。他们默默地继续跳舞。比利的体贴满足了她女性的心理需求，令她的心中生发出一股融融暖意。在现实生活中，她极少得到体贴与呵护。这就是我期待的男人吗？她想起玛丽的“我愿意明天与他结婚”的言辞，发现自己也怀有次日与比利·罗伯兹结婚的愿望——如果他向她求婚的话。

他的手臂熟练地作出导引。她双眼迷离，欲睁还闭，如梦如幻地随着他移动。一位职业拳击手！她头脑中闪现着萨拉见到此情此景又将怎样大放厥词的样子，不由得感到一阵恶作剧的快意。只是他并非职业拳击手，而是马车夫。

突然的一个大步之后，他手上的力道愈发增强。他几乎是抱着她旋转，虽然她穿着天鹅绒鞋的双脚没有离开地面。旋即随着他的引导，他们跳起了细步舞。她感到他略微将她放开，以便能与她面目相对，共同分享初次完美配合的欢乐。乐曲接近尾声，乐队徐徐奏出最后几个音符，他们的舞步随之渐渐徐缓，最后以一个长滑步在乐曲的袅袅余音中结束。

“我们是天造地设的一对舞伴。”他说道，与她一同加入其他跳舞者的行列。

“这是一场梦。”她回答道。

她的声音细微，他不得不俯身倾听。他见到她双颊绯红，娇羞的情态使她的双眼显得温暖妩媚。他从她手中接过舞曲单，郑重其事地写上他的名字，把整张纸都占满了。

“这张单子现在没用了。”他壮着胆子说。

他一把撕碎了舞曲单，随手扔在一边。

“下一个曲子我来和你跳，撒克逊，”伯特走过来说，“你带玛丽跳下一个舞曲吧，比利。”

“绝对不行，”比利反对道，“我与撒克逊之约直到今天最后一曲。”

“你得留意他，撒克逊，”玛丽调侃地警告说，“他可能要迷上你了。”

“我想我具有慧眼识真金之能。”比利殷勤地说。

“我也一样。”撒克逊附和着说。

“即便在黑暗中遇见你，我也不会将你错过。”比利继续说道。

玛丽神情诧异地盯着他们。伯特友善地说：

“我说你们别浪费大好时光了，难得聚到一起来。不过，跳过几轮舞后，如果你们两个能得几分钟空闲，玛丽和我将万分荣幸地邀请你们共进午餐。”

“一言为定。”玛丽说道。

“算了吧，你们，别玩我们了，”比利喜笑颜开，掉头注视撒克逊的眼睛，“别听他们的。他们满腹牢骚，因为他们得在一起跳舞。伯特的舞技不敢恭维，玛丽与他半斤八两。来吧，她往那边去了。跳过两轮舞后再会。”

3

他们在以树为墙的露天餐厅里用了午餐。撒克逊注意到是比利给在座的四个人买的账单。他们和邻桌的许多青年男女都很熟稔，相互间招呼声、嬉闹声不绝。伯特视玛丽为囊中之物，行为有时显得过于孟浪。他抓住玛丽的手把玩抚弄，甚至强行退下她的两枚戒指，长时间拒绝归还给她。他不时伸手拦腰将她揽住，玛丽很快挣脱，有时则显然是假装茫然无知，任由他的手停留在那个部位。

撒克逊很少言语，却非常留意观察比利·罗伯兹，她发现他做这种事——倘若他有意的话——采取的将会是截然不同的方式。对此她很满意。他不会像伯特和其他男人那样，把姑娘当玩物粗鲁地摸弄。她暗自打量着比利坚实的臂膀。

“为什么人们叫你‘大比尔’？”她问道，“你的身材并不魁伟。”

“谈不上魁伟，”他表示认同，“我的身高只有五点八七五英尺。我想他们指的是我的重量。”

“他参加一百八十磅级的拳击赛。”伯特插话道。

“哦，算了吧，”比利很快打断他，眼睛里显出一丝不快的阴影，“我不是拳击手。我六个月没参加比赛了，我已经退出。玩拳击不值得。”

“你击倒弗利斯科·斯拉雪那晚挣了两百元。”伯特骄傲地接着说。

“好了，别说了……喂，撒克逊，你的个头也不大，是吗？但你的身型玲珑匀称，苗条而不失丰满。我打赌能猜出你的体重。”

“猜过的人无一例外地估计过高。”她警告说。他不再参加拳击赛，为此她感到既高兴又遗憾。她为自己的这种感受迷惑不解。

“我不会，”他说，“猜体重我是行家里手。你瞧我的。”

他认真地审视她。从他的表情中可以看出他对自己的判断非常满意。“请稍等一下。”

他伸手抚摸她手臂的二头肌，手指的压力让她禁不住心猿意马。这个孩子气的男人具有不可思议的魔力。倘若伯特或其他男人轻率地触摸她的肌肤，她会感到恼怒不堪。而这个男人！他就是我期待的男人吗？她正暗自思量着，他的结果已经出来。

“你的衣服不超过七磅。唔，一百二十三磅减去七磅，你的裸体重为一百一十六磅。”

听到“裸体”二字，玛丽激烈地表示反对。

“喂，比利·罗伯兹，怎么这样说话！”

他转头望着她，眼神中的惊讶与不解渐渐加浓。“什么话？”他终于问了出来。

“你又来这一套！你应该为自己感到羞耻。瞧，你都让撒克逊脸红了！”

“我没有！”撒克逊愤愤地予以否定。

“再说下去，你要让我脸红了，玛丽，”比利低声吼道，“我想我能明辨是非。一个人说什么并不重要，重要的是他在想什么。我想的没错，撒克逊知道。我的猜测准确度如何，撒克逊？”

“一百二十二磅，”她有意瞧着玛丽说，“一百二十二磅——包括衣服。”

比利开怀大笑，引得伯特忍俊不禁。

“这我不管，”玛丽抗议道，“你们两个太可恶了。还有你，撒克逊。我从没想到你会变成这样。”

“听我说，小家伙。”伯特安慰她说，一只手轻轻地揽住她的腰部。

比利巧妙地开始了与撒克逊的对话。“嘿，你知道，你的名字有些特别，我从未听过以此为名的。但没什么，我听着挺好。”

“母亲给取的。她受过教育，知道各式各样的词汇。她一辈子都在读书。她还写了很多东西。我这里还有一些她早年发表在圣·乔斯报纸上的诗歌。撒克逊是一族人，小时候母亲给我讲过他们的故事。他们很狂野，有些像印第安人，不过他们是白人。他们长着蓝色的眼睛，黄色的头发。他们是勇敢的战士。”

比利专心致志地听着她的讲述，眼睛一动不动。“从未听说过，”他坦然承认，“他们生活在这一带吗？”

她抿嘴一笑：“不，他们生活在英格兰，他们是最原始的英国人。你知道，美国人的先祖就是英国人。我们是撒克逊人，你和我都是，还有玛丽、伯特和所有正宗的美国人。那些肤色浅黑的意大利人、日本人等等，都不属于我们这一种族。”

“我的家族在美国生活已经很多年代了，”比利不紧不慢地说，一边努力消化着她所提供的信息，并将它们和自己联系在一起，“无论如何，我母亲的一脉确实如此，数百年前她们长途跋涉，来到缅因州。”

“我父亲就是缅因州人，”她说着禁不住咯咯笑了起来，“我母亲出生在俄亥俄，或者说是出生在今日俄亥俄所在的地方。她常常把它叫做‘伟大的西部保留地’，你父亲怎么样？”

“不知道，”比利耸耸肩膀，“他自己也不明白。没人闹得明白。不过他是美国人，这倒确实无误。”

“他的姓氏是老一辈的美国人常用的，”撒克逊说，“有一个英军大将军，也姓罗伯兹。我在报上读到的。”

“但罗伯兹并不是我父亲的姓氏。他一辈子没搞清他姓甚名谁。罗伯兹是收养他的一位淘金工的姓氏。事情是这样的。在他们与莫多克族印第安人作战时，许多淘金者和当地居民都加入了战斗。罗伯兹是其中一队人的首脑。有一次，在一场战斗之后，他们捕获了很多俘虏——包括女人、孩子和婴儿。其中一个孩子就是我父亲。他们想他大概有五岁。除了印第安语，他什么都不懂。”

撒克逊拍着双手，眼睛闪闪发光。她叫道：“他是在印第安人的袭击中被俘虏的。”

“他们确实如此认为，”比利点头道，“他们收集了一车四年前被莫多克人杀死的俄勒冈人的尸骨。罗伯兹收养了他，因而我不知道他的真实姓名。但你可以相信他也是穿过大平原来到这里的。”

“我父亲也是。”撒克逊骄傲地说。

“还有我的母亲，”比利自豪地接着说，“她是在大篷车穿越普拉特河接近大平原尽头时出生的。"

"我母亲也经历了长途的迁徙跋涉，"撒克逊说，"那时她已八岁。拉车的牛不行了，大部分路程都是靠着两条腿一步一步挪过来的。"

比利伸出手来。"握握手吧，姑娘，"他说，"我们的祖先同属一个种族，我们就像老朋友一样。"

撒克逊目光闪闪，郑重地伸手与他握在一起。"很美妙，不是吗？"她喃喃说道，"我们都是正宗的美国人的后裔。你的头发、眼睛、皮肤和所有的一切，无不显示出你的出身渊源，而且你还是一位斗士呢。"

"从某种意义上说，我们的祖先都是斗士。对于他们，这很自然。并且，见鬼，他们必须战斗，否则他们就没有活路了。"

"你们俩谈什么这么认真？"玛丽插进来说。

"他们熟稔得真快，"伯特揶揄道，"你会以为他们是一个星期的旧交了。"

"哦，我们相识远在那以前呢，"撒克逊说道，"我们出生前，我们的祖先就一同穿越大平原呢。"

"在你们的祖先等待修建铁路，杀死所有印第安人后往加利福尼亚奔去的时候。"比利以此宣告他与新同盟者关系的缔结。

"哦，这我可不清楚，"玛丽有些愠怒地说，"我父亲在南北战争中断后。他是鼓手。为此他到加利福尼亚来的时候才比别人晚了。"

"我父亲也参加了南北战争。"撒克逊说。

"我父亲也是。"比利说。

他们快活地瞧着对方，他们又一次发现了新的共同点。

"不过，他们都过世了，不是吗？"伯特阴郁地说，"死在战场和死于贫民窟没有区别。关键是他们已经不在人世。我不在乎我父亲以怎样的方式走向终结，哪怕他是横尸在绞架台上。一千年过去，一切都是一样，喋喋不休地谈论祖先令人不胜烦恼。再说，我父亲也不可能参战。他出生时，战争已经结束两年了。但我的两位伯父在葛底斯堡战役阵亡。这么说，我们也有份。”

“精彩绝伦！”玛丽鼓起掌来。

伯特又一次拦腰将她搂住。“我们在这里，对吗？”他说，“这才是最重要的。逝去的已经化作云烟。即便你甘愿舍弃你甜蜜的生活，他们同样永远不会归来。”

玛丽用手掩住他的嘴巴，责备他言辞过激。伯特乘机亲吻她的手掌，凑向她的头部。

餐厅就餐者渐渐多了起来，欢快的嘈杂声和碗碟相互撞击的叮当声愈来愈大。断断续续的歌声充耳可闻。青年男女的相互调侃声，姑娘们尖利的叫喊声和男人洪亮的大笑声此起彼伏。一些男人已经醉态毕现。邻近餐桌上的几位姑娘向比利打着招呼。此时，撒克逊已将比利视作自己的心上人。她看出姑娘们个个对比利钟爱有加，不由得嫉从心起。

“这伙人太过分了！”玛丽厌恶地说，“她们应该知道羞耻。正派人家的姑娘都不齿和她们往来。你听听她们说的！”

“哦，是你呀，比利，是你呀？”其中一位姑娘嚷道，“希望你没忘记我，比利。”

“哦，你这小东西！”他略显殷勤地说。

撒克逊看到他并没有表示出厌烦，心中立时对那位姑娘涌起强烈的反感。

“去跳舞吗？”后者叫道。

“也许吧，”他回答道，猛然转向撒克逊，“我说，我们正宗的美国人应该联系在一起，你说呢？我们这些人遗留下来的已经为数寥寥，这个国家的外国人是越来越多了。”

他口中念念有词，声音低沉而自信，头与她挨得很近，以此向另一姑娘表明他已经身有所属了。

另外一边桌上的一位青年男子对撒克逊颇为中意。他衣衫零乱，同伴的一伙男女个个显得放荡不羁。他脸色通红，眼神狂妄。“喂，你，”他叫道，“穿天鹅绒鞋的那个。我来跟你玩玩。”

他身旁的姑娘用手臂搂住他的脖子，努力使他安静下来。透过她拥抱的压抑，传来他嬉皮笑脸的话语声。

“跟你们说，她可是个讨人喜欢的标致妞儿。瞧我过去从那帮小泥鳅手中把她夺过来。”

“屠宰城的混混。”玛丽不屑一顾地说。

撒克逊与邻桌那位姑娘的视线碰在一起，后者的目光怒火中烧。她看到比利的眼中无名的愤懑在膨胀。他的眼睛因此陷得更深，更美丽。迷雾、闪光和阴云交叠闪现，在他蓝色的目光中显得愈发浓重，令撒克逊感到深不可测。他闭口不语，死死保持着缄默。

“别闹得一团糟，比尔，”伯特提醒道，“他们是从海湾那端过来的。他们不认识你，所以才这么着的。”

伯特突然站了起来，走向邻桌，几声耳语后又回归原座。邻桌的男男女女一个个把脸转向比利。肇事者歪歪扭扭地站立起来，甩开女友搭在身上的双手，向这边走来。他是个大块头男人，神色严峻，目光冷酷。此刻，他已锐气全无。

“你就是大比尔·罗伯兹，”他以双手扶住桌面含混地说，“我向你致礼。我表示歉意。我欣赏你对衣着的品味。真的，那是我的由衷之言。刚才我有眼不识泰山。早知道你就是比利·罗伯兹，我绝不敢乱说乱动一下。听明白我的话了吗？我向你道歉了。握握手好吗？”

比利有些生硬地说：“好了，忘了它吧，伙计。”他脸色阴郁地握住对方的手，以一个缓慢然而有力的动作，一把将对方甩回到他的桌子边。

撒克逊容光焕发。这是一个真正的男人，一个女人可以依靠的保护者，甚至连屠宰城那帮虎狼之辈听到他的名字也要生畏。

4

八点钟，阿尔维斯塔乐队开始演奏《家，甜美的家》。暮色中他们随人流匆匆走向野炊列车，设法找到相对的两排双人座。待到过道和上下平台都挤满了兴高采烈的人群时，列车徐徐启动，开始了自郊区至奥克兰的短途旅行。车厢里歌声四起。伯特把头枕在玛丽胸前，在她双臂的搂抱中，唱起了《沃巴什之岸》。他从头至尾唱了一遍，全然不理睬发生在邻近平台和车厢另一端顶头的两场群殴。女人尖利的喊叫声和玻璃破碎声招来了特别警察，最终将骚乱平息了下来。

比利唱起一首由几部组成的哀婉凄楚的牛仔之歌，歌词一再重复“请将我埋葬在人迹罕至的大草原上”。

“你听过这首歌吗？我父亲过去常唱。”他告诉撒克逊，后者为歌曲终于结束而感到快慰。

她发现了他的第一个缺点。他根本就是一个音乐盲，一首歌经过他的演绎变得不成曲调。

“我很少唱歌。”他补充说。

“这一点确凿无疑，”伯特说，“否则早让他的朋友们给宰了。”

“他们常拿我唱歌当作笑柄，”他对撒克逊抱怨说，“给我说实话，你认为我唱歌真有那么糟糕？”

“也许——也许音调太平了些。”她不情愿地说。

“我不觉得，”他说，“这对我是个传统玩笑了。肯定是伯特让你产生了先入为主的念头。现在你唱首歌吧，撒克逊。我相信你的歌声一定很美妙，看得出来。”

她唱起了《当收获的日子已然过去》。伯特和玛丽也齐声合唱。比利刚要张口，伯特朝他小腿踢了一脚，制止了他。撒克逊的嗓音清亮，声线单纯而甜美，是纯正的女高音。她心底明白她是为比利献上这首歌的。

“这才叫唱歌，”歌声甫落，他赶紧说，“再唱一遍吧，来，继续唱。你唱得真好，妙极了。”

他的手滑下，捧住她的双手。在她重新展开歌喉时，她感觉到阵阵暖流经他的手传到她身上。

“瞧他们手拉着手呢！”伯特调侃地说，“看来还有些羞羞答答。瞧瞧我和玛丽。来，学学样，兔子胆儿。握紧点。”

“别多管闲事，伯特。”比利责备道。

“住口！”玛丽愤愤地说，“你太不知羞耻了，伯特·温荷普，我不会再和你来往了——说到做到！”她抽出胳膊，将他推了开去。但数秒钟之后，她又重新接纳了他。

“来吧，我们四个一起，”伯特压抑不住兴奋地说，“这是一个年轻的夜晚。让我们好好享受它吧——先去帕布斯特咖啡厅，然后再来些其他节目。你说呢，比尔？你有什么意见，撒克逊？玛丽显然兴致不错。”

撒克逊等待着，思量着如何是好。对身旁这位新结识的男人的清晰意识令她心情略感不畅。

“不,”他慢吞吞地说,“明天我要辛苦一天。我想姑娘们一定也是一样。”

感激的心理使撒克逊原谅了他的乐感方面的缺陷。她知道世上有他这种男人,她一直就在期待着这么一位男人的出现。她年已二十二岁。第一次男人向她求婚时她十六岁。最后一次仅仅发生在一个月之前,男方是洗衣房的监工。他为人很和善,但已不再年轻。但她身旁的这个男人强壮、和善、品质优秀而又年轻。她自己尚很年轻,不能不对年轻有所企求。跟随洗衣房监工,她可能永远告别烫衣女工的生涯,但那种生活没有温暖可言。而这位男人——她发现自己不自觉地加大了力度,与他的手紧紧相握。

“不,伯特,别逗了。他说得对,”玛丽说,“我们得睡会儿觉。明天要烫衣呢,一整天都得站着。”

撒克逊陡然感到一阵心痛,她意识到她较比利年龄要大。她偷偷望着他光滑的面孔,那份浓重的孩子气息如此令她心动,使她感到心灵的震颤。当然,他愿意找一个比他自己年轻、比她年轻的妻子。他多大了?他是否太年轻,不适合她呢?他似乎愈来愈高不可攀,她因此而愈发情不自禁地受到他的吸引。他那么强壮,那么温柔。她回想一天的时光,完美无瑕。他始终细心关照着她,还有玛丽。他把舞曲单撕碎,只和她一人跳舞。无疑他喜欢上她了,否则他不会那么做。

她轻轻移动一下被他握住的手,感觉到他手掌中坚硬的茧结。这种感觉奇妙无比。他的手随之动了一下,以便使她的手放置得更为舒适。她的心情有些紧张,不知下一步将会发生什么。她不想他与其他人一样。如果他趁她转动手掌之机搂抱她,她会从心底里恨他。他没有这么做。她对他的喜爱之情变得愈发炽烈。他是极出色的人,既不像伯特那般头脑简单，也不像她遇到的其他男人那般粗俗。她已有过这种痛苦的经历，因为男人缺乏所谓的“骑士品质”而备受折磨，虽然她并不知道使用恰当的词汇来描述她所向往并引以为神圣的行为。

他还是个职业拳击手，这个念头的出现令她不禁心跳加速。但他和她想象中的职业拳击手截然不同。然而他又不是职业拳击手。他说过他不是。她决定找时间向他问个明白，如果——如果他与她另有约会的话。不过这似乎不成问题，因为一个人一整天与同一位姑娘跳舞，应该不会轻易放弃她。她几乎有些希望他是职业拳击手。她怀有一种甜蜜的恶作剧心理。职业拳击手是一群可怕而又神秘的人，他们不是一般的人，也不是像木匠、洗衣房工人一类操持普通职业者，这本身就代表了浪漫。他们还代表着力量。他们不为老板干活，而是运用自己雄健的力量，与广阔的世界展开英勇搏斗，从其不情愿的手中赢得一份辉煌的生活。

他们有些人甚至还拥有汽车，可带着陪训人员和侍者一同外出旅游。也许比利声称已退出拳坛只是谦虚的说法，但他的手上已长出老茧，这表明他确实已经退出。

5

他们在门口道别。比利的局促神态在撒克逊眼里煞是可爱。他不是那种自以为是的人。她假装要进屋，却又略微停顿一下，急迫地等待着他说出她期待的话语。

“什么时候可以再见到你？”他说着将她的手握在自己手中。

她会心地笑了。

“我住在东奥克兰，”他解释道，“你知道养马场就在那边。我们一伙马车夫大都在那儿干，所以我较少往这边来。但是，这样吧，”他用力握住她的手，“我们再找机会一起去跳跳舞吧。告诉你，奥兰多俱乐部周三有舞会。如果你没有约会的话——你有吗？”

“没有。”她说。

“那么就定在周三了，什么时间我来接你？”

他们安排好了具体事宜。他同意她与其他人跳几轮舞。他们又一次道了晚安。他更紧地握住她的手，把她拉向自己身边，她轻微然而真心地推却。姑娘都习惯这种做法，但她觉得她不应该，唯恐他发生误解。她有些想吻他。

她生平从未产生过想要亲吻男人的冲动。那一时刻到来的时候，她扬起脸迎向他。她意识到他的吻很真诚，不带有任何其他的意味。他朴实而和善，他的吻很纯洁，显示出在告别艺术上的疏于训练。毕竟不是所有人都那么混账，她心里想到。

“晚安。”她轻声说。门在她手下吱吱作响。她匆忙沿着狭窄的通道跑向房子的拐角。

“周三见。”他叫道。

“周三见。”她回答道。

在两幢房子之间的小巷的阴影里，她静静地站立着，满怀喜悦地听着他的脚步踏在水泥人行道上产生的回响。脚步声渐渐远去，最终消失在夜空中，她才举步继续前行。她爬上后边楼梯，穿过厨房进入房间。萨拉已经睡着，真是谢天谢地。

她点亮煤气灯，取下精巧的天鹅绒帽。比利的一吻似乎依然停留在她的唇间。这并不意味着什么，这是年轻男子的习惯行为，他们个个都这么做。但他们的告别之吻从未如此让她荡气回肠，而这一吻她不仅能用心，而且能从肉体上体验到它的存在。这是怎么了？它意味着什么？冲动之下，她开始在镜中仔细端详自己。她的眼睛幸福明亮，极易染红的双颊红潮未褪，光彩依然。镜中的影像很美。她展颜微笑着，出于高兴，也出于对自我的欣赏。见到她两排平整、坚实而洁白的牙齿，她的笑意愈浓。比利怎能不喜欢这张脸庞呢？她悄然自问。其他男人都喜欢，确实如此，甚至于其他姑娘也承认她有沉鱼落雁之貌。查莱・龙让她的生活变得如此不堪，就是因为迷恋这张脸的缘故。

她扫了一眼镜框边缘插着的他的照片，感到不寒而栗。她厌恶地噘起嘴巴。他的眼睛透露出冷酷和残暴。他是个畜生。有一年了，他一直威胁她。其他人都不敢跟她走在一起，他把他们给吓跑了，她被强迫着只准注意他。她记得洗衣房的那位年轻的书店店员，他不是干苦力活的人，而是一位手掌柔软、声音温存的绅士。查莱在街角将他狠揍了一顿，因为他竟敢前来接她去上剧院。她无能为力。为了他的缘故，她从此不敢再接受别人一同外出的邀请。

而今，周三夜晚，她将和比利约会。比利！她的心猛跳起来。麻烦将不可避免，但比利将把她从他的手中拯救出来。她真想看到他对比利示威的情景。

她飞快地从镜框边拔出照片，面朝下扔到衣橱上。照片落在一个颜色黝黑、光泽全无的四方形小皮箱边。她带着一份报复般的情绪，捡起这张令人厌恶的照片，扔向房间的另一端的角落里。与此同时，她拿起皮箱，“嘭”地打开。

她凝视着达盖尔银版照片上憔悴的小妇人，她有一双坚定的灰色眼睛和充满着希望和同情的嘴巴。反面的天鹅绒衬套上用金字写着：卡尔顿·戴西之像。她满怀崇敬地读着这些文字，因为它们代表着她从未谋面的父亲和知之甚少的母亲，虽然她对母亲一对智慧而忧郁的灰色眼睛不能忘怀。

撒克逊不信传统宗教，但她的天性极为虔诚。她对上帝的观念模糊不清，对此她完全感到迷惶。她见不到上帝。在这张达盖尔银版照片中，一切都具体化了。她已从中读出了许多，并且其中似乎仍有无尽的内容供她去读。

她不上教堂，这就是她的圣坛，是她奉为至尊的东西。遇到困难时，心灵孤寂时，需要征询意见、预测未来、寻求安慰时，她都要面对着照片审视它。她发现自己与所认识的其他女孩不同。她总试图从照片里的这张脸庞中印证她的个性。她的母亲也曾与其他的女人不同。的确，照片之于她有如上帝之于他人。她努力使之成为一种真实，以避免造成任何伤害或产生任何烦恼。至于对母亲的了解少到什么程度，其中有多少臆测的成分，她自己也不明白，因为经过了许多年头，她已经建立起一个母亲的神话。

撒克逊热泪盈眶，动情地亲吻着照片。她锁起箱子，将身世的神秘、母亲神圣的头像和所有的生活之谜都放在了里边。

她躺在床上，努力睁大渐渐沉重的眼皮，回想起幼年时保留的有关母亲的仅有的几幅清晰的画面。这是她最喜欢的招来睡眠的方法，她从小到大都是这样的——让母亲的形象盘留于她最后的意识，直到她陷入死一般黑暗的睡眠之中。但这个母亲并非那个穿越了大平原或达盖尔银版照片中的母亲，她属于撒克逊以前的时代。她晚间见到的母亲是一个上了年纪的妇人，被失眠折磨得死去活来，但在苦难中勇敢地生活。她在爬行，永远都在爬行，一个苍白、脆弱的动物，温柔而坚决，凭借着意志顽强地生存，凭借意志避免走上癫狂之路。但无论如何，她都无法睡眠，全世界的医生也不能令她睡上片刻。她爬啊，爬啊，在房子里，从疲惫的床到疲惫的椅子，又折返头来。日复一日，一个星期接着一个星期，痛苦漫无尽头。她从不抱怨，虽然她永不消逝的笑容为痛苦所扭曲。那双睿智的灰色眼睛，依然睿智，依然呈灰色。它们变得不可言喻地硕大，变得深不可测。

但这一晚，撒克逊无法很快入睡。那细小的爬行的母亲来来去去，其间夹杂着比利的脸，陷落的漂亮的眼睛飘浮着阴云，顶着她的眼睑燃烧。当睡意涌起即将吞没她时，她对自己问道：这就是我期待的男人吗？

6

熨烫车间的工作如常进行，但星期三夜晚到来前的三天十分漫长。撒克逊以令人惊讶的速度轻快地运动着熨斗。

“我不明白你是怎么做的，”玛丽赞叹道，“以这种速度，本周你可挣十三四美元了。”

撒克逊喜笑颜开。透过翻腾的蒸汽，她看见跳跃着的金色字样“星期三”。

“你认为比利怎么样？”玛丽问道。

“我喜欢他。”她坦率地回答说。

“那么就到此为止了，别走得太远。”

“如果我想的话，我会的。”撒克逊快活地反驳道。

“最好不要，”玛丽发出警告，“那样你只会为自己制造麻烦。他不是一个轻易结婚的人，很多姑娘都发现了这一点，她们也是卖弄各种手段去讨好他的。”

“我不会讨好他或任何其他男人。”

“记住我的话，”玛丽最后说，“一句明智的话。”

撒克逊神态严肃起来。“他不会，不会是？”话刚出口，她即意识到问题的严重性而缄口不语。

“哦，没那回事儿——虽然没有什么事能够阻止他。他很爽直，确实如此，但他不会对任何东西崇尚到五体投地。他跳舞，到处逛荡，享受着快乐的时光。除此以外——见鬼。很多人都让他给愚弄了。我敢说现在和他恋爱的女人至少有一打，他逐个地拒绝她们。曾经有一位赖利·桑德森，你认识她的。去年夏天在雪尔蒙德野炊时你见过她吗？就是那位和布彻·韦劳斯一块儿的高个子漂亮的金发姑娘？”

“记得，”撒克逊说，“她怎么了？”

“她一直和布彻·韦劳斯处朋友。因为她能跳舞，比利常找她作舞伴。布彻不是怕事的人，他加入进来要和比利见个高低。他当着众人的面把比利推开来，冲突一触即发。比利不动声色地听着，一副昏昏欲睡的样子，而布彻则火气愈来愈大。大家都以为一场斗殴不可避免。接着比利对布彻说：‘你讲完了吗？’‘完了，’布彻说，‘该说的都说了，你准备怎么了结？’比利说——你猜他说什么了？大家都见到布彻眼睛冒着火呢。哼，他说：‘我想没什么事，布彻。’就这么说的。布彻惊呆了。用一根羽毛就可以把他打倒。‘永远不再和她跳舞了？’他问道。‘如果你不允许的话，布彻。’比利说事情就这么了结了。

“要是你知道有人像他那样在布彻面前不战而退，大家一定把他看得一钱不值。比利不一样。你知道，他这样做得起，大家都知道他是个拳击手。他退让了，让布彻自行其是，没有哪个会以为他是出于害怕，或畏缩，或诸如此类的。他根本就不在乎赖利·桑德森，就这么回事。然而谁都看得出来她是用情已深了。”

这段故事让撒克逊忧虑不已。她有一般女性的骄傲，但在征服男人的技艺方面，她并不存有太多幻想。比利欣赏她的舞技,她不知道他对她的兴趣是否仅止于此。如果查莱·龙给他威胁，他是否会像丢弃赖利·桑德森一般丢弃她呢？他不是一个轻易结婚的人，但撒克逊也看到他是非常理想的结婚对象，怪不得姑娘们要追逐他了。他是一个让男人折服，也让女人倾心的人。男人喜欢他，伯特·温荷普似乎不折不扣地爱上他了。她记得韦塞尔公园餐厅中那个从邻桌过来道歉的屠宰城无赖。自那一刻起，她就明白他的身份了。

一个纵坏了的年轻人，撒克逊头脑中常常这样想，然而每次她都责备自己心胸过于狭隘。他那种惹人怜爱的慢吞吞的神态散发着温柔。他体格强壮，却不欺凌弱小。对于他和赖利·桑德森的事件，撒克逊一遍又一遍地分析思量。他没有在乎过那位姑娘，故此很快就从她与布彻之间退让了出去。换了伯特，喜欢恶作剧和挑起纠纷的伯特，就不会这么做了。一场殴斗将不可避免，双方结下冤孽，布彻成为敌人，赖利一无所获。比利做得对。他不慌不忙、沉着冷静地化解了矛盾，谁也没有受到伤害。这一切使得他在撒克逊心中显得更称心如意，更加难以企及。

她又买了一双丝袜，此前的几个星期她一直犹豫着没舍得买。星期二晚间她撑着困倦的眼睛，缝制了一件新衬衣，惹得萨拉直抱怨她浪费煤气。

星期三夜晚在奥兰多舞场，撒克逊没有感到特别快乐。姑娘们恬不知耻地向比利卖弄风情。有时她发现他也很轻率地向她们表示关切，这令她大为恼火。但她不得不承认他并没有像那些姑娘伤害她一样，伤害到任何其他人。她们无所顾虑地邀请他跳舞。她们公然的追求很少能逃得过她的眼睛。她可以坦然地使用手段，将他维系在自己身边。

然而一轮又一轮舞曲，她坚持未与他共舞。她以为这是正确的战术。她刻意显示她对其他男人的魅力，恰如比利无意中显示出他对其他女人的吸引力。

让她高兴的时刻终于到来。他不顾她的反对，坚持要和她多跳两轮舞曲。她偶然听到两位身高体壮的年轻姑娘的窃窃私语，令她既高兴又生气。“那个小不点儿独占着他呢。”其中一位姑娘说。另一位说：“她应该明智一些，去追求她那个年龄的男人。”“褒幼癖。”这最后一句话让撒克逊气得满脸通红。两位姑娘走动开了，对她们被偷听的事一无所知。

比利送她到家，在门口与她吻别，并得到她星期五晚上与他同往杰梅尼亚大厅参加舞会的允可。

“我原本没打算去的，”他说，“我听你的。伯特也会去的。”

第二天在工作台前，玛丽告诉撒克逊她和伯特已相约参加杰梅尼亚舞会。“你去吗？”玛丽问道。

撒克逊点了点头。

“比利·罗伯兹呢？”

撒克逊又点了点头。玛丽提着的熨斗悬在半空，盯着她好奇地看了半天。

“那么，要是查莱·龙插进来怎么办呢？”

撒克逊耸耸肩。有一刻钟，她们不声不响地快速地工作。

“这样吧，”玛丽下定决心，“如果他想插一脚，或许要吃些苦头。我倒想看着他倒霉——那个讨厌鬼。这主要取决于比利的态度——我是说，对你的态度。”

“我不是赖利·桑德森，”撒克逊愤然回答道，“我不会给比利·罗伯兹机会拒绝我的。"

"你会的，如果查莱·龙硬插一腿的话。相信我，撒克逊，他不是那种文质彬彬的人。看看他怎么对待莫迪先生的，打得可真够狠。莫迪先生个子那么小，性格那么温和，连一只苍蝇也不会杀死。不过，他碰到比利·罗伯兹可没那么好对付。"

那天晚间，撒克逊见到查莱·龙等候在洗衣房外。他走上前来与她打了招呼，并随同她一块儿前行。她感到一阵恶心，这是他给予她的特别感觉。他的出现及对他的恐惧让她脸上阵阵血气上涌。她对这个男人粗壮的身体、霸道而自负的褐色眼睛、巨型的铁匠的大手和第一个指节背部长着簇簇浓毛的铁箍般的手指，都感到胆战心惊。他不仅形象让人生厌，他的整个人更是有悖于她崇尚美好事物的细腻感受。力量本身没有过错，可是他的力量的品质及其滥用让她大为反感。他对彬彬有礼的莫迪先生的痛殴在她心里埋下了恐怖的种子。每当回想起当时的情形，她都感到惊恐不已。

"你脸色苍白，疲惫得要命，"他说，"为什么不丢了那份工作？总有一天你要这么做的。你不能没有我，小东西。"

"我真希望是恰恰相反。"她回答道。

他大笑起来，带着一份粗俗的快活劲儿："别这么说，撒克逊。你丢了这份工作，当龙太太就行了。这不过是迟早的事情。"

"我希望能像你一般自信。"她的语气中带有轻微的揶揄之意，但对方丝毫没有领会。

"听我说，"他继续说道，"只有一件事你可以肯定——就是我肯定的事。"他为自己聪明的断言颇感得意，大笑着表示赞赏。"我追求的东西，一定能够得到。如果有什么挡道，它注定要被打碎。明白了吗？你是我的，事情明白无误。所以你可以下定决心，别去洗衣房工作了，到我家是一样的。其实，这并非难事。要做的事情不多。我挣大把的钱，你不会缺东少西。你知道我刚刚干完活就到这儿来了，就为着再一次告诉你这件事，让你别忘了。我还没吃饭呢，你看我多记挂你。”

“那你最好去吃饭吧。”她建议道，虽然她知道想摆脱他的纠缠纯属徒劳。

她几乎听不到他在说什么。她突然感到在这个身材巨大的男人身边，她是那么疲乏，那么弱小。他会永远缠着她吗？她绝望地问着自己。她似乎看到她的全部的未来展现在她的眼前，那个强壮的铁匠的影子和脸孔在不停地追逐着她。

“快点，小东西，你给了我吧，”他继续说道，“现在是夏日，再好不过的时间，正好结婚。”

“但我不会和你结婚，”她抗议道，“我跟你说过一千次了。”

“哦，算了吧，你的脑袋里不应该存有这种念头。你当然得和我结婚。这是一件事儿，我还要告诉你另一件事儿。周五晚上你和我一块儿到弗利斯各去。马掌匠们要在那儿来个大聚会呢。”

“我不去。”她反对道。

“哦，你要去的，”他不容置疑地坚持说，“我们搭最后一班船回来。你会找到很多乐子的，我会让你和其他擅舞者做搭档，我不那么小气的，我知道你喜欢跳舞。”

“但我告诉你我不能去。”她重申道。

他疑虑重重地扫视她一眼。他的眉毛浓黑，在鼻梁上连成一条。“为什么不能？”

“有约会。”她说。

“那家伙是谁？”

“不关你的事，查莱·龙。我有约会，就这么回事。”

“我要让它成为我的事。记得那个书店的混账吗？我说，你别忘了他，想想他的下场吧。”

“我希望你能让我安静点，”她愠怒地恳求道，“难道你就不能开一次恩吗？”

铁匠的笑声非常刺耳。“如果哪个混账认为他可以在你我之间插上一脚，他会知道结果将会是怎样。我来教他。周五晚上，对吗？”

“不跟你说。”

“什么地方？”他逼问道。

她紧闭双唇，脸颊因为愤怒而泛起血色的斑点。

“哈！别以为我猜不到！杰梅尼亚大厅。嘿嘿，我会在那里恭候你，然后带你回家。听明白没有？你最好告诉那个混账死了这条心，除非你愿意看着我打得他满脸开花。”

受到如此无礼的对待，撒克逊所受的伤害达到一个富有自尊的女性所能容忍的极限。她几乎忍不住要叫出她的新的保护者的名字，讲叙他如何地英勇善战。一阵恐惧袭来，这是一个大块头男人，而比利不过是个孩子。在她的心里，她一直就这么看待比利。她记得第一次见到他的手掌。她飞快地扫视一眼身旁这个男人的双手。它们似乎有比利的两倍那么大，簇簇黑毛暗示着一种可怕的力量。不，比利不能和这个巨型的野蛮人动手，决不能。继而她又产生了一个小小的念头，希望比利能借助其职业拳击手不可思议的力量，战胜这个恶棍，帮助她永久地脱离他的魔掌。她再瞧他一眼，心中又起了疑虑。铁匠身宽体壮，肌肉强健，二头肌在袖子底下鼓突突地隆起。

“如果你敢动一个指头，我就——”她张口说。

“嘿，他们当然要挂点彩，”龙咧嘴笑着说，“活该。想拆散别人和女朋友的关系的家伙，就该被打得头破血流。”

“但我不是你的女朋友，你说一万遍也没有用。”

“好极了，你生气吧，”他赞同道，“你生气的样子我也很喜欢。你心高气傲，个性泼辣，挺中我的意。男人就喜欢这样的妻子。”

她在房前停下脚步，将手搭在门上。“再见，”她说，“我要进去了。”

“一会儿去艾多拉公园散散步吧？”他建议道。

“不，我不舒服，吃过饭我就上床歇息。”

“哈，”他讥讽道，“养好精神明天晚上跳舞，是吗？”

她不耐烦地拉开门，走了进去。

“我已给你说清楚了，”他继续说道，“明天晚上你如果不和我一块儿，肯定有人头破血流。”

“我希望是你。”她恨恨叫道。

他的头向后仰，宽阔的胸膛朝天敞开，一双大手稍稍举起，哈哈大笑起来。此番情景令她想起在马戏团见过的一只大狮子，一阵厌恶感油然而生。

“好了，再见，”他说，“明晚杰梅尼亚大厅见。”

“我没跟你说过是杰梅尼亚大厅。”

“你也没跟我说不是呀。就这样吧，我会去的。我还要带你回家。记着多给我留几轮舞曲。对了，生气去吧，你生气的样子很好看。”

二

7

一曲已毕，华尔兹舞结束，比利和撒克逊跳到舞厅的大门口。她的手轻轻搭着他的手臂，两人缓缓而行，前往寻找座位。查莱·龙突然挡在了他们面前。他显然刚刚赶到。

“这么说你就是横插一杠子的那个家伙了？”他问道，一张杀气腾腾的脸上布满了愤懑与威胁。

“谁？我吗？”比利轻言细语地问道，“你误会了，伙计。我没有横插什么一杠子。”

“如果你不表现得好一些，我会打得你人头落地。”

“我可不想发生那种事情，”比利一个字一个字吐了出来，“走吧，撒克逊，这位邻居对我们不很友好呢。”

他和她正要走开，龙拦住了他们。

“这么做，你还太嫩了，小东西，”他咆哮着说，“你需要得到些教训，听明白了吗？”

比利摇了摇头，脸上夸张地表现出不解的表情。“不，我没听明白，”他说，“你说什么？”

大个子铁匠不屑于回答他，转向撒克逊说：“到这边来，让我看看你的舞曲单。”

“你愿意和他跳舞吗？”比利问道。

她摇摇头。

“对不起，伙计，不行啊。”比利说，抬腿又要往前走。

铁匠第三次堵在他们面前。

“站一边去，”比利说，“你挡道了。”

龙紧握双拳扑了上来，一只胳膊向后高高扬起准备出拳，同时肩膀和胸部猛往前冲，但见到比利岿然不动的身体和阴郁冷酷的眼神，他顿然停止了动作。比利的思想和肌肉坚如磐石，对于即将来临的袭击似乎茫然无知。这在龙的经历中绝无仅有。

“你或许不知道我是谁。”他威胁道。

“恰恰相反，我对你的鼎鼎大名早有耳闻，”比利以轻松的口吻回答道，“你是个肉搏专家。”听到这句话，龙显得扬扬得意。“你应该得到一条徒手搏斗钻石腰带。我想你还没碰到过不敢惹的人物。”

“别去惹他，查莱，”周围人群中的一位年轻人说，“他是拳击手比利·罗伯兹，你知道他的——就是大比尔。”

“他就是杰姆·杰弗莱斯我也不管。他不能这样坏我的事。”

但无论如何，甚至于撒克逊都能看出，他那份凶猛里已丧失了锐气。比利的名字似乎具有某种镇定效果，可以让桀骜不驯的男人平静下来。

“你认识他吗？”比利问她。

她用眼睛作了肯定的回答，内心真希望能够大声地将这个长期迫害她的男人的一千种罪行一一数落出来。比利转向铁匠。

“你看，伙计，别想跟我找麻烦。你不是我的对手。再说，我们干吗要打架呢？这件事不应由她说了算吗？”

“不对。这是我与你之间的事。”

比利慢慢摇了摇头："不，你错了，我想这件事应由她作出裁决。"

"那么，你说吧，"龙粗声大气地对撒克逊说，"你愿意跟哪一个，我还是他？我们必须有个了结。"

撒克逊把闲着的一只手与搭在比利胳膊上的另一只手握在了一起，以此作为回答。

"这就足够了。"比利说。

龙怒视撒克逊，又转头盯着她的保护者。"能和你参与竞争，我感到非常荣幸。"龙咬牙切齿地说。

他们继续前行。撒克逊喜不自胜。赖利·桑德森的命运没有降临到她的头上。她的可爱的大孩子男人不动声色间已使得大块头铁匠臣服。

"他总是把他自己强加于我，"她小声地对比利说，"他想控制我。哪个男人接近我，他就把人家打跑。我再也不要见他了。"

比利停住脚步，正在不情愿地让道的龙也立即停步。

"她说她不想跟你再有任何来往，"比利对他说，"她说的话必须做到。如果什么时候我听到你去打扰她，我会来关照你的。听明白没有？"

龙怒目喷火，一声不吭。

"你听明白没有？"比利再次发问，语气更加咄咄逼人。

铁匠低哼一声表示同意。

"那么事情就此了结。看你能否记住。现在让开道，否则我从你身上踏过去。"

龙畏畏缩缩地往后退，嘴里发出含糊不清的威胁声。撒克逊恍如坠入梦境。查莱·龙威风扫地，他对这个皮肤光洁、蓝色眼睛的男孩心怀恐惧。她摆脱了他。以前从未有人敢于帮助她做到这一点。

撒克逊两次欲对比利叙说她与龙相识的经过，都被比利打断。

“我不在乎，”第二次阻止她时比利说，“你在这里，不是吗？”

但她坚持要说。不堪回首的往事渐渐让她情绪激动，恨意难消。叙述结束时，比利宽慰地拍了拍她的手。

“好了，撒克逊，”他说，“他不过是个大混账而已。一见到他，我就知道他是怎样一号人物。他不会再烦你了，我知道他那种人。他是个废物。肉搏专家？他狗屁不是！”

“你怎么干的？”她说话有些气喘不匀，“为什么男人这么怕你？你真是太棒了。”

他笑得有些窘迫，继而改变了话题。“真的，”他说，“我喜欢你的牙齿。洁白，齐整，不大，也不像孩子的牙齿那般细碎。它们——它们完美无缺，与你相得益彰。我从未见过姑娘的牙齿如此漂亮。跟你说实话，见到它们我就忍不住。它们漂亮得让人垂涎。”

半夜时分，比利和撒克逊动身返家。伯特和玛丽在舞场流连忘返。是比利建议早些离开的，因而他感到有必要为此作出解释。

“这是拳击比赛教会我的东西之一，”他说，“——保护好自己。一个人不可能整日工作，通宵达旦地跳舞，同时又保持良好的身体状态。饮酒也是一样——这并不是说我如同天使一般纯洁无瑕。我知道饮酒的后果。我饮的酒足以教会我加以防范。我喜欢啤酒——大杯的啤酒，但我并不随心所欲地喝。我尝试过，但不值得。就说今晚来跟我们找事的那大混账吧。他应该在体格上强于我。但他是个废物，一个酒鬼。我一眼把他给看透了。谁能占上风，区别就在于此。状态，这就是关键所在。”

“但他块头很大呀，”撒克逊说，“没瞧见吗，他的拳头有你的两倍大呢。”

“那不说明什么。拳头背后的东西才至关重要。他就像一匹阉了的公马，一身已经变得虚浮。如果一开始我镇不住他，我就必须退让到一边，屏声静气，等待时机，然后他会突然爆炸——炸成碎片，肠子、心脏，所有的东西。那时我就可以随意收拾他了。他也明白这一点。”

“你是我生平认识的第一位职业拳击手。”停顿一会儿后撒克逊说。

“我不再是了，”他赶忙否认道，“这是拳击赛教会我的。好了，不谈它了。拳击得不偿失。一个人接受训练，直到变得像绸缎一般美好，甚至于变为绸缎本身，他的皮肤，还有其他一切。他身强体健，可以活到一百岁。然后他爬过绳圈，和某一位与他功力匹敌的对手艰苦卓绝地进行二十轮搏斗。在这一过程中，他磨破了全部的绸缎，生命也在一年之中玩完。不错，有时他可以坚持五年，或一半的时间，或陡然间完蛋。我观察过他们。我见过一些如牛一般壮实的汉子逐鹿拳坛，一年之内死于肺结核，或肾脏疾病，或其他什么毛病。有什么益处？金钱买不来他们丢失的一切，为此我退出了拳击台，回去干我驾车的老行当。我得到了一份绸缎，并且要好好保存它。”

“那么多人都对你心悦诚服，你一定很自豪吧？”她的话语柔情似水。她自觉很为他的力量和技艺感到骄傲。

“是的，”他坦然承认道，“我为曾登上拳击台庆幸，同样为能够从中退出而庆幸。的确，拳击教会了我许多——睁大眼睛，头脑保持清醒。哦，我的脾气不好，很坏的脾气。有时我对自己感到害怕。过去，我的情绪常常失控。是拳击教会我隐忍，不要做日后感到后悔的事。”

“是吗？你可是我见过的人中脾气最好、最随和的呢。”她感叹道。

“你可能不相信。以后瞧吧，总有一天你会看到我暴跳如雷，甚至于自己都不知道自己在干什么。我一旦发起脾气真是可怕。”

这一保持交往的巧妙的允诺使撒克逊感到有些振奋。

“喂，”接近她的住房时他说，“下周日你准备干吗？”

“没事。心里还没谱儿呢。”

“那么和我一同驾车往山里去玩一天怎样？”

她没有立刻回答。她的眼前又出现上次驾车发生的噩梦般的一幕。她心中充满恐惧，从马车上跳落下来，穿着平跟鞋跌跌绊绊地在黑暗中摸索前进，岩石在她的脚上留下了道道伤痕。突然她意识到身旁的这个男人不会是那种人，不由得喜形于色。

“我爱马，”她说，“我爱马胜过跳舞。只是我对马一无所知，我父亲骑一匹花色战马。你知道，他是骑兵上尉。我从没见过父亲，但我常常看到他身跨战马、腰扎饰带、佩带战刀的英姿。我哥哥保留着那把战刀。他说刀是我的，因为它不是他父亲的。噢，是这样，他是我同母异父的哥哥。我是母亲第二次婚姻留下的唯一的孩子。那是她真正的婚姻——我是说是她的爱情婚姻。”

撒克逊突然住口，为自己的喋喋不休感到难为情。然而她有很强烈的冲动，要告知这个年轻人有关她的一切。在她心目中，那些遥远的记忆，是她自己一个大的组成部分。

“继续说吧，”比利催促道，“我喜欢听旧日里人们的故事。我的先辈们也在那儿呢。我认为那个世道比现在更适于人们生活。世情更趋向于理性和自然。我有些词不达意。是这样：我不能理解今日的生活。我们有劳动工会，雇员协会，经历了罢工，艰难时期，到处求职，诸如此类的。事情变得和原先大不相同。那时大家都操持庄稼活，自己饲养家禽，食品充足，照看老人。现在一切都乱套了，我没有办法理解。也许我是个傻瓜，这我不知道。但不管怎样，你继续给我谈谈你的母亲吧。”

“好吧。年轻时她和布朗上尉坠入了情网。那是在战前，他还是个士兵。她前去照看妹妹劳拉时，他接到命令东去参战。然后有消息传来说，他在石罗之战中阵亡，她就和恋了她很多年的一个男人结了婚。他们是搭乘同一辆大篷车穿越大平原的。她喜欢他，但不爱他。后来有消息，说是我父亲根本没死。她因此非常忧郁，但并没有因此而毁了她的生活。她是一位贤妻良母，心地非常善良。她温柔动人，但摆脱不了悲哀。我想她的声音应该是无与伦比的美妙。”

“她确实颇具魅力。”比利赞同道。

“我父亲一生未婚，他终生都爱着她。我在家里还保存着一首她为他而作的情诗。精彩极了,像音乐一般动听。后来，在她丈夫逝去很长时间以后，她和我父亲缔结了他们的爱情婚姻。他们直到一八八二年才走到了一起，那时她已四十二岁了。”

他们站在门口，她给他讲述了很多。临别之吻，撒克逊想象着较平日里时间延得略长。

“九点钟好吗？”他冲着门内问道，“别费神考虑午餐什么的，我会安排好一切。你在九点钟做好准备就行了。”

8

星期天早晨，撒克逊早早地准备就绪。她两次往前窗探视，第二次返回房间经过厨房时，萨拉开始了她惯常的攻击。

“有些人那样买丝袜，够浪费的，简直是耻辱！”她信口开河，“瞧瞧我，没日没夜地操劳家务，可从没买过丝袜，也没买过鞋子，还谈什么一下子买三双呢。但是，天上还有个主持公道的上帝。当末日到来的时候，人们一个个面对上帝，去接受自己的命运，有些人免不得要惊慌失措的呢。”

汤姆咬着烟斗，怀里搂抱着最小的孩子，眨了一下眼皮，示意萨拉的坏脾气上来了。撒克逊专心地替一个侄女扎着发辫。萨拉步履沉重地在厨房来回走动，清洗完早餐使用的盘碟，将它们一一放置好。她呻吟着从洗涤槽边直起腰来，以敌意的目光盯着撒克逊。

“你不说点什么吗？为什么不呢？我想你一定会感到羞耻吧——和一个职业拳击手鬼混在一起。哼，我早听说你和比利·罗伯兹的事了。他倒是个不错的靶子，你就等着查莱·龙用拳头教训他吧。”

“哦，我不很清楚，”汤姆介入了进来，“据我所知，比利·罗伯兹是个相当不错的男孩。”

撒克逊心领神会地露出了微笑。萨拉见此情景，愈发怒不可遏。

“你为什么不和查莱·龙结婚？他为你神魂颠倒，而且他滴酒不沾。”

“我想他可能喝得太多了。”撒克逊反驳道。

“不错，”她哥哥附和道，“我知道他确实时刻在家中保存有一只大酒桶呢。"

"也许你也抱着酒桶喝过吧？"萨拉声色俱厉地说。

"也许吧。"汤姆说。

"如果人家愿意的话，他有能力大桶地往家搬酒呢。"她毫不迟疑地回敬了一句，攻击目标中也包括她的丈夫，"他自付账单，显然挣钱不少，怎么说也比多数人活得潇洒。"

"他又没有妻子和孩子需要关照。"汤姆说。

"他也不需要向那些一无是处的工会无休无止地缴纳会费。"

"哦，他要缴的，"汤姆温和地说，"如果他想在哪家铺子干活，或在奥克兰任何一家铺子干活，就得顺从铁匠业协会。你不明白就业状况，萨拉。人们要想摆脱被饿死的命运，就必须依靠工会。"

"哦，我当然不明白啦，"萨拉不屑地说，"我什么都不明白。我没头脑，我是个傻瓜。你当着孩子的面这么跟我说，真是好极了。"

撒克逊一时怒火难抑。"哦，看在上帝的分上，我们能不能好好待上五分钟不吵架呢？"她火爆地说。

萨拉转向其小姑子："谁吵架了？我说话时你们能不能不欺到我头上呢？"

撒克逊无奈地耸耸肩。萨拉又数落开了她的丈夫。

"瞧瞧，你爱你妹妹，比爱老婆还来得厉害。你干吗要和我结婚呢？我给你生孩子，给你做奴隶，给你卖苦力，直到她的手指甲片片剥落？你为我做了什么呢？我想知道这个。你瞧！"

她伸出一只臃肿、虚浮的脚。脚上穿着一只褴褛不堪的破鞋，干枯粗糙的面皮的裂口处泛出白色。

"你瞧瞧！听我说，你瞧瞧！"她说话的嗓门愈来愈高，愈来愈嘶哑，“这是我唯一的一双鞋。我，你的妻子。你害不害羞？我的三双鞋在哪里？瞧那袜子！”

她不能竟言，一屁股坐倒在桌前的座椅上，眼睛里闪烁着不可言喻的恶毒和悲伤。突然，她像机器人一般僵硬地站立了起来，给自己倒了一杯冷咖啡，又以同样突然的动作坐下。咖啡似乎过于滚烫，她不断地往浅碟里倒一种看起来油腻腻的难以形容的液体，然后继续横瞪着眼睛，胸脯机械而不连贯地起伏着。

“萨拉，冷静些，冷静些。”汤姆焦急地恳求道。

作为回答，萨拉缓慢、极用心地将咖啡杯翻转，盖在桌面上，仿佛整个帝国的命运全在于她的行动的稳定性。她慢慢高举起右手，尔后以同样的方式将张开的手掌重重打在汤姆的脸上，令汤姆目瞪口呆。继而她歇斯底里地号啕大哭起来，声音尖利、嘶哑而单一。她坐倒在地板上，阵阵深不可测的痛苦和无名的悲伤将她折腾得死去活来。

汤姆的脸色凝重而苍白，只有遭到击打的面颊依然泛着红色。撒克逊有意用手臂抱住他，给他一些安慰，但畏缩着不敢上前。他俯身照看着妻子。

“萨拉，你身体不太好。我把你抱到床上去吧。房间我来收拾。”

“别碰我！别碰我！”她尖叫着要挣脱他。

“把孩子带到院子里去，汤姆，散散步，随便做点什么，把她们带走。”撒克逊说，她感到有些恶心，脸色苍白，浑身颤抖，“走吧，汤姆，求求你了。你的帽子在那儿。我来照顾她。我知道怎么做。”

送走汤姆和孩子，撒克逊开始急急忙忙处理剩余的家务。眼下她首先需要保持前所未有的镇定，并且以此影响地板上那位声嘶力竭、处于癫狂状态的人。房子的结构很单薄，声音像漏过筛子一般向外飘荡了开去。撒克逊知道两边房子中的住户，还有这条街道和街道对面房子中的人们都在竖着耳朵聆听呢。她恐怕比利在这期间到来。而且，她也被激怒，遭到了侵害。她全身每一个细胞都充满了反感，由此而产生晕船一般的感觉。然而她冷静地控制着自己，用手轻柔、宽慰地拍打着萨拉的前额。她将萨拉抱在怀中，过了不大一会儿，她终于设法使她持续不断的刺耳的尖叫声降下了声调。几分钟后，年长的女人躺在了床上，沉闷地抽泣着。一条湿毛巾搭住了她的额头和眼睛，用以缓解其头痛。她和撒克逊都暗自把这场风波归咎于这一缘由。

一阵马蹄敲击地面的声音从街道传来，停在房屋外。撒克逊溜到前门，向比利招了招手。在厨房里，她见到汤姆正可怜巴巴地焦急地等待着。

“现在没事了，”她说，“比利·罗伯兹来了，我得走了。你进去，在她身边坐一会儿，或许她会睡着的。但别再惹她了，随她怎么着吧。要是她让你拉住她的手，拉着就行了。反正试试无妨。但首先，作为开始，也是需要做的事情，把毛巾拿去冲湿，覆盖住她的眼睛。”

他是一个性情和蔼随和的人，但像大多数西方人后裔一样，他也拙于言辞。他点点头，转身走向门边，准备按吩咐去做，却又犹豫不决地停住了脚步。他回头望着撒克逊，目光中带着深深的感激和兄长的爱意。她心有灵犀，精神雀跃地迎向这份情意。

“好了，一切都好了。”她急促地说道。

汤姆摇了摇头。“不，不是这样的。这是一个耻辱，史无前例的耻辱，不折不扣。”他耸耸肩膀，“哦，我自己没什么。

我是为你难过。你的前途还远着呢，我的小妹。你也会变老，而这里发生的一切将会使人老得更快。这样开始一天，真不吉利。你应该努力忘却这一切，和你的朋友一起，共同享受美好的时光。”他打开门，又一次停了下来。他的眉头郁结成一团：“该死！想起来了。萨拉和我也曾隔三差五驾车出游。我想她也有过拥有三双鞋的时候。你是否感到有些吃惊？”

撒克逊在卧室梳妆完毕。她站到椅子上，从墙上小小的镜子中察看她自己缝制的亚麻布裙的下摆。她对裙子和夹克进行了加工，使之搭配得恰到好处。裙子采用双层边缝，类同于职业裁缝店的精工细作。从椅上下来，她将一条黄色缎带别在结实的白草秆水手帽顶上，与她束腰的缎带交相辉映。她飞快地摩擦着双颊，让被萨拉赶走的颜色回复到脸上，又花费一些时间佩戴上棕黄色莱尔线织手套。有一次在《星期日》增刊的时装页上，她读到一段文字说，女士忌在出门之后戴手套。

她提心吊胆地穿过客厅，经过萨拉卧室门口。沉重的呻吟声和睡眠的呼吸声透过薄薄的木板传到外间。她努力控制自己的情绪，以保持两颊的红润和眼神的明亮。她掩饰得非常成功。当她步履轻盈地走下楼梯迎向比利时，他怎么也不会想到眼前这位神采飞扬、充满活力的年轻姑娘刚刚从一场让灵魂出窍的歇斯底里和疯狂的争斗中脱身出来。

明媚的阳光下，比利清新爽朗的气色让她眼花缭乱。他有如姑娘般光洁的双颊灿若云霞，蓝色的眼睛较平日愈发迷人，卷曲的棕发加强了淡金般的视觉效果。她从未见过他如此青春洋溢。他笑着向她招呼。红唇间慢慢显露的洁白的牙齿又一次让她品味到适意与放松。刚刚摆脱她嫂子制造的极度混乱，比利坚如磐石的镇静让她尤为惬意。撒克逊暗自笑他把自己的脾气说得那样不堪。

她曾乘坐过马车，但那些租来的马大都年迈体弱，坚实耐磨的马车沉重而肮脏。但眼前的两匹马摇头晃脑，焦躁不安，嘶声不断，一身绸缎般光滑的皮毛闪闪发光。在它们充满盎然生机的生命中，可能还未曾被征用过。两匹马之间有一根异常纤细的木杆，上面套着细绳般脆弱怪诞的挽具。比利属于这里。与生俱来的权力，使他与这细长、窄盒式使用宽大黄色车轮和橡胶轮胎的马车用具融为一体，成为它们的一部分，一个主要部分，有效而高能。他非同寻常，和那些曾带她乘坐由呆头呆脑、昏昏欲睡的马拖着的车的人相比，他显得尤为出众。他一手拉着缰绳。他的声音低沉、稳重，充满自信。他更多的是用意志和精神驾驭着躁动的马匹。

不能再拖延了。飞快的扫视和女人的直觉使她不仅看到围聚在周围的好奇的孩子，还有洞开的门窗、叠起或推开在一边的叠光帘背后成人们窥视的面孔。比利用空着的手拖开亚麻布车毯，挽扶她坐到他身旁的位置。高靠背豪华褐皮座给予她极度的愉悦，但更让她高兴的是这个男人和他的身体与她如此接近。

“喜欢它们吗？”他发问的同时用双手把握缰绳，嘴里吆喝着马匹，马车突然起动。她有一种新鲜的感觉。“这是老板的马。外面租不到这样的马呢。有时他让我外出遛马，不然它们可就难以管束了。瞧瞧国王，就是那匹，跑得多欢。好美的姿态，漂亮极了。另一匹是难得的好马，名叫王子。要约束它真得费些事儿……你来试试？瞧见了吗，撒克逊？好马哇！真是好马哇！”

背后传来邻里孩童的赞叹声。撒克逊舒了一口气表示赞同。她知道快活的一天终于开始了。

9

“我不了解马，”撒克逊说，“我没骑过马。曾尝试过驾驭马车，但拉车的只有一匹马，还跛着腿儿呢。坐在车上，我没法稳住身子，仿佛时刻都要掉落下去。但我不怕马。我爱马，真心实意的。我想这是天生的呢。”

比利深情款款地瞧了她一眼：“对了，女孩就该这样。妙不可言。偶尔我也带着姑娘外出游玩，真的，请相信我，她们真让我大倒胃口。哦，我对她们可是知根知底，神经兮兮，胆小如鼠，矫揉造作，优柔寡断。我想她们和我出来，是醉翁之意不在酒呢。她们对马毫无兴趣。但我就中意那些喜欢马儿的勇敢的人。你真了不起，撒克逊。苍天在上，确实如此。你瞧，跟你说话，我就这么碎嘴儿，换了别人我可受不了，对着她们我没话好说。她们一无所知，一路上连吓带怕闹腾个没完。哎呀，我想你明白我的意思了吧？”

“我爱马是出于天性，”她回答道，“可能是因为我骑着高头大马的父亲的形象已在我头脑中深深扎根的缘故。但不管怎么说，我确实对马情有独钟。小时候，我没完没了地画马，母亲总鼓励我。我还是个小不点呢，就画了满满一个本子，里面大都是马儿。你不知道，比利，有时在梦中，我梦见自己也拥有了一匹马。好多次我见到自己策马扬鞭驰骋呢。”

“一会儿等马的野性退了，我让你来驾车。它们现在正用力拉扯着呢。来吧，把手放在我的手前面，抓紧点，感觉到了吗？肯定有些感觉的。不过要体验到全部感觉，可得费些时候。我不能松劲儿，你体重太轻。”

从这两匹漂亮、生龙活虎般的小马的嘴唇向她手上传导过来一股拉力。她的眼睛闪闪发光。她的兴高采烈的情绪也感染了他。

“能和男人心心相印的女人才堪称人间尤物呢！”他兴致勃勃地说。

“性相近则情相悦。”她套用一句俗语以掩饰她对他趋于真情流露的快乐。

“告诉你，撒克逊，我打过很多场拳击，非常激烈。在那些醉眼蒙眬、吞云吐雾的可恶的拳击迷面前，撕碎我的绸缎。他们不满足于一记重拳，或在下巴或肚子上的一记勾拳。他们声嘶力竭地呼唤血腥的场面。他们崇尚血腥！而在他们自己的身体里，是一丁点儿的血性也没有的。说实话，现在我倒愿意在一个观众面前打一场，比如说，在你或其他我所喜爱的人面前，那会令我感到骄傲。那伙令人恶心的愚蠢的家伙，他们只有兔子胆儿，只是披着一张人皮罢了。他们拼命向我喊叫，岂有此理！退出这种肮脏的比赛，你说能怪我吗？我宁愿在那些不中用了、等待着进屠宰场的老马面前比赛，也不愿斗给那群无可救药的蠢蛋看，他们的血管里流淌的是水，是下大雨时山上冲下的康特拉科斯达洪水。”

“我……我不知道拳击比赛是这样的。”她的声音有些发颤。她松开缰绳，后仰着坐在他身边。

“拳击本身并不坏，只是观众难以忍受，”他立即满怀嫉妒地辩护说，“当然，拳击也会让人受伤，会把一个人的绸缎撕破，但让我恼火的是观众中的那些下流坯子。他们对我说的恭维话和溢美之词，对我是一种侮辱。你明白我的意思吗？它们轻贱了我。你想想看，一伙醉鬼，他们连和一只病猫待在一块儿都心惊胆战。他们给正经人提鞋都不配。你想想，就是这些人，他们撑着两条后腿，向我叫啊，喊啊——他们冲着我叫喊呢！

“实话说，撒克逊，有时我真恨他们，恨不得翻过围绳冲到他们之中，打他个人仰马翻，让他们尝尝拳击的滋味。就说那晚与比利·莫菲的比赛吧。比利·莫菲，要是你认识他多好啊！他是我的朋友，是拳击台上最干净、最快活的人之一。就是他！我们一块儿上杜兰学校，我们从小就是好朋友。他的事儿就是我的事儿，反之亦然。我俩都喜欢拳击，结果胜负各半。那是两个相互挚爱的人的第五次拔拳相向。他年长我三岁。他有妻子和两三个孩子，我也认识他们。他是我的朋友，懂吗？

“我比他重十磅，但在重量级里，这算不得什么。他捕捉时机的能力及距离感不如我。我的下肢也相对较为稳重。但他更聪明，反应更快。在速度上，我难以望他的项背。我俩的抗击打能力均属一流。我俩都善于左右开弓，每一拳击出都招沉力猛。我清楚他的绝活儿，他对我同样清楚。我们互敬互重。我们势均力敌。两次打成平局，互有输赢。实话说，我没有一点把握自己能赢，我们的水平只在伯仲之间。现在，我们面临着又一次争斗。你不会感到受不了吧？”

“不，没有，”她叫道，“我喜欢听，你太棒了。”

他对她的称赞无动于衷：“我们的搏斗在继续——六轮，七轮，八轮，一直上下难分。我估算好他出拳的时间，用左直拳攻击他，趁他闪避的当儿，巧妙地使出一个小角度的右手勾拳。他一拳打在我下巴上，继而击打在耳部的重拳让我头昏眼花，头脑中一片嗡嗡声。这一场搏斗痛快淋漓。从观众的吵嚷声中，我们判断这又将是一场平局。你知道，一场拳击赛要进行二十轮。

“接着厄运降临。我们正要扭在一起，他突然向我头上击出一记短勾拳。他用的左手，真要是打在我下巴上，那一下子肯定完蛋了。我向前做了一个闪避动作，他的拳头扎扎实实地落在我头部一侧。真的，撒克逊，那一拳打得我满眼直冒金星。但我没有受伤，情形并不很严重，头上部那块儿骨头厚着呢。就那一拳，他全完了。他的左手拇指不好，儿时在瓦茨特拉克特沙地里打斗时留下的病根。他这一拳打在我头上，把拇指给打碎了。拇指自关节处向外扭曲着，原本就不很强健的韧带组织再次受到致命伤。我不是故意的，虽然在比赛中诱使对手在你头上打折手指这种肮脏手段也被视为正当。但哪怕给我一百万，我也不会对比利·莫菲干出这种事来。这是不期然发生的，全是因为我太慢，因为我天生就慢。

“那个痛啊！真的，撒克逊，没有过旧伤痕又添新伤的经历，很难体味到那番痛苦。比利·莫菲不得不慢了下来，他别无选择。他不再能使用双手出击了。他心里明白，我也明白，裁判亦然，但其他人还被蒙在鼓里。他假装若无其事地继续挥动左手，但实际全然不是一码事。手上的伤痛，像一把刀子在挖他的心。他没有真的使用左手击拳，但即便这样，他依然痛彻心扉。不管动与不动，疼痛都在所难免。对他左手击出的拳，我根本不加防备。我知道他的左手拳是一点力气都没有的。他那个拇指，轻轻一碰，便钻心的痛。那种痛法，比一千个脓疮或一千次击倒来得还要猛烈——全身的每一根神经都痛彻心扉，并且随着每次碰撞，疼痛愈发加剧。

“他必须放松一些。我不再逼迫他。我没了主意，不知如何是好。我慢了下来，拳迷们因此而大声喧哗。‘为什么不打？’他们开始狂叫。‘做假！做假！’‘干吗不亲亲他？’‘该给你一个友爱杯，比利·罗伯兹！’他们就叫着诸如此类的混账话。

“‘继续打！’裁判低沉而粗蛮地对我说道，‘继续打，否则我取消你的资格——你，比尔，我说你呢。’他说着，还用手在我肩上拍了一下，这样便确凿无疑指的是我了。

“‘认输吧。’和比利·莫菲纠缠在一起时我对他说，‘为了上帝的仁爱，比利，认输了吧。’然而他轻轻对我说，‘我不能，比尔——你知道的。’

“然后裁判将我们拖了开来。很多拳击迷开始起哄了。

“‘快进攻，比尔·罗伯兹，打倒他。’裁判对我说。我和比利没有打斗，又搂抱在了一起。我告诉裁判见他的鬼去吧。比利又碰到了手指，我见到痛苦化作一阵痉挛掠过他的面孔。这是娱乐活动？那个好孩子都快不行了。见到一个勇敢的人，一个你所挚爱的人眼神痛苦不堪，而你还得继续给他增添痛苦，你能把它叫做运动？我到死也是不明白。但下面那些人在我们身上投注了钱。我们是无足轻重的小人物。我们把自己给卖了，只值一百元。我们必须交付商品。

“实话说，撒克逊，那天我真想翻过围绳，撂倒几个吵嚷着要见血的拳击迷，让他们体验一下血腥的滋味。

“‘看在上帝的分上，打倒我吧，比尔，’比利在与我扭结在一起时说，‘重重来一拳我就倒了，但我不会自动倒下的。’

“想知道吗？我在那儿当场哭了起来，就在拳击台上，和比利扭斗的时候。我在为自己哭泣。‘我不能这么做，比利。’我轻轻对他说，双手搭在他身上，像一对亲兄弟。裁判怒不可遏，跑上前来要把我俩分开。满屋子的狼群都在不停地咆哮。

“‘揍死他。’观众这么叫着。‘冲上去，宰了他！’‘给他来一记够劲儿的，比尔。打他的下巴，把他打趴下去。’

“‘你必须这样，比尔，不然你就是个窝囊废。’比利说。他的眼睛里充满了友爱。裁判把我们拖了开来。

“那群豺狼拳击迷在不停地叫唤，‘做假，做假，做假！’

诸如此类的混账话，一直就没有停过。

“于是，我那么做了。这是唯一的办法，我就那么做了，我别无选择。我假装攻击，引他出左拳，然后突然向右一个规避，让拳头擦肩而过，紧接着用右手击在他下巴上。他熟悉这一套，他是个中老手，是他在实战中教会我这一招的。不下一千次他挺着肩膀迎向我的拳头，但这一次他没有这样做，他故意不加防备。砰！拳头落在他身上。他的身体如同一具僵尸飞起在半空，斜侧着掉落下来，脸部先碰着松木地板，接着无声无息地躺在地上，头像折断了一般扭曲在身体下。就是我呢，为了一百元钱，为了一帮给我蹭鞋都会让我感到羞耻的家伙，我下了手。我用双臂抱起比利，把他带到一个角落，竭力让他苏醒过来。哼，目睹这种事情的发生，观众表现得无动于衷。他们付了钱，见到了流血的场面和一方倒下的情景，而一个胜过他们千倍的人，一个我所挚爱的人，像死去了一般躺在地席上，对这个世界无知无觉，一张脸瘦骨嶙峋。”

比利缄默了一会儿，双目直勾勾地瞪着马匹，面色冷峻而愤怒。他叹息一声，转眼目视撒克逊，脸上露出一丝笑意。

“自那时起我就离开了这个行当。比利·莫菲还常常为此取笑我。他还在继续干——作为副业，因为他有一份好职业。但有时家里需要喷涂房子，或需付医生账单，或他的大儿子想买辆自行车什么的，他就到某个俱乐部去斗一场，挣上五十或一百元。适当的时候，我想让你与他见见面。跟你说，他可是个了不起的男子汉。但那晚的经历确实令我不堪回首。”

他的脸上再次现出冷峻与激奋的神色。撒克逊感到惊奇，她下意识的自然流露竟与社会较上层妇女刻意表现的诚挚一般无二。她冲动地紧紧握住他拉缰绳的手。他的脸庞转向她，从他唇间与眼睛里的盈盈笑意中她获得了回报。

“嘿，”他叫道，“我还从没对人这么喋喋不休过。多数时候我都沉默寡言,从不表露自己的思想。我想这件事有些古怪。我有一种要和你交好的感觉。我跟你谈我的想法，原因就在于此。至于跳舞嘛，和谁都一样可以玩的。”

他们溯城市而上，经过市政厅和第十四大街的高建筑群，穿过百老汇到维尔山，在公墓处右转弯，爬上比得蒙高地，抵达布莱尔公园后，直奔杰克墨斯峡谷绿草如茵的草地。他们行进的速度很快，撒克逊抑制不住其惊讶与快活。

“真漂亮，”她说，“没想到能有幸坐上这等马车。我真害怕这会儿猛然惊醒，发觉是南柯一梦，你不知道，我的梦里常常出现马。什么时候假使我能有匹马，作出怎样的牺牲我都心甘情愿。”

“真有趣，”比利说，“我对马也是一往情深。老板说我爱马成痴。我知道他于此道一窍不通，他是个门外汉，但除了眼前这两匹小马外，他还有两百匹高大威猛的马儿呢，我却一无所有。”

撒克逊赞许地笑道：“我喜欢花衬衣。我的时间都花在熨烫衣服上。其中一些衣服好漂亮，真是一辈子都难得见到几次的。事情很滑稽，也不公平。”

这番话又勾起比利的满腔怒火，他咬牙切齿地说：“有些女人为购置衣物不惜一掷千金。想到你曾挥洒汗水熨烫它们。我就气不打一处来。你明白我的意思，撒克逊。没有必要浪费口舌作解释。你明白，我明白，人人都明白。如果男人和女人在一起，不能谈论这些事，这个世界就是一个荒诞的世界。”他略有些许歉意，但对自己的话语表现出充分的自信。“我从没以这种方式与其他姑娘谈话，否则，她们会以为我居心叵测。她们总在提防别人是否有所用心，这着实令人烦恼不堪。

你与众不同，我可以与你坦诚相对。我知道我只能这样，事情很明了，你善解人意，像比利·莫菲和其他善于与人交往者一样。”

她舒了一口气，心里感到快活得不行，望着他的目光中不期然闪烁着爱情的光芒。“我所经历的大体相似，”她说，“以前和人相处，我从不敢涉及这些话题，因为我知道他们会趁机占便宜。和他们的交往，我感到是一种相互欺骗，没有一句话发自内心，宛如上演一场化装舞会。”她停顿片刻，欲言又止，然后以不寻常的低沉的声音坚定地说，“我没在睡觉。我在用眼睛看，用耳朵听。我有过机会。当我对洗衣房厌恶透顶时，我几乎什么都做得出来。我也可能得到那些花色衬衣和其他的东西，也许能拥有一匹马。有一位银行出纳——如果没有污了你的耳朵的话，可以据实告诉你，他是个有妇之夫。他直截了当地摆出了条件。我不在乎，你知道的。我不似别的女孩那么多愁善感，我是不名一文的小人物。那种谈话有如生意场上的交易。从他那里，我认识了男人。他告诉我他对事情的计划安排。他——”她的声音消失在无言的悲伤之中。寂静的空气里只有比利的牙齿在咬得咯咯作响。

“你用不着告诉我，”他叫道，“我知道这是一个肮脏的世界，简直不可理喻，公正已消失了踪影。妇女的身上，有最美好的品质，她们却像马一样，被买来卖去。我不能理解那些女人和男人的生存之道。我不明白男人要获得某样东西，除了在购买中实施欺骗，还有别的什么法子。很可笑，不是吗？就说我的老板和他的那些马吧。当然他也有很多女人。为什么他可以有那么多马匹和大群的女人，还有其他的一切，而你和我却一无所有呢？”

“你有自己的绸缎呀，比利。”她说。

“你也有的。然而我们就像卖布一样，在柜台上明码标价出卖自己。我想你只要在洗衣房多待几年，就会明白它会怎样对待你了。就说我吧。我在每天的工作中，慢慢地出卖我的绸缎。看到这根小指了吗？”他将缰绳交换到另一只手中，举起空闲的一只手看了一会儿，“这根手指不能像其他手指那样伸直，并且情况愈来愈糟。拳击时我从不伸出这根指头。是驾车给弄的。绸缎卖出了柜台，就这么回事。见过四驾马车老驭手的手吗？看起来像爪子一般，弯勾扭曲得不成样子。”

“我们的先辈越过大平原时，情况截然不同，”她说，“他们的手指可能也会弯曲，但他们拥有最好的马匹等一应物事。”

“当然啦，他们为自己干活，他们的手指因为自己而扭曲。而我的手指弯曲，是为老板卖命所致。知道吗，撒克逊，他的手可柔软了，像那些养尊处优的女人的手。但他有马，有马厩。他无所事事，我却要做牛做马，去换取几个生活费。世道变成这样，真让我愤恨不已。可是谁该为此负责？我想知道答案。时代变了，是谁导致这些变化的？”

“不是上帝。”

“绝对不是。这又是一件让我烦恼的事情。究竟谁是上帝？如果世界是由他来管理——否则他有何用？——为什么他允许我的老板，以及你提到的那个出纳员那种人拥有马匹，购买女人——那些原本应该去爱她们的丈夫，养育她们不以为耻的孩子，依照天性快乐地生活的可爱的小姑娘？”

10

马匹不住地喘息，长途奔波使它们汗流浃背。马车沿古道爬上陡峭的斜坡进入莫洛加山谷，从康特拉科斯达山峦的分界线开始，道路沿着莱德伍德大峡谷青翠的草坪大幅度下降。峡谷里阳光明媚，寂静安谧。

“很美，是吗？”比利问道，扬手指向林木扶疏的树林。林间泉水涓涓流淌，夏日的蜜蜂发出一片嗡嗡声。

“我很喜欢，”撒克逊肯定地说，“眼前的美景让我产生出终老乡间的念头。我从没在乡间生活过。”

“我也没有，撒克逊。我从没有这种生活的体验，而我的先辈都是乡下人呢。”

“那时还没有城市，大家都生活在乡间的。”

“我想你说得不错，”他点头赞同道，“他们必须住在乡间。”

轻便马车没有刹车系统。在陡峭、弯曲的下坡道上，比利全神贯注地驾驭着马匹。撒克逊靠着座背，闭合双眼，心中的惬意难以言喻。他不时掉头，扫视一眼她的双眼。

“怎么啦？”终于他略带惊讶地问道，“不舒服吗？”

“太漂亮了，我都不敢睁眼瞧了，”她说道，“绚丽得让我心痛。”

“绚丽吗？有些意思。”

“不是吗？但它却让我这么感觉的。确实绚丽。城市里的房屋、街道和所有其他东西都没有这份色彩，但这确实是的。我不知道为什么，就是这种感觉。”

“天啦，我想你是对的，”他感叹道，“我也有了这种感觉了，而你说了出来。这里没有阴谋，没有诡计，没有欺骗，也没有谎言。树木自然地站立，挺拔而洁净，好像初入拳击台的童贞汉子，没受到圈中腐浊空气的侵蚀，没学会欺骗，为了诸如打赌之类和迎合拳击迷而花招迭出。不错，这就是绚丽。嘿，撒克逊，你很有眼力，对吗？”他若有所思地停顿下来，注视她的目光带着柔情万种，让她心猿意马，情难自禁。

片刻之后，马车行驶在谷底的平地，在田间空地和阳光下黄澄澄熟透的麦浪间穿行。比利又一次转向撒克逊："这么说你已谈过好多次恋爱了。到底怎么回事，跟我说说。"

她慢吞吞地摇晃着脑袋："我只是想我恋爱过，可也不是很多次呢。"

"不是很多次！"他叫道。

"实际上从来没有过，"她肯定地对他说，心中暗自为他无意中流露的嫉妒感到高兴，"我没有真正恋爱过。如果有过那种经历，现在我也不会是单身一人了。你知道，如果我爱上了一个人，除了嫁给他，我还能怎样呢？"

"但也许是他不爱你呢？"

"噢，这我就不知道了，"她脸上露出微笑，戏谑中带着自信与自豪，"我想我能让他爱上我。"

"我想你能做得到。"比利动情地说。

"问题是，"她继续说道，"爱我的人我又不那么在乎。哦，你瞧！"

一只美洲白尾棕色兔一溜烟穿过道路，身后留下一道细小的烟尘，标示着它逃逸的路线。下一个拐弯处，在马匹的鼻息下，数十只鹌鹑振翅高飞。比利和撒克逊惊喜地叫了起来。

"嘿，"他喃喃自语道，"我真希望生长在农家。有些人就不适于居住在城市里。"

"起码我们这些人不适宜。"她附和道。静默了片刻，她长长地叹息一声："这里的景色美不胜收。如果我们能在这儿住一辈子，那真可谓是梦想成真了。有时我想要是能做一个印第安女人该有多好啊。"

好几次比利欲言又止。"关于那些你认为与之恋爱过的男人，"他终于说出了口，"你还没跟我说过呢。"

“你想知道？”她问道，“他们算不得什么呢。”

“我当然想知道。继续说吧，快点。”

“好吧。第一个人的名字叫阿尔·史坦。”

“他干什么的？”比利略带威严地问道。

“一个赌徒。”

比利的脸色陡然间阴沉下来。从他的目光中，她看出了他心中的疑云。

“噢，没什么关系，”她笑道，“那时我只有八岁。你看，我这是从头说起呢。那时我母亲刚刚过世，我被卡迪收养了。他经营着一家酒店和一个沙龙，在洛杉矶，一个很小的酒店而已。多数时候，只有做工的人，那些最普通的劳动者和一些铁路工人光顾。我猜想阿尔·史坦也是他们其中之一。他长相英俊，寡言少语，说话的嗓音很柔和。他的眼睛难以置信地漂亮，一双手柔软清洁至极。它们现在依然浮现在我眼前。他有时在下午与我玩上一阵，给我一些糖果什么的。白天的大部分时间里他都睡觉。那时我闹不清楚为什么。我想他大概是扮装的神话中的王子。然后他就被杀死了，在酒吧里，但他先杀了置他于死地的那个人。第一场恋爱到此结束。

“后来的一次是在贫民区，我十三岁时，和哥哥生活在一起。自那以后，我一直和哥哥没有分离。他是个为面包房赶车的男孩。差不多每天早晨上学的路上我都碰见他。他总驾车从伍德大街来，直奔第十二大街。也许是他策马的样子吸引了我，总之，我恋着他有好几个月。然后他丢了工作或怎么的，反正另外一个男孩赶了那辆车。我们相互间甚至没说过一句话。

“十六岁时，我爱上了一位书店店员。我似乎对书店的人情有独钟。这位店员和查莱·龙殴打过的那位同在一家洗衣房工作。对该店员产生情愫时，我正在希克梅尔罐头厂工作。他也有一双柔软的手。但很快我就厌倦他了。他这个人，怎么说呢，观念就像你的那位老板一样。我从未真正爱过他，这是由衷之言，比利。从一开始我就觉得他不对劲儿。在纸箱厂工作时，我想我爱上了卡安鞋店的一位职员，就是第十一大道与华盛顿街交界处的那间。他为人和善，而那也就是他的问题所在。他太和善了，以致生命缺乏了生机，没有了冲动。他想和我结婚，但我找不到非他不嫁的感觉。这表明我不爱他。

“那以后——不过，没什么以后了。我可能说得过细。简而言之，记忆之中，还没有哪位值得我倾心相爱。和那些男人在一起，更像是一场游戏，或是一场战争，并且双方的战斗从来就没有公平过。我们似乎心中各有盘算，我们不能坦诚相待，不能畅所欲言。相反，我们似乎都在努力占对方的便宜。查莱·龙倒是诚实，那位银行出纳也可谓诚实，可他们让我战斗的感觉更浓。所有这些人都让我感到我必须保护自己。他们不会保护我的，这一点毫无疑问。”

她停住话语，趁比利聚精会神驾驭马车之机，饶有兴趣地看着他光滑的侧面。他掉头满腹疑虑地望着她，眼帘中见到她伸展手臂的身姿和她双眼中透露的懒洋洋的笑意。

“我就言尽于此了，”她最后说，“我什么都跟你说了，这在我是生平头一回。现在该轮到你了。”

“我没什么好说的，撒克逊。我对女孩子从没认真过，或者说没有想过要和她们结婚。我更喜欢和男人交往——像比利·莫菲那样的。此外，我想我太热衷于训练和搏击，对女人的兴味索然。这样说吧，撒克逊，我并非圣贤，你知道我说的什么意思。但我生平从未向女人示爱，她们缺乏对我的吸引力。”

“但这无妨于她们喜欢你呀。”她调侃着说，心中为他的率直感到雀跃不已。

他专心致志地摆弄着马匹。

“人数还不少呢。”她紧追不舍。

他依然缄默不语。

“难道不是吗？”

“那不是我的错呀，”他不紧不慢地说，“如果她们有心向我眉目传情，那是她们的事，但对此接受与否，则取决于我，不是吗？你不知道职业拳击手是怎样为人追逐的，撒克逊。有时我想起那些姑娘和妇人，她们简直是不知羞耻。我并不怕她们，这你可以相信，但我无意拜倒在她们的石榴裙下。一个聪明的男人是不屑为这种女人花费心思的。”

“也许你心中根本没有爱吧？”她斗胆说。

“也许吧，”他沮丧地说，“无论如何，对追逐我的那些姑娘，我一个也看不上。对于情窦初开的小伙子，这或许行之有效，但一个真正的男人不会喜欢成为女人的猎物。”

中午一点，比利驱车离开正道，进入林间的一块开阔地带。“我们就在这儿开饭吧，”他宣告说，“我认为自备的午餐比在路边餐馆就餐更好。现在我先去卸马具。我们的时间很充裕。你可把午餐篮拿出来，将东西放在毯子上。”

撒克逊取出午餐篮，一时被他的奢侈惊得目瞪口呆。看来他似乎想把熟食店抢购一空。

“你太爱面子了，”他刚傍着她坐下，她便冲着他责备道，“你瞧瞧，这么多，五六个砖瓦匠也吃不了呢。”

“还好吧，是吗？”

“是的，”她承认道，“问题是好过头了。”

“那么就行了，”他最后说，“我就喜欢量多。”

稍后，他们吃完了午餐。他仰卧在地上，点了一支烟，询问她早先的一些故事。她给他讲述了在哥哥家的生活。她每周必须支付四个半美元的膳宿费。十五岁时她从文法学校毕业，在一家黄麻纺织厂做工，每周挣四美元，其中三美元交给萨拉。

“那位沙龙店主怎么样？”比利问道。“他怎么会收养你的？”她耸耸肩膀，说：“不太清楚。我只知道我的亲戚都过得很艰难。他们穷困潦倒，只能勉强糊口。卡迪，就是那位沙龙店主，曾和我父亲同在一个连队服役。他总以基特上尉的名义发誓，那是他们给他取的绰号。我父亲曾坚持不让医生给他做截肢手术，这件事他终生难忘。他以开酒店和沙龙维持生计，后来我发现他为我们家出过大气力，支付了很多医疗费，使我母亲得以安葬在父亲身侧。我原本要到韦尔叔叔那里去的，我母亲希望他能为我提供一个归宿。他的农场位于温图拉山地，其时那里战事正酣，很多人遭到杀戮。后来因为栅栏和放牧人，或许还有其他的事的牵连，他被送进监狱。一晃好多年过去，他获得了自由，农场却已被律师们占为己有。他年老力衰，家产散尽，妻子又病魔缠身。他找了一份守更人的工作，四十美元一个月。这样，他无法照看我的生活，卡迪就收养了我。

“卡迪是个好人，如果他确实曾经营过一个沙龙。他妻子身高体壮，相貌姣好。周围的人风言她人品低劣，我想事实大概也差不离儿，但她对我很好。我不在乎别人说三道四，也不在乎她的人品是优是劣，她对我好得出奇。卡迪过世之后，她走向另一个极端，结果，我被送进了孤儿院。那里的环境糟透了。我在孤儿院前后待了三年。后来汤姆结了婚，有了一个安定的家，有了一份固定的工作，就把我接出来和他一起生活。那以后我的工作也相当稳定。”

她忧郁的目光掠过前方田野，落在一道被底座的罂粟花点染得通红的栅栏上。比利仰卧着，兴味盎然地打量着她的女性味很浓的鹅蛋脸。他徐徐伸出手去，嘴里喃喃说道：“可怜的小东西。”

他满怀同情地用手触及她光裸的前臂。她低头注视他的眼睛，从中读到惊讶与欢快。

“怎么，你的皮肤这么冰凉，”他说，“我身上永远是暖洋洋的。摸摸我的手看。”

他的手温暖湿润。她注意到他的前额和刮得很干净的上唇布满了细小的汗珠。

“天啦，你出汗了呢。”

她俯下身，用手帕轻轻为他擦去上唇和额头上的汗水，然后又擦干了他的手掌。

“我可能是用皮肤呼吸的，”他解释道，“训练场和体育场那些有学问的人都说这是健康的好迹象。但现在我比平时出汗更多。挺有趣，是吗？”

她挪开他放在自己胳膊上的手，帮他擦干了汗水，又任由他的手归还了原先的位置。

“真的，你的皮肤很凉！”他的好奇心重又生起，“柔若丝绒，滑似绸缎。那种感觉奇妙无比。”

他自腕至肘轻柔地抚摸她的手臂，在下行途中停顿了下来。上午的太阳让她产生阵阵倦意。他的触摸像电流一般掠过她全身。迷迷糊糊中她告诉自己可以爱身边的这个男人，包括他的手和一切。

“我已把凉意从那块儿驱除。”他没有抬头，但她可以看见盘桓在他唇间的调皮的笑容，“现在我要试试另一边了。”

他情意绵绵地抚摸她的另一只手臂。她低下眼睛，注视他的嘴唇，第一次与他热吻的感受重又浮现在她心头。

“继续说吧。”五分钟的静谧充满了柔情蜜意，“我喜欢瞧着你说话时唇部的蠕动，很中看，每一个动作都像是动人心魄的一吻。”

她衷心地希望他们能恒久如斯，然而她言不由衷地说道：

“我说的话，你不会喜欢听的。”

“继续说吧，”他坚持道，“无论你说什么，我都愿意洗耳恭听。”

“好吧。那边栅栏旁有些罂粟花，我想去摘几朵，然后我们就回家。”

“我输了，”他笑道，“但你还是做了二十五个迷人的吻姿。告诉你吧，我一一数过的。再唱一首《收获季节过去的时候》吧，趁机我给你暖暖另一支冰凉的胳膊，然后我们就走。”

她展开歌喉，一双眸子目不转睛地注视他的眼睛。他的目光紧紧盯住她的嘴唇。歌声甫落，她从他手中抽出胳膊，站立起来。她将她的夹克衫递给前往套马的比利。她是一位颇具个性的姑娘，孤苦无援的生活练就她一种强烈的独立意识。然而，对于别人的殷勤与呵护，她还是乐于接受。在儿时，女性先驱者们关于西班牙——加利福尼亚时期的骑士礼仪及对女性的伺候等等议论已然在她的心灵之中留下了不灭的印记。

他们向东，继而向南转了一大圈。太阳渐渐西沉。他们越过康特拉科斯达山脉的界线，驶下长长的山坡，经过莱德伍德山峰来到弗奴特瓦尔。山脚下是一马平川，直通海湾。平地、田野纵横交错，其间星星点点布落着阿尔姆赫斯特、圣林德若和黑瓦德等数座城镇。奥克兰的烟雾让西边天空一片阴霾，而在海湾那边的旧金山已见到霞光初露。

暮色拉下了帷幕。比利不同寻常地保持着沉默，足足有半个小时，他似乎完全没有意识到她的存在。偶尔一阵清凉的晚风吹过，他用力将车毯紧紧裹在两人的身上。好多次撒克逊都想问："你在想什么？"但话到嘴边又用力压了下去。她和他相互倚靠着，心满意足地享受一份心灵的宁静。

"喂，撒克逊，"他突然开了口，"我再也憋不住了。这个念头在嘴里转了一整天，午餐后我就想对你说。你愿意和我结婚吗？"

她知道这是他的由衷之言，不由得喜不自胜。她本能地想要作些姿态，逗引他追求，抬足身价之后再表示同意。此外，她的女性的敏感与骄傲受到了侵犯，她未曾料到她心目中的白马王子的求婚来得如此唐突。他使用简洁的语言，直言不讳，其本身就构成一种伤害。而在另一方面，她对他亦是求之若渴。其程度之深，直到如今他贸然地把自己摆到追求者的位置，她才有所觉察。

"怎么，你得说些什么呀，撒克逊，是好是坏得给我说个明白。无论如何，应给我一个说法吧。我是爱你的，请考虑这一点。我对你的爱难以自抑，撒克逊。我没办法不这样，因为我要跟你结婚。这是我生平第一次向姑娘求婚。"

又是一阵静默。"你多大了，比利？"她突然不经意地问道，一时让比利摸不着头脑。

"二十二岁。"他回答道。

"我二十四了。"

"你以为我不知道？你离开孤儿院时几岁，你在黄麻纺织厂的工作年限，还有在罐头食品厂、洗衣房的工作等等，我无不一清二楚。你或许以为我不会做加法？我早知你的年龄了，甚至你哪天的生日我都心中有数。”

“可这些不能改变我比你大两岁的事实呀。”

“那又怎么了？如果这件事果真重要，我也不至于爱上你了，对吗？最重要的是爱情。难道你看不出来？我真心实意地爱你。我必须得到你。我认为这很自然。并且我一贯喜欢马儿、狗儿和乡村的居民，我认为自然的东西就是对的。我决心已定，无可更改了，撒克逊，我是非你不娶，希望你也能认定非我不嫁。我的手或许不如书店的店员和职员那么柔软，但它们能为你工作，能像山姆·希尔一样为你战斗。而且，撒克逊，它们也能抚爱你呢。”

对于别的男人，她不能不加以提防。而如今面对比利，她的心理防线消失得无影无踪，她没有感觉到设防的必要。这不是游戏，这是她生命的希冀。和比利在一起，她无拘无束，心安理得。她无法拒绝他的任何要求，即便他的行为表明他只是芸芸众生中的普通一员。从这种不同寻常的感觉中衍生出更趋于理想的念头——他将证明他并非凡夫俗子。她没有说话。身心的激荡促使她一把抓住比利的左手，轻轻掰开他握着缰绳的手指。比利不明所以，但拗不过她的执拗，换用右手持缰。她低下头，亲吻了马车夫手掌上特有的老茧。

比利惊喜交加。“你是说你同意了？”他结结巴巴地问道。

她又一次亲吻了他的手掌作为回答。她喃喃说道：“我喜欢你的双手，比利。对于我，它们是人世间最美好的一双手。它们对我之重要，不是三言两语能够讲得清楚的。”

“喔！”他对马发出一声吆喝。

他拉紧缰绳让马车停下，嘴里发出“吁吁”声安顿着马匹，然后将缰绳与马鞭系在一起。他转身张开双臂将她拥入怀中，两对嘴唇紧紧地贴在了一起。

“哦，比利，我会做你的好妻子的。”亲吻的间歇中她抽泣着说。

他吻过她湿润的眼睛，又贴上了她的嘴唇。“现在你知道我先前想的什么，吃午餐时为什么我一直出着汗了。当时我就感觉到憋不住了，非得跟你把全部心思说出来不行。你知道吗，我第一眼见到你后，就对你爱得不能自拔了。”

“我想我对你也是一见钟情呢，比利。那天一整天我都为你感到自豪。你那么和善、温柔，那么强壮。男人们敬重你，姑娘们爱慕你。我无法爱上一个我不能为之感到自豪的男人，并和他结婚。我为你自豪，非常自豪。”

“我能拥有你，为此我所感到的自豪较之你有过之而无不及呢，”他说道，“事情顺利到令人难以置信。也许闹钟要响了，过几分钟便会将我们从黄粱美梦中惊醒。好吧，如果是那样，我要抢先充分把时间加以利用。你注意了，别让我吃了你，我对你已是饥不可待了。”

他倾情的拥抱令她呼吸不畅。这段无比幸福的时光似乎绵绵无绝期。终于他松开了双手，努力集中注意力面对现实。

“闹钟还没响呢，”他缠绵地与她耳鬓厮磨，“今晚四下里一片漆黑，前面就是弗努特瓦尔了，不知道路中间是否安安静静地站着国王和王子。没想到我还有不愿放下缰绳的时候，而它就发生在现在。今晚我还有些时间。我不能与你别离，它的伤害远甚于毒药，但我们必须面对这样的现实。”

他扶正她的身体，将凌乱的车毯紧紧裹在她身上，嘴里吆喝着让急不可待的马上路了。

半个小时后他叫道：“喔！我知道现在我已经醒了，但不知道以后是否会一直逗留在梦中，我需要证实一下。”

他又一次系好缰绳，将她紧紧拥入怀中。

11

撒克逊觉得时间过得飞快。她在洗衣房马不停蹄地工作，加班时间较平日里更长。工作的闲暇，她醉心于为即将来临的生活巨变详作准备及与比利约会。他好似一位心急如焚的小爱神，坚持在求婚的次日举行婚礼，尔后勉强同意将婚礼推迟一个星期。

“为什么要等呢？”他问道，“我们不会因此变得年轻，而每等一天，我们就损失了一天。”

最终他们达成共识，婚礼延期一个月举行。这一安排较为妥当，因为两个星期后，他将和其他几位马车夫一起，转换到西奥克兰为考伯利和莫里森马场工作。比利和撒克逊在城市另一端找到了住房，租下了第五和第四大街之间紧靠南太平洋机车维修厂的一幢四室的整洁的小屋，月租金十美元。

“我们租的房屋便宜极了，”比利如此评判道，“看看我现在住的那间，面积尚不及这里最小的一间，月租金也要六个美元呢。”

“但那是装修过的呀，”撒克逊提醒他说，“你知道这里面相差很大呢。”

比利对此不能认同：“我没多少学问，撒克逊，但做简单的算术题不成问题。感到困难时，我还可以借用一下手表呢。我甚至可以连利息一块儿计算出来。你估算一下装修那座房子要花多少钱，包括地毯、厨房的亚麻地毡和其他所有东西？”

“三百元足够了，”她回答道，“我想过的，三百元肯定够了。”

“三百元，”他嘴里念念有词，蹙起眉头细细思量，“三百元，以百分之六计息，一元六分，十元六角，一百元六块。三百元的年利息总共十八元。你看，我做十进制乘法还算熟练吧。现在用十八除以十二，得出月利息为一元半。”他顿住话头，为证明了自己的满足并非没有缘由而沾沾自喜。接着他又露出一副深思的神态，“慢着，还不止于此呢。那是四个房间里家具的利息。如果以四去除，一点五除四得多少？”

“十五除以四，得三余三，”撒克逊很快说出答案，“三十除以四，得七余二,四分之二亦即为零点五，你说得不错。”

“妙哇！你是个算术天才呢。”他犹豫片刻，“我还没有完全明白。刚才你说是多少？”

“三角七分五厘。”

“啊哈！我知道我的一个房间可省下多少钱了。四个房间十元，亦即一个房间两元半。加上三角七分五厘的家具利息，总共为两元八角七分五厘。六减以——”

“三元一角二分五厘。”撒克逊补充道。

“对了！从我租的房子里可省下这么多了。你说，结婚是不是能省钱？”

“但家具会有损耗呢，比利。”

“啊，这我倒没想到，这也该计算进去的。不管怎么说，从这里头我们多少可以省下一些。下周六下午，你得向洗衣房告假，我们好一块儿去购买家具。昨晚我已去赛林格家具店看过了。我给他们留下了五十元底金，其余的分期付款，一个月十元。二十五个月后，家具就是我们的了。记住，撒克逊，你想买什么就买什么，别管价钱多少。为我俩购置东西可不能总考虑节俭，明白吗？”

她点点头，不露声色地暗自盘算着各项花费。她的眼圈湿漉漉的。“你对我太好了，比利。”她低声说着走向他身边，被他一把抱在怀里。

“你去买过订婚戒指了？”一天早晨玛丽在洗衣房对她说。她们开始工作不到十分钟她便注意到撒克逊左手第三个指头上戴着的黄玉戒指。“是谁那么幸运呢，查莱·龙还是比利·罗伯兹？”

“比利。”她回答道。

“哈，领养一个小弟弟吗？”

撒克逊感到这句话像刀子一样直捅进她的心窝。玛丽为自己的失言懊悔不已。

“我是说笑呢。听到这个消息，我高兴得要死。比利是个非常好的男人，你能得到他我好开心。像他这样的男人不多见，即便有也是可遇不可求。你们俩都很幸运。你们是天生一对。没有哪个姑娘比你更适合做他的妻子了。定下时间了吗？”

三

12

萨拉性格保守。更糟的是随着恋爱时光的终结和第一个孩子的降临，她的生活陷入了某种固定的模式，有如倒在模具中的灰泥一般僵化。这一模式由偏见、她童年时的观念和她所居住的房屋构成。她极囿于传统，因而习惯圈内的每一变化在她眼中都无异于一场革命。汤姆已经历了无数场这样的革命了，其中三次是变换居所。后来他由于精力不济，便不再搬迁了。

考虑到这种情况，撒克逊拖延到最后时刻才宣告她即将举行的婚礼。她预料会有一场风波，结果所料不虚。

“一个职业拳击手，一个混混，一个阿飞。”萨拉嗤之以鼻地说。此前她对每周少了撒克逊的四个半美元将给她和她的孩子的未来产生怎样的灾难性的后果大大作了一番预言，直至筋疲力尽。“要是你母亲活着的话，见到你找了比利·罗伯兹这样一个粗人，指不定要多伤心呢。比尔？哼，你母亲有教养，不会和什么叫比尔的男人有任何瓜葛的。我也没什么好说的，只是你可以跟你的那些丝袜和你的三双鞋说声再见了。过不了多久，你穿着破旧的衣衫到处转悠，两双棉袜穿三个月，还得谢天谢地呢。”

“哦，我不担心比利供不起我鞋子。”撒克逊骄傲地摇了摇头说。

“你不知道自己在说什么，”萨拉停住嘴，悻悻地微笑着表示反对，“你等着瞧吧，孩子会一个接一个到来。他们来的速度比现在工资的增长速度要快得多。”

“我们不会要孩子的，我是说在开初的时候。起码要等到我们付清了家具费用以后。”

“你们这代人真够聪明，是吗？我年轻那会儿，做姑娘的谈论这种事情，可是大大有失体面的呢。”

“生孩子那样的事吗？”

“当然。”

“我这是第一次听说生孩子有失体面。我说，萨拉，你呢？你生了五个孩子，你曾经多么有失体面啊。比利和我决定不要失却你一半那么多的体面。我们只想要两个孩子——一男一女。”

汤姆忍俊不禁，但为了保持平和的局面，他将脸藏在了咖啡杯后。萨拉一时被撒克逊的坦率的攻击噎得无言以对，但她不愧为个中老手。停顿不足片刻，她从另一角度开始了她的攻击。

“这么快就结婚，简直是突如其来呢。难道这还不够让人起疑吗？我真不知道今天的女人怎么了。她们丝毫不正派，可以这么说，她们是不正派的，所以才有星期天的跳舞和其他乱七八糟的事情。”

撒克逊气得脸色煞白。在萨拉喋喋不休进行谩骂时，汤姆一个劲地向妹妹眨眼示意，乞求她克制，免得惹起冲突。

“好了，我的小妹，”避开萨拉后他赶紧安慰撒克逊，“和萨拉争论无济于事。比利·罗伯兹是个好男孩，我对他很了解。你能找到他做丈夫是件值得骄傲的事情。和他在一起，你肯定会幸福的。”他急切地继续着他的谈话，一时间声音低沉下来，神色陡然变得十分苍老，“接受萨拉的教训吧，别唠叨。无论你做什么，只是不要唠叨。不要总是对男人指手画脚，应该不时地让他发表己见。男人有时很注重形式，这一点萨拉不会明白的。咳，实际上萨拉是爱我的，虽然她从不表露。你应该爱你的丈夫，并且应该坦然地告诉他这些，这样你可以哄着他做你所希冀的事情。有时不妨任由他自行其是，反过来他也会对你表现得宽容。但你一定得保持对他的爱，努力做到夫唱妇随——他不是傻瓜——这样你的生活就会一帆风顺。萨拉给我的教训，让我时时刻刻担心出错。我真的希望别再出现什么差错了。”

“哦，我会的，汤姆。”撒克逊点头答应道。他的同情使她热泪盈眶，但她的脸上依然挂着笑容。“不仅于此，我还将做得更好。我要让比利爱我，永远爱我。那样，我无需哄他。他将因为一片爱心而心甘情愿地为我做一切我想做的事情。”

“你这个想法不错，撒克逊。坚持不懈，你会如愿以偿的。”

晚些时候，她戴上帽子，正要动身前往洗衣房，发现汤姆在街角等她。

“撒克逊，”他气喘吁吁地说，“别以为我说的那些话——你知道我指的是有关萨拉的——意味着我对她不忠。她是个好人，忠心耿耿。很长时间以来，她的生活都很艰难。我要是说了什么她的坏话，真该自己嚼了自己的舌头。各人都有一本难念的经。穷人就该受这样的磨难，对吗？”

“汤姆，你对我太好了，我一辈子都不会忘记的。我知道萨拉没有恶意。她是尽了力的。”

“我没有能力给你一份结婚礼物，”她哥哥小心翼翼地表示歉意，“萨拉根本就拒绝考虑这件事。她说我们结婚时也没得到亲戚的礼物。但我还是有些东西给你，你会吃惊的。你不会想到是什么。”

撒克逊心情急迫地等待着。

“你告诉我你要结婚，我不期然想到了它，便写信去给乔治兄弟，问他要来给你。他用快递将它送了过来。我先前没跟你说，因为我不知道他是否已将它出售。确实，他把银马刺给卖了，我想他需要钱。另外一件我已送到店里了，以免惊动萨拉。昨晚我悄悄将它取回，藏在柴火间里。”

“噢，是我父亲的东西吗？到底是什么？哦，到底是什么呢？”

“他的军刀。”

“就是他骑着高头大马佩带的那把！哦，汤姆，什么礼物也赶不上这份好呢。我们快回去吧，我想瞧瞧它。我们可以悄悄地走后边那条道。萨拉在厨房里洗衣服，起码要一个小时才出得来。”

来到柴火间，汤姆挖掘掩埋的宝藏，撕开外裹的纸层。一把南北战争时期骑兵军官使用的重型军刀赫然在目。只见钢鞘上锈迹斑斑，外面包裹着的一层垂着长穗的绯红色绸缎被虫蛀得千孔百疮。撒克逊迫不及待一把将刀抓在手中。她抽出刀身，将嘴唇紧贴在钢铁上。

13

“喂，伯特，你喝醉了！”玛丽厉声责备道。

他们四人占用了巴拉姆饭店的一个独立小间。婚礼晚餐已经结束。伯特手持一杯加利福尼亚红酒站在桌前，努力想讲点什么。他脸色通红，黑色的眼睛异常明亮。

“你在与我相遇前就开始喝酒了，”玛丽继续说道，“看得出来你现在已经灌得迷迷糊糊了。”

“去征询一下眼科医生的意见吧，亲爱的，”他回答道，“温荷普今晚正常着啦。他在这里，站立着向他的老朋友伸出一双快乐的手。比尔，老伙计，握握手吧。我想它既表达了对你的问候，也包含着与你道别之意。你现在是有家室的人了，比尔，你得过有秩序的生活，不能再和一帮小子们东游西荡了。”

他炯炯有神的目光带着胜利的神色，俏皮地落在玛丽的身上。

“谁说我喝醉了？没有可能。光天化日之下的桩桩件件我都瞧得清清楚楚。我看见那里坐着比尔，我的老朋友比尔。我眼中只有一个比尔，而不是两个。比尔从来就没有两副面孔。比尔，老伙计，见到你走进了婚姻的牢笼，我感到很遗憾。”他突然停顿话头，转向玛丽，“别生气，好姑娘，我这是英雄有了用武之地呢。我祖父是州参议员，他的言谈情趣高雅，机智诙谐，可以滔滔不绝一直谈到夕阳西下，倦鸟晚归。我的才华也不稍逊。比尔，看到你，我真的感到遗憾。再说一遍，我感到遗憾——”他以挑衅的目光注视着玛丽，“我言必不虚，瞅一眼我就知道，你注定是要快快乐乐地过一辈子。记住我的话。你是个聪明的家伙，让我们为女人祝福。你有一个良好的开始。不要懈怠。该接受的都应该接受。要善待婚姻中可能发生的一切。比尔，跟你说，你是一个头顶一绺头发的莫西干人。你找了一个女人为妻，那是一个优秀的女人，相信我好了。你这新娘子，这是对你俩和你们的后代的祝福。”

他突然一口饮干了杯中酒，瘫坐在椅子上，对着这对新婚夫妇眨着眼睛，“你接着来吧，比尔，”他叫道，“轮到你了。”

“我不善辞令，”比利咕哝道，“说什么呢，撒克逊？没有必要告诉他们我们多么幸福，他们知道这些。”

“跟他们说我们将永远幸福，”她说，“感谢他们的良好祝愿。我们也同样祝愿他们。我们四个人还会像原先一样，经常聚在一起。告诉他们下个周日请他们到松柏大街五百零七号与我们一同进餐。玛丽，如果你愿意周六晚间过来，你可以使用那间空闲的卧室。”

“你自己已跟他们全说过了，表述得比我更为清楚。”比利双手击掌，“你足以为此感到自豪。我想他们也没有更多的好补充了。不过，我也该给他们留下几句热乎点的话语。”

他站起身，手按着酒杯，清澈的蓝眼睛在黝黑的眉毛和睫毛的衬映下，愈发显得深沉，头发和皮肤的褐色更加引人注目。他的脸色绯红——不是酒精的作用，因为此前他不过饮完一盅红酒——那是健康与欢乐之色。撒克逊抬头望着他，骄傲之情油然而生。他衣着光鲜，身体强健，容貌俊秀，整个人收拾得十分齐整——她的白马王子！她也为自己感到骄傲。作为一位女性，她具有令人钦羡的美好德行，由此她赢得了这么优秀的爱人。

“听我说，伯特和玛丽，你们现在正参加撒克逊和我的结婚晚宴。我们会把你们所有的良好祝愿记在心上。我们也同样祝福你们。我们这么说，比你们所理解的要更进一层。撒克逊和我相信善有善报。所以，我们希望有一天桌上的人掉转一个位置，我们作为客人来参加你们的婚宴。这样的话，如果我们相约在周日聚会，周六晚间你俩就可以过来，在我们空着的那间卧室歇息。我想在我给房子进行装修时，就有过这种说法，是吗？”

“没想到你会这样，比利！”玛丽嚷嚷道，“你不折不扣和伯特一样粗俗。不过我还是要——”她的眼睛一阵潮湿，声音颤抖着不能竟言。她透过泪光望着他们，然后转头注视着伯特。伯特拦腰将她抱住，放在自己的膝上。

他们离开饭店，步行来到第八大街与百老汇交界处的电车前。伯特和比利神色局促，默然不语。一种陌生的隔离感沉甸甸地压在他们心头。另一边，玛丽正热切地拥抱着撒克逊。

“没事，亲爱的，”玛丽小声说，“别吓坏了。没事的，女人都得过这一关呢。”

售票员拉起铃声。两对男女匆匆告别。

“嘿，你这莫西干人！”伯特冲着驶去的电车喊道，“嘿，你这身披嫁衣的新娘。”

“记住我的话。”这是玛丽对撒克逊的临别赠言。

电车停顿在第七大街和松柏大街交汇处的终点站。这里距他们的住所只有两个街区的距离。来到家门前，比利从口袋里掏出钥匙。

“挺有意思，是吗？”他说着在锁孔里转动钥匙，“你和我，就我俩了。”

他点燃客厅的灯，撒克逊脱去帽子。他进卧室点了灯，转身站在门口。撒克逊还在摸索着取下帽上的饰针，趁空偷偷瞧他一眼。他张开双臂。

“现在来吧。”他说。

她向他走去。在他的怀中，他能感觉到她身体的颤抖。

14

婚礼后的第一个夜晚，撒克逊在门前守候着收工归来的比利。他们相互拥抱，手拉手穿过客厅走进厨房，比利不停地吸动鼻翼。

“上帝，这所房子味道好极了，撒克逊！不是咖啡香味，虽然我也闻到了咖啡香。是整座房子的味道，闻起来——唔，反正就是好闻。”

他在厨房的洗涤槽里稍事清洗。撒克逊打开炉盖在前面炉口烧着煎锅。他擦干双手，饶有兴趣地注视着她的举动。撒克逊将牛排倒入锅内，引得比利连声叫好。

“在干热的锅里做牛排，你从哪儿学来的？这是唯一正确的方法，可很少女人能够掌握。”

她揭开另一只煎锅盖，搅动锅里的调味品。他走到她身后，从她胳膊下伸手进去，头越过她的肩膀紧贴她的面颊。

“唔——唔——唔唔！炸土豆拌洋葱，有点像我母亲做菜的风味。我喜欢这道菜。好香啊！唔——唔唔！”

他手上的压力稍减，面颊温情脉脉地滑过她的面颊，方才将她放开。接着他又用力抱住她，她感到他的嘴唇贴在她头发上，呼呼的吸气声表明了他心中的快活。

“唔——唔，你也香得很呢！从前听人说起姑娘的香甜，总也不明白是怎么回事。现在我才品尝到个中滋味。你是我生平仅见的最最甜蜜的姑娘。”

他的欢乐漫无边界。他在卧室梳理了头发，返来和她相对坐在小桌的两端。他手持刀叉又开了言。

“我说，结婚比大多数已婚者所描绘的情形要好。苍天在上，撒克逊，我们可以给他们列出许多例证。我们可以跟他们打赌，无论怎么说，我们是赢定了。只有一件事颇为遗憾。”

她赞许的目光引出他一阵开心的大笑。

“那就是我们结婚的时间太迟了。为此，我损失了一整个星期的好时光。”

她的眼神里充满了感激和幸福。她暗自祈祷，希望她们的婚姻生活天长地久，永不变色。

晚餐后她收拾起餐桌上的碗碟在洗涤槽清洗。他意欲拿起抹布，帮助擦干碗碟，被她一把抓住衣领推倒在座椅上。

“如果你明白该干什么，就该乖乖坐在那儿。现在好好记住我的话，不要总干瞪眼瞧着我，你身边有晨报。如果你还在磨蹭，我洗完了东西你还来不及开始读报呢。”

在他读报的当儿，她不时朝他瞟上一眼。还应该购置一件东西——拖鞋，她这么想。然后这将是一幅完美的幸福家庭生活图。

清洗完碗碟，撒克逊引领着比利进了客厅，来到窗前，一同坐在一张莫里斯椅子上。这是他们的爱巢中最为奢侈的物品，价值七个半美元。虽然它比她梦寐以求的任何东西都漂亮，它的奢华还是让她一整天里负疚不已。

海滨城市日落之后特有的带咸味的气息弥漫在他们周围，他们听到机车维修厂里机车的喷气声和从穆尔经第七大街至西奥克兰站慢车缓缓驶过的隆隆声。夏夜的街道上，孩子们的嬉闹声不绝，邻里家庭主妇低声的闲聊声在夜空中飘来荡去。

“你感到奇怪吗？”比利耳语道，“每当想起那间六美元装修过的房子，我就禁不住想到这很长时间里我所丢失的一切。这种念头令我不堪回首。只有一件事让人满意，如果我早搬了房子，我就不会得到你。”

他用手抚摸着她肘部以下光裸的手臂。

“你的皮肤这么清凉，”他说，“不是冰冷，是清凉，给人的手感甚为奇妙。”

“很快你就会把我叫做你的冷血动物了。”她笑道。

“你的声音也很恬静，”他继续说道，“它给予我的感觉如同你的手放置在我额头之上。有趣得很，我无法用语言表达。你的声音透过我的身体，既清凉又细腻。像一阵凉爽的风——清新宜人。宛若经过一个上午的炎炎烈日，迎来的晚间的第一阵海风。当你轻言细语的时候，圆润甜蜜的音色仿佛是出自大提琴的奏鸣。它音调适中，不尖利，不急促，也不刺耳，全然不像某些女人在怒发冲冠，或快活惬意，或兴奋雀跃时所表现的那样。她们只给我带来一份破旧的留声机唱片的联想。而你的声音毫无阻碍地穿透我的身体，让我在它永恒的恬静中颤抖。那——那就是天籁。我想如果天使之国存在的话，仙子们一定都像你这般说话的。”

撒克逊沉浸在不可言喻的幸福之中。她一遍又一遍地用手梳理着他的头发，紧紧依偎着他。几分钟后，他的热情又一次迸发。

“嘿，撒克逊，我给你取了一个新名字。你是我的‘醉人的孩子’，对了，你就叫‘醉人的孩子’。”

“你永远不会厌倦我吗？”她问道。

“厌倦？怎么会呢？我们是天造地设的一对呀。”

“真是很巧呢——我们的会面，对吗，比利？我们原本可能永远不会走在一起。完全是撞巧了呢。”

“我们的幸运与生俱来，”他声称道，“上天注定的。”

“也许不止是幸运呢。”她小声说。

“当然啦，事情必然是这样。这是命运。没什么能将我们分开。”

15

撒克逊凡事都能看个清澈见底，虽然她的生活境遇使她的视野受到限制。自孩童时起她就具备了这种卓越的洞察力。她细心观察过沙龙店主卡迪和他好性情却不道德的妻子。后来她的观察所得便成为她理解两性关系的基础。

各个阶层的已婚妇女大多没有像她一样意识到婚后维持丈夫之爱的问题，恰如劳工阶层的年轻姑娘很少同她一般认识到婚前择偶的重要性。

她基于自身的理解形成了自己极富理性的爱情观。她出自于本能，同时也清醒地意识到自己在努力趋向于典雅，避免钻进习惯与平庸的圈套。她深深地明白，如果她轻贱了自己，则意味着轻贱了爱情。婚后数周过去，比利从不曾发现她有邋遢、急躁或冷漠的迹象。她着意为居所营造出能体现她个人特色的恬静、清新和平稳的氛围。她也未曾忽视惊喜与魅力的妙用。她的想象力没有片刻的沉寂，而她天生就充满着聪颖与智慧。她明白她已赢得比利这项大奖。她欣赏他火一般热辣辣的爱情，并为此感到骄傲。在她心目中，他的慷慨大度，他对事物最高品质的追求，他个人的洁净与自我保护意识等等，都非等闲所能比拟。他从不粗俗，他能以优雅面对优雅，虽然她明白所有的优雅都必须经由她，而且永远必须经由她来加以引导。他对自己的所为及其缘由茫然无知，但她确凿无疑地认定，如此种种并不妨碍他成为人中之凤。

撒克逊热情地埋头于操持家务、缝制衬衫和自我修饰之中。她购置物品时量入为出，注重价廉物美。她用漂亮的方格布为自己缝制了一些结构简单的家庭便服，后翻的低领露出她浑圆的、洋溢着青春气息的颈项。她编织了许多花边，做了大量的饰布用于装饰餐桌和衣柜。几个月快活的日子悄然而过，她一直未得空闲。她也没有忘记比利。寒冬来临，她为他编织了腕带。比利每逢出门都郑重其事地将腕带套上，出到门外便脱下塞进口袋里。她编织的两件毛衣命运稍好，而那双拖鞋，她坚持要他在傍晚回家时穿上。。

每个星期六夜晚，比利习惯将周薪一股脑放在她的衣兜里。他从不过问钱的去处，却一个劲地重申他平生没有享受过这样的美味佳肴。她并不急于将钱收起，总是让他先拿出他估计一周里所需的花费。她嘱咐他带足钱，并坚持在需要的时候，他可以随时再从家里取钱。此外，她坚持他无需解释钱的用途。

“你向来口袋里没缺过钱，”她对他说，“没有理由因为结婚而改变这种状况。否则，我宁愿不和你结婚。我知道男人在一起的情形。你来我往，相互做东，这些都需要花钱的。如果你不能像他们一样随意请客，你就无法与他们融合在一起。我了解你的脾性。那样为人不妥当。我希望你能和其他人保持密切关系。对于一个男人，这样做颇有裨益。”

比利将她埋在自己胸口，发誓说她是天底下最好的姑娘。“你瞧，”他兴高采烈地说，“我现在餐餐有美食，日子过得有滋有味，和同伴的关系一如既往。但实际上我较以前还减少了花费——或者说你为我缩减了花费。现在我每月支付一笔家具款，家中有让我魂牵梦绕的娇妻，而且我还在银行有了存款。存款数有多少了？”

“六十二美元，”她告诉他说，“下雨的季节，已经不错了。我恐怕你会生病、受伤或发生其他什么事情。”

隆冬时节，比利很不情愿地和撒克逊谈论起一桩与钱相关的事情。他的老朋友比利·莫菲患流行感冒病倒在床。他的一个孩子在街上玩时，被过路车严重撞伤。比利·莫菲已躺了两星期，仍然浑身疲软无力，不得已向比利借贷五十元。

“不会有任何问题的，”比利最终说道，“我们幼年上杜兰学校时就已相识。他绝对可信。”

“这和他可信与否没有关系，”撒克逊温和地责备道，“如果你是单身一人，你会毫不犹豫借给他，对吗？”

比利点点头。

“那么结了婚也该一样。这是你的钱，比利。”

“早就不是了，”他叫道，“不是我的，是我们的。没有获得你的首肯，我绝不会借钱给任何人。”

“我希望你没告诉他这些。”撒克逊闻言立刻表示关切。

“没呢，”比利笑道，“我知道如果我这样说，你会气疯的。我只跟他说我试试能否凑得出钱。毕竟我还是有信心，如果你遇到这种事情，一定会给予支援的。”

“哦，比利，”她的话音里充满了款款深情，“也许你不知道，这可是我们结婚以来你说过的最动听的话呢。”

16

那年冬天，发生了三件大事。玛丽和伯特缔结了婚姻，在三个街区外租用了一套住房；比利和其他在奥克兰工作的马车夫被削减了工资；此外，事实证明撒克逊预言错误，而萨拉则一语中的。

撒克逊决定在最后一丝疑虑未经证实之前，不将消息透露给比利。开初她仍然将信未信，一颗心沉浸在对未知世界的恐惧之中。继而她考虑到即将增加的费用，又不禁对经济状况忧心忡忡。最后当一切疑虑云消雾散，她顿时镜台明净，只有澎湃的激情和欢乐在胸中涌动。她和比利的孩子！这个念头一遍又一遍浮现在她的脑际，每次都引起她一阵生理上的快感。

一天晚上，她把消息告知了比利。比利按捺下他工资遭削减之事不提，与她一道分享着欢迎家庭新成员的欢乐。

“我们怎么办？是否前往剧院看戏以示庆祝？”他问道。他稍稍松开双手，让怀中的撒克逊能够开口说话。“或者待在家里，就你和我，噢，我们一家三口？”

“待在家里吧，”她最终作出裁决，“我只想你抱着我，抱着我，抱着我。”

“我有同感，只是我不能肯定你在家里待了一整天，是否想出去散散心。”

屋内气温很低。比利将莫里斯座椅搬到厨房的炉灶前。她蜷缩在他怀里，头靠着他的肩膀，头发贴着他的脸颊。

“求婚一个月我们便闪电般地结了婚。我们的工作卓有成效嘛，”他兴致勃勃地说，“不过，撒克逊，我们自此就一直继续着我们的追求呢。现在——上帝，简直太完美了，让人难以置信。想想看吧，我们的孩子！一家三口！那个小家伙！我打赌是个男孩。瞧着吧，我要教会他用拳头保护自己。我还要教他游泳。如果他到六岁还不会游泳——”

“如果是个女孩呢？”

“是男孩。”比利寸步不让。

两个人开怀大笑。一阵缠绵之后，他们心满意足地舒了一口气。

“现在我要开始精打细算，”沉吟过后他接着说道，“不再和同伴饮酒作乐了。我要戒酒，烟也要少抽，哈！为什么不能自卷烟筒呢！它们比机制香烟便宜十倍。我还可以蓄胡子，理发匠一年从一个人身上赚取的钱足够养活一个孩子了。”

“蓄你的胡子去吧，罗伯兹先生，到时我会和你离婚的，”撒克逊威胁说，“你脸上收拾得齐整，看起来英俊强壮极了。我爱你这张脸，不忍心它给遮掩了起来。哦，你这小心肝！你这小心肝！比利，和你生活在一起，我才知道什么叫做幸福。”

“我也一样。”

“我们会永远这样吗？”

“放心好了。”他信誓旦旦地说。

“原先我一直认为我的婚姻生活会幸福美满，”她继续说，“却没想到会如同这般。”她侧转头亲吻他的面颊，“比利，这岂止是幸福。这是神仙过的日子呢。”

比利对他工资遭削减之事隐而未宣。两星期后，新的工资制度实施，他将领到的工资交付给她，才言明实情。翌日，结婚一个月的伯特和玛丽与他们共进周日晚餐，这件事成为他们谈论的一个话题。伯特异常消沉，透露了机车厂将举行罢工的种种不祥迹象。

“如果你们能停止背后的动作，事态就会平息下来，”玛丽批评道，“是工会的鼓动者给铁路带来了灾难。他们见缝插针，挑拨是非，令人无所适从。如果我是老板，谁听他们的话，我就扣谁的工资。”

“但你属于洗衣业工会的呀。”撒克逊温和地反驳道。

“那是迫不得已，否则找不到工作。工会给我的好处也就这么多了。”

“以比利为例，”伯特辩解道，“马车夫们大气不出，对事态不闻不问，一片太平安详，突然间一闷棍打在了脖子上，百分之十的工资被削减。我们没有还手之力，我们败局已定。我们和我们的祖祖辈辈创造了这个国家，而今我们却一无所有。我们被打得支离破碎。我们能见到自己的结局——我们，最古老的种族，脱离了英格兰，解放了奴隶，征服了印第安人，开发了西部的白人后裔。任何半瞎着眼睛的笨蛋都能看见这种命运正日益向我们逼近。”

“那么我们该怎么办呢？”撒克逊焦急地询问道。

“战斗！这是唯一的出路。这个国家落在一帮强盗手中。看看南太平洋公司，它在加利福尼亚大权独揽。”

“去你的，伯特，”比利打断他的话头，“你言过其实了。铁路公司不可能控制加利福尼亚。”

“你是个榆木脑袋，”伯特不屑地说，“待到你和其他的榆木脑袋认识到这种事实的时候，已经为时过晚了。腐败吗？告诉你，它在发着恶臭呢。不是吗？任何想进入州立法院者都必须前往旧金山谒见南太平洋公司的头脑们，卑躬屈膝地恳求获得恩准。知道吗？你我出生前，加利福尼亚州的州长职位已经把持在铁路巨头们的手上了。哈，不用跟我讲大道理。我们已经走到穷途末路。我们的丧钟已经敲响。不过，我纵然死到临头，也要抓几个肮脏的工贼垫底。否则，我于心不安。你知道我们是什么人吗？——我们这些浴血战场、开发了这块土地、创造了所有这一切的白种人后裔？可以告诉你，我们是最后的莫西干人。”

撒克逊的每一刻都在快活与忙碌中度过。为即将来临的孩子的准备工作已成为议事日程的一个部分。她买了三件针织衫，其余都由她一针一线地亲手制作——羽状绣花的拉链毛毯，一件钩针编织的夹克衫和一顶便帽，连指手套，数顶绣花童帽，几件长短适度的小公主衫，带有别致的束腰的细小内衣，丝绸绣花白色绒布裙、袜子和针织鞋。她仿佛已看到孩子粉红色的脚趾和胖嘟嘟的小脚在她眼前摇来晃去。此外，她还准备了许多带有鸟眼花纹的柔美的亚麻布块。稍后些时候，她缝制了一件堪称杰作的白绸衫。

这些细小的衣衫一针一线都饱含着她的爱。然而这份无尽地缝入衣衫的爱意，更多的是因为比利而生发，而非那个令她日思夜想却无法见到的朦胧的、不可捕捉的小生命。当她意识到这一点，不禁感到大为惊奇。

“哇，”比利视察完孩子的衣柜，回眸注意到这些小织衫，“没有什么比它们更像孩子了。嘿，我能见到他身着成人衣衫的样子呢。”

撒克逊心头一阵激荡，眼睛里噙满幸福的泪水。她将一件小小的衣衫拿起，送到他的唇前。他神情庄重地亲吻了衣衫，双目注视着她的眼睛。

“这一吻也有给孩子的，”他说，“可大部分是献给你的。”撒克逊转换一个话题，提出她思考了很多天的问题。

“比利，”她说，“我可以卖掉一些我的漂亮衣服，得来的钱，可用来购买材料，做更多的衣物——为我和孩子。你不知道有些女人大把花钱，买的衣服还不如我做的好。让我试试吧，比利。”她不由自主地恳求道。

“不，这件事我不能同意，撒克逊，”比利说，“并非我不爱漂亮衣服。恰恰相反，我喜欢你做的每一件衣服，但我喜欢的是它们穿在你的身上。你尽可以做你想做的——为你自己，材料费我会支付。想到我们的孩子，见到你在家中缝制这些漂亮衣物，我一天从早到晚都会吹着口哨，乐不可支。因为我知道你在干这些活时有多么快活。但苍天在上，撒克逊，如果我知道你做的这些将出售给他人，我的快乐将荡然无存。你知道，比利·罗伯兹的妻子是不需要工作的。那是我引以为自豪的事情——是为我自己，实话跟你说。再说，这种做法也不合情理。”

“你是一个小心肝。”她轻声说道，尽管有些失望，仍感到很幸福。

“我希望你能如愿得到你想拥有的一切，”他继续说道，“只要我的双手还在，我就要保证满足你的需求。我想我能品味你的衣着多么高雅——对我亦然。也许在认识你之前，我学会了一些不该学的东西，但我明白我之所言。我要说无论外衣还是内衣，我从没见过女人穿着如你这般雅致，哦——”

他高举双手在空中挥舞，似乎感到词不达意的绝望，继而又继续努力遣词造句。

“不仅仅是整洁的问题，虽然你的衣着确实十分整洁。很多女人都很整洁，不是那么回事。是此外其他的东西，截然不同的东西。是——这么说吧，是它的外观，如此洁白，俏丽，品味高雅，令人遐思。是某些令我无法摆脱对你的思念的东西。归根到底，你是一个天纵奇才。你所做的每一件东西都美妙到极致，令我身心无限愉悦。

“至于那件事，只好委屈你放弃了。挣钱的机会到处都是。我身强力壮。上周比利·莫菲击溃“北海岸之骄傲”，便挣到七十五个美元。他还给我们的五十元就是从那一笔钱中来的。”

这次轮到撒克逊反对了。

“有一位卡尔·汉森，”比利继续想要说服她，“体育记者称他为沙凯第二，他也自诩为美国海军的冠军。不过，我知道他的根底，他不过是个骄傲自大的家伙。我见过他参赛的情形，我有把握轻而易举地击倒他。运动生活俱乐部的主席提出让我和他配对，胜者获奖金一百元。届时钱到你手中，就可以随意购买所需的物品了。你的意思呢？”

“你不让我做工挣钱，我也不让你参加拳击比赛，”撒克逊脱口而出，转念间又改变了口吻，“我们不是谈生意。即便你让我做工，我也不能让你去打拳击赛。我没有忘却你关于职业拳击手丧失绸缎的话。你可不能丧失了绸缎，你知道其中有一半是我的。如果你不参加比赛,我就不工作。一言为定。而且我永远不会违背你的意志去做任何事情，比利。”

“没有意见，”比利表示同意，“虽然我极想给那个北欧佬汉森一顿教训。”这个念头让他高兴地笑了起来，“好了，忘掉这些吧。给我唱一首《庆丰收》好吗？”

满足了他的要求后，她让他也唱那首曲调怪异的《牛仔的悲哀》。难以言喻的爱情，使她逐渐喜欢上了丈夫能唱的唯一一首歌，因为那是他的歌声。她喜欢它的空泛和单调。她甚至于喜欢上了他将每个音阶降低半度的不可救药而令人钦羡的演绎方式。她还能和他合唱，和他一样准确优美地将全部音阶降低半度。尽管他对她向来深信不疑，却依然从她的话语中听出了弦外之音。

“我想伯特他们一贯就嘲笑我的。”他说。

“我们两个合唱挺和谐。”她支吾着说道。在这种事情上，她认为撒谎算不得是过错。

17

春季来临，铁路工厂开始了罢工。此前的那个星期天，撒克逊和比利到伯特家聚餐。撒克逊的哥哥也在场。伯特极度消沉，以一种强作的欢乐唱道：

没有人喜欢百万富翁，
没有人中意他的模样。

没有人得到他些微的关心，
他和流氓恶棍如出一辙。
节俭变作了罪恶，
你只能倾囊花销。
我们生活在一个荒诞的时代，
钱币被制造用以焚烧。

玛丽忙于作餐前准备。她不时明白无误地表示出不满。撒克逊挽起袖子，系上围裙，在冲洗早餐用过的碗碟。三个男人吸着烟，谈论着即将来临的罢工。

“早该罢工了，”伯特的话语毋庸置疑，“我认为它不是来得太快，而是太迟。我们已经被打倒在地。最后的莫西干人正处于水深火热之中。”

“唔，还很难说呢。”一直神情严肃地咬着烟斗的汤姆插嘴介入了讨论，“有组织的劳动工会日益壮大。我还记得加利福尼亚没有工会时的情形。瞧瞧我们今天——工资、工时和其他一切，无不是工会带来的呢。”

“一副鼓动家的口吻，”伯特不屑地说，“骗鬼去吧。我们的看法大相径庭。有了工会后，钱币直线贬值。我们受了愚弄。且看弗里斯各的今日。劳动工会的领导人较之昔日的党派使用的手段更为肮脏，贪赃枉法，明争暗斗，都闹到圣昆丁去了。可弗里斯各的木匠们怎样了呢？我给你说件事吧，汤姆·布朗。如果你是个有心人，便会听到这样一则传闻：弗里斯各的木匠全都参加了工会，并领取着一份全额的工会工资。你能相信吗？这是一个谎言。没有哪个周六夜晚木匠们不为工资问题和承包商闹得一塌糊涂。你的旧金山的建筑业就这个样子。此时此刻，工会的头头们正使用赃款在欧洲大陆四处游历，而不是向律师们陈述实情，以摆脱囚服加身的命运。”

“不错，”汤姆表示认同，“没人否认这一点，问题是工会还没有睁大眼睛。它应该运用政治手腕，采用一些合理的手法。”

“社会主义，是吗？”伯特轻蔑地打断了他的话头，“他们不会像卢佛和舒密特之流一样出卖我们吗？”

“寻找诚实的人，”比利说，“这就是症结所在。我不是赞同社会主义，绝对不是。我们这些人在美国生活历史悠久。我讨厌大批不懂英语的外国人跑来指手画脚，告诉我们怎样管理我们的国家。”

“你的国家！”伯特叫道，“你这傻瓜蛋，你没有什么国家。每当那些贪赃枉法者想从你身上搜刮一点钱财时，他们就用这种天方夜谭式的动人故事来对你实施坑蒙拐骗。”

“你可以不投贪赃枉法者的票，”比利争辩道，“如果我们选举诚实的人，就会得到公正的待遇。”

“真希望你能参加我们的会议，比利，”汤姆若有所思地说，“那样的话，你将会眼界大开，在下一轮选举中投社会主义者的票。”

“绝对不行，”比利拒绝道，“要我参加社会主义者的聚会，除非他们说话能有些白种人的味道。”

罢工即将来临，而伯特的言论极富煽动性，为此，玛丽对丈夫感到怒不可遏。她无法继续保持与撒克逊的交谈。撒克逊心里茫然，她认真听着几位男士针锋相对的意见。

“现在情况怎样了？”她的口吻轻松快活，借以掩饰心中的焦虑。

“不怎样，”伯特咆哮起来，“我们完蛋了。”

“但肉和油的价格又上涨了，”她忧形于色，“比利的工资被削减了,厂里工人的工资去年就减了。一定得有应对之策呀。"

"唯一的出路就是战斗,"伯特回答道,"战斗,一往无前地战斗,只能如此。我们被收拾得惨不忍睹,但我们还有最后一次机会夺回我们的钱财。"

"不能那么说。"汤姆指责道。

"摇唇鼓舌的时候已经过去,老伙计。动手战斗的时候已经来临。"

"那么你面对正规部队和机枪也为时不远了。"比利反唇相讥。

"哦,不会的。可能会有油污的大棒在空中呼呼挥响,在人身上留下洞口。可能会有金刚粉——"

"哦!哦!"玛丽叉着腰,冲着他叫道,"是这么回事。你背心口袋里的金刚粉就是为做此用的吧。"

她的丈夫对她不予理睬。汤姆吸着烟,一团团的烟雾飘腾在空中。比利心有所动,他的心思明显地表现在了他的脸上。

"你不会那样做吧,伯特?"他问道。他期望能得到他的朋友的否定的回答。

"毋庸置疑,如果你想知道的话。"

"他是个该死的无政府主义者,"玛丽抱怨道,"他会被吊死的,你们看着吧。记住我的话。"

"他不过说说大话罢了。"比利安慰她道。

"他逗你玩呢,"撒克逊安抚地说,"他就喜欢说笑。"

玛丽摇摇头:"我心里明白。我听到过他的梦话。他又是发誓又是诅咒,神情恐怖至极,牙齿咬得咯咯作响。你现在听听他说的话。"

伯特的一张俊脸显得冷峻、漫不经心。他挪动椅子斜对着墙面,张口唱了起来:

没有人喜欢百万富翁，

没有人中意他的模样。

没有人能得到他些微的关心，

他和流氓恶棍如出一辙。

汤姆在谈论理智与公正。伯特停下歌唱，搭上了他的话头。

“公正，是吗？又是一枕黄粱美梦。让我来跟你说说劳动阶层到哪里可以得到公正吧。还记得福比斯吗？就是那个J·阿里斯顿·福比斯，毁了阿尔塔加利福尼亚信托公司，贪污了二百万的不义之财的那个家伙。昨天我见到他坐在一辆威风凛凛的大轿车里。他受到什么惩罚了？判八年刑。他服了多长时间刑呢？不到两年。因为健康原因出来了。他见阎王前我们早死了，变作了一堆白骨。来，从这个窗户往外瞧。看到那座门廊栏杆破败的房子了吗？达纳克太太就住在里边，她以帮人洗衣为生。她家男人死在铁路上，没有一分钱赔偿。因为事故原因在于个人粗心或同伴的过失等等，法庭就这么打发了她。她的儿子阿奇十六岁了，是铁路正式职工，从事路轨维修工作。他在弗里斯各盗窃了一位醉汉。你想知道他到手多少吗？两美元八十美分。听明白了？二点八美元。那个该死的法官给了他什么惩罚？五十年监禁。他已在圣昆丁服了八年刑。他还得继续在那儿待着，直到他一命呜呼。达纳克太太说他得了严重肺炎——病入膏肓了。但她无法使他得到赦免。阿奇这个孩子不过从醉汉身上偷了两美元八十美分，被判处了五十年监禁。而J·阿里斯顿·福比斯从阿尔塔加利福尼亚信托公司豪夺两百万美元，被判不到两年刑。这究竟是谁的国家？是你和阿奇那孩子的？再猜一遍。是J·阿里斯顿·福比斯的！”

撒克逊清洗完碗碟，站在洗涤槽旁。玛丽帮助她解下围裙。天生的母性使女人间怀有天生的同情。在这种心境的促动下，玛丽亲吻了撒克逊。“你该歇歇了，亲爱的。不要让自己太劳累，以后日子还长呢。缝缝补补的工作我来给你做。你去听听男人们说话吧，但别听伯特的。他这个人简直疯了。”

撒克逊一边缝补衣服，一边听着男人们的议论。伯特注视着她膝上孩子的衣物，脸色变得愈发阴郁。

“你们怎能这样，”他愠怒地说，“不能为孩子提供衣食保障，却要让孩子降临人世。”

“你昨晚一定喝得烂醉如泥。”汤姆揶揄道。

伯特摇摇头。

“自寻烦恼有什么用呢？”比利设法缓和气氛，“这个国家很好吗。”

“这个国家曾经很好，”伯特反驳道，“当我们全是莫西干人时。那种光景现在已不复再现了。我们被打入了地狱，我们遭受愚弄，我们被压迫得无法动弹，我们被整个地出卖了。我的先辈，你们的先辈，他们曾经为这个国家浴血奋战。我们解放了黑人，消灭了印第安人，受过饥，挨过冻，流过汗，扛过枪。这块土地在我们的眼中无比亲切。我们为它清扫了垃圾，将它纵横分隔。我们修筑了道路，建起了城市，每个人都很富足。我们在继续为它战斗。我有两个伯父在葛底斯堡阵亡。我们所有人都卷入了那场战争。我们随时可让撒克逊给我们讲述她祖先的故事。他们艰难跋涉来到这里，开辟了农场，获取了马匹、牲畜，诸如此类。他们获得了这些东西，我们的祖先，还有玛丽的祖先，获得了这些东西。”

“如果他们聪明的话，就会永远地拥有它们。”她插话道。

“毫无疑问，”伯特继续说，“这就是关键所在。我们是失败者。我们被剥夺了一切。我们不能像其他人那样，打破了一切以后又重新开始。我们是失败了的白人。你知道，世道变了，我们的人分成了两类：狮子和窝囊废。窝囊废卖命工作，而狮子专事攫取。他们夺去了农场、矿山、工厂，现在他们又独揽了政府的大权。我们是这类白人和白人的孩子，他们太忙于积善而忘却了精明。我们是一群彻底失败了的白人。我们是一群被剥光了皮的人。你明白我的话了吗？"

"你可以成为一个优秀的街头演说家，"汤姆评议说，"如果你的推理方法能作些改变的话。"

"你的话听来有理，伯特，"比利说，"实则有误。今天谁都可以富裕起来的。"

"或者说谁都可以成为美国总统，"伯特不耐烦地打断比利的话，"毫无疑问——假若他果真坐上了那把交椅的话。不过，你什么时候开始变得说话像是与百万富翁或总统同一鼻孔出气的？为什么你没有那份荣幸。你是一个笨蛋，一个不中用的东西。原因就在于此。你算了吧，我们所有的人都不要梦想了。"

他们围着桌子一边吃饭，一边听汤姆讲述他孩提时期在农场度过的欢乐时光。他以非常自信的口吻说，他的梦想就是去到政府的哪块土地上，像他的前辈一样生活。他解释道，不幸的是萨拉的主意无可改变，因而梦想终归不能成真。

"这一切有如一场游戏，"比利叹息道，"它必须依照规则进行。我想最终必将有人要被逐出局。"

晚些时候，当伯特又就一个新话题雄辩滔滔的时候，比利意识到自己在心中暗自做着比较。这幢房子不同于他的房子，这里的气氛令人不适，家庭中似乎存在有不和谐因素。他回想起他们踏入屋门时，早餐用的碗碟尚未收拾。男人对家务的疏忽使他忽视了其中的细节，但这件事奇异地在他心里留下了挥之不去的阴影。一整个早晨他都在想玛丽不如撒克逊善于操持家务。他自豪地望着坐在对面的撒克逊，内心涌起想要起身绕过餐桌去拥抱她的冲动。她是他的妻子。他记起她精致的内衣，一时间他的头脑里又浮现出她身着内衣的情景。伯特开口打断了他的思绪。

“喂，比尔，你似乎觉得我总在发泄不满。不能否认，我有许多牢骚。你没有过我的那种经历。你一贯做马车夫，参加拳击比赛可以轻轻松松挣来大把的钱。你不知道世事艰难。你没有经历过罢工。你不必照顾一个老母亲，为她吃尽苦头。直到她过世后我才稍微可以松散些，可以随心所欲选择是否接受一份工作。

“那次我到奈尔斯电气公司求职之事，便足以说明打工仔是多么地卑微。一个头儿打量了我一番，连珠炮似的向我提出一系列问题，然后给了我一张空白求职表。我填完表，付了一块钱给他们指定的医生换取一张健康证明，接着到照相馆拍摄头像，用以存入奈尔斯电气公司档案。为此，我又付出了一元。那个头儿接过表格、健康证明和头像，又向我提了许多问题。我是否属于劳动工会。我吗？当然我给他道出了实情。我说不。我需要这份工作。杂货商不再让我赊账，而我还有一个母亲要供养。

“哈，我想，现在我成了一名铁路工人了。在站台后边工作，又可以穿起我的漂亮衣服了。见他的鬼！请付两元钱？我的——我的两元钱，就为买一个白镴徽章。还有一套制服——十九元五角，随便到哪里，它只值十五元。这笔钱从我第一个月的工资里扣除。然后，我的口袋里有了五元零钱，我自己的钱。这规矩。我向汤姆·多诺文——那个警察借的。结果呢，他们让我干了两个星期，分文未给。我一肚子的火都不知道往哪儿发泄去。”

“你穿上漂亮衣服了没有？”撒克逊打趣道。

伯特郁闷地摇摇头说：“我只干了一个月，然后我们组织了起来。他们把我们工会一脚踢开了，踢得比气球还高。”

“如果你们厂里的傻瓜蛋举行罢工，同样会被踢出去的。”玛丽警告他。

“我一直就这么跟你说的，”伯特回答道，“我们没有赢的希望。”

“那为什么还要去呢？”撒克逊问道。

他用无神的眼睛盯着她瞧了一会，然后说道：“为什么我的两个伯父要战死在葛底斯堡？”

18

撒克逊心事重重地操持着家务。她不再费心制作漂亮衣物了。买材料费钱，再说她也不敢。伯特一语中的。它像一根粗大的钢钎，在她震颤的意识中不停地翻滚搅动。她和比利对即将来临的小生命负有职责。他们能否保证孩子衣食无忧，为他铺平生活道路呢？用什么去保证呢？她依稀记得早年的艰难时光和父母的忧怨。那种景象似乎对她具有了新的意义。她对萨拉无休止的抱怨也有了新的理解。

他们的街区聚居着工厂参加罢工的工人家庭，艰难时世的阴影已降临到他们头上。撒克逊在日常的购买活动中已能感觉到笼罩邻里的颓唐气氛。轻松和温和不复存在，阴郁撒落在每一个角落，带孩子上街玩耍的母亲个个忧形于色，晚间在门前或门廊里闲聊的妇女都把声音压得很低。欢声笑语已难得一闻。

玛丽·萝娜玉通常每日买三品脱牛奶，现在减为一品脱。举家前往电影院娱乐已成为往事，肉铺的案板上难觅肉迹。隔壁第三幢房子住着的罗拉·戴娜妮星期五不再购买鲜鱼，取而代之的是腌制且质量一般的鳕鱼。结实的孩子们在大街嬉闹时常拿着大块的涂抹着奶油和糖的面包，现在面包只剩薄薄一片，没有抹糖，表面上略微覆着些奶油。固有的习惯正在消亡，有些孩子已断了餐间的零食。

紧缩与节俭形成一种普遍的气氛，花销在尽量缩减。愤怒的情绪弥漫在整个空间。主妇们变得暴躁，动辄与人反目，或对孩子打骂。撒克逊知道伯特和玛丽之间口角不断。

“她根本不明白我遇到了多少麻烦。”伯特对撒克逊抱怨道。她目不转睛地注视他，心中隐隐对他产生了一种畏惧心理。他的黑色的眼睛燃烧着不息的疯狂。他的黄色的脸更加瘦削，皮肤紧绷在颧骨上。嘴唇略微上翘，凝结成一股挥之不去的辛酸。他的身体的一举一动和他佩戴帽子的方式使他狂妄不羁的个性比以往任何时候都表露得更加明显。

有时在漫长的下午里，她无所事事地坐在窗前，脑海中重新建立她的祖先越过平原、高山和荒漠来到西海边日落的土地上的意象。梦幻中的她的先人过着田园牧歌式的淳朴生活。他们远离城市，没有工会和就业者协会的烦恼。她记得有关她的先人们自给自足的生活故事。他们狩猎，饲养家禽，种植蔬菜；他们操持着铁匠活、木匠活和制鞋等等。对了，他们甚至还自己织布，缝制衣物。她记得汤姆谈及他到政府土地上定居的梦想时他脸上表现出的渴望，从中她可以体味到某种东西。

田园生活一定很美妙，她想。为什么人们要生活在城市？

为什么世道会变化？为什么过去可以丰衣足食，现在的供给则如此匮乏？为什么男人为得到工作，就必须争吵、叫嚷、罢工和打斗？为什么不是人人都有工作？就在那天早晨，她见到的一幕景象令她不寒而栗。两位未参与罢工者在上班的路上，遭到罢工者的痛击。其中一些人她觉得眼熟，另一些人则是她的邻里，她能叫得出他们的名字。事情就发生在街的那头。当时的情形十分惨烈——十余人对两人群殴。先是孩子们向他们投掷石头，用与他们年龄不相称的语言恶毒咒骂，继而手持左轮的警察闯进混战圈。

罢工者退却到屋内或经过房屋间狭窄的过道一哄而散。一位上工者不省人事，被装上一辆救护车运走，另一位在铁路特警的护送下进了工厂。玛丽·萝娜玉抱着孩子站在前门廊，冲着他破口大骂，语言之污秽让撒克逊禁不住脸红耳热。在另一侧房子的门廊里，撒克逊见到一位上了年纪的邻居墨西戴斯·西金斯，在殴打发展到高潮时，她的脸上挂着一丝奇特的微笑。她似乎非常渴望见到这样的情景。她的鼻翼急速地扇张，恍若脉搏的跳动。当时撒克逊想老妇人如此无动于衷，只不过是出于好奇罢了。

“我吓得要命，”撒克逊后来对她说，“见到这种场面真的让人恶心。不过你——我看到你了——你表现得冷静、快活，仿佛在欣赏一场演出。”

“那确实是一场演出，亲爱的。”

“你怎能这么想？”

“哦，得啦，我见过杀人呢。这种事情毫不稀奇，所有人都免不得一死。笨的人像头牛被宰杀，死了还不知道缘由。那种情形我瞧着挺过瘾。他们用拳头和棍棒相互打得头破血流，没有一丝怜悯。他们像一群野兽，他们像一群争抢骨头的狗。你知道，工作就是骨头。如果他们为女人、为观念、为金块或硕大的钻石争斗，那堪称辉煌。但他们不是，他们只是腹中饥饿，他们为获得果腹的食粮而大打出手。”

“哦，实在难以理解！”撒克逊低声说道。她的双手紧紧捏成拳头，她急于了解事情的原委，却无法寻觅到答案。恍惚中她焦虑不安。

几个星期过去，机车厂的罢工愈演愈烈，变得不可收拾。比利大摇其头，承认对隐隐逼近劳动就业地平线的诸多麻烦摸不着头脑。

“我简直是一头雾水，”他告诉撒克逊，“情形变得一团糟，好像在骚乱之时突然停了电。我们马车夫行业现在已开始谋划响应机车厂工人的罢工。他们已坚持了一个星期，他们的工作大都已被人顶替。如果我们行业的工人继续袖手旁观，他们的罢工将面临着失败。”

“但你的工资被削减时，却没有考虑过要罢工呢。”撒克逊皱着眉头说。

“哦，那时时机还不成熟。但现在弗里斯各的马车工人和整个弗里斯各水上联合会都可能起来支持我们。不过，我们现在还只处于商议阶段。如果我们一旦行动起来，就一定要争取回来被削减的百分之十的工资。”

“这是腐败政治，”另一次他说，“每个人都已腐败。只要我们精明一些，挑选出较为诚实的人来——”

“但如果你、伯特和汤姆三个人都不能统一意见，又怎能希望所有其他的人都达成一致呢？”撒克逊问道。

“这是令人烦恼的事情，”他承认道，“想到它就让人头痛，而事实则如板上钉钉一样显而易见。让诚实的人来操纵政治，便一了百了。诚实的人会制订诚实的法律，其结果诚实的人就可以享受他们应该享受的一切。”

第二天夜晚比利收工回家，撒克逊让他意识到要更多地担负起父亲的责任。“我想过了，比利，”她说，“我很健康、强壮，所以不必那么破费的。有一位玛莎·斯格尔顿，她是个不错的接生婆。”

比利摇摇头：“绝对不行，撒克逊。你必须让亨特利医生来。他是比利·莫菲的医生，比利对他信赖极了。他年纪老迈，但医道极精。”

“她给玛丽·萝娜玉接过生，”撒克逊争辩道，“瞧瞧她和她的孩子多好。”

“不管怎么说，不能让她给你接生。你不要让事情的表象蒙住了眼睛。”

“但医生要收二十元呢，”撒克逊继续努力劝说，“而且还得找个护士，因为我的亲戚里没有女性能帮上忙的。玛莎·斯格尔顿一人就全包了，而且还要便宜得多。”

比利温存地将她揽入怀中，似一锤定音。“听我说，小妻子，罗伯兹家族与便宜无缘。千万不要忘记这一点。你必须生孩子，那是你的职责，你做好这个就够了。我的职责是挣钱养家，照顾好你。你享受再好的条件也不过分。我不想你发生哪怕一丁点儿意外，给一百万我也不干。你是最重要的，钱财不过是粪土而已。或许你会认为我对孩子情深意长，不错，不知为什么，我无法摆脱对他的思念。我整日地想着他。如果我遭到解雇，那必定是因为他的缘故。我为他如痴如醉。但是，撒克逊，苍天在上，如果你发生什么事，哪怕是折断一根小指头，我宁愿让他死，把他先埋了，来抵偿你的痛苦。这么说你该明白你在我心中的地位了吧？

“撒克逊，我想到一般人结婚后，安下了家，就开始平平静静地过日子了。也许其他人是这样，你和我应有所不同，我对你的爱与日俱增。现在我就比五分钟前开始讲话时更爱你了。你不需要请护士。亨特利医生每日登门，玛丽来帮着做家务和照看你。她需要时你也会同样帮助她。”

随着时间的推移，撒克逊的肚子日渐变大，她胸间充溢的母性的自豪亦日渐强烈。她是一个正常的女人，母性于她是一种予人快慰、激情澎湃的幸福。确实，她偶尔也有过忧虑，但它们一闪即逝，不过给她的快活更增添几分热情。只有一件事让她不安，那就是隐隐潜藏着危险的劳动就业状况。人人都觉得迷惑不解，她尤其感到莫名其妙。

“人们都说用机械比老的方式生产的东西更多，”她对她的哥哥汤姆说，“现在有了那么多的机械，为什么我们没有得到更多的东西？”

“现在你已经有所觉悟了，”他回答道，“用不了多久你就会理解社会主义。”

但撒克逊的思想更着眼于现实中的迫切需要。“汤姆，你成为社会主义者有多长时间了？”

“八年。”

“你却没有因此而得到什么吧？”

“但我们会的——终有一天。”

“以这种速度，你可能等不到那一天了。”她大着胆子说。汤姆叹了一口气：“恐怕是的。事情发展得太慢了。”

他又叹息一声。她注意到他脸上的神色疲惫而又坚毅。他的肩膀佝偻，手指关节因劳作变得粗大。所有这一切都似乎表明他的信仰一无用处。

四

19

事件的发生毫无预兆，像命运中许多突发事件降临的那样。大大小小的孩子在街上玩耍。撒克逊倚靠着洞开的窗户，注视着他们，内心里充满了对她那未临人世的孩子的模样的想象。焕发着灿烂余晖的太阳静静地西沉，从海湾吹来的清凉的微风夹杂着一股咸味。一个孩子手指着松柏大街前的第七大街，所有的孩子都停止了游戏，瞪大眼睛，指手画脚。

孩子们分成几组。十至十二岁的大男孩形成一个集团，年长些的女孩则焦急地用手拉着幼小的孩子，把他们搂在胸前。

撒克逊不知就里，但当她看到大些的男孩跑向街沟捡拾石头，又偷偷溜进街边里弄时，她开始猜测出事情的缘由。小些的孩子跟着大孩子依葫芦画瓢。女孩们拉着小不点儿的手，冲开大门，匆忙走向通往小房屋的阶梯。她们的身后传来大门的关闭声。片刻间大街上人迹散尽。不时有房屋拉开窗帘，神色焦急的妇女透过空隙窥视街上的动静。

撒克逊听到城市前端列车从中心大街启动时发出“扑扑”的喷气声。接着从第七大街方向传来一阵粗哑、喉音浓重的男人的喧闹声。她仍然什么也看不见，但她想起了墨西戴斯·西金斯的话：“他们像一群争抢骨头的狗，工作就是骨头。”

喧闹声愈来愈近，撒克逊探出身子，看见十余个上工者在数量相当的特别警察和便衣的护卫下，沿街头靠她这边的人行道走过来。他们队列齐整，俨然是一支纪律严明的队伍。随后的是一群大呼小叫、散乱的罢工者，人数约有七十五至一百人，他们不时俯身拾起石头。撒克逊忧心忡忡，浑身颤抖。她知道不应该这样，但她无法自制。见到墨西戴斯·西金斯，她方才镇定一些。老妇人拖出一把椅子，神态安详地坐在门前小棚顶下最高一级石阶上。

特别警察手里握着棍棒，便衣们则两手空空。罢工者潮涌般扑上前来，他们似乎满足于在口头发泄愤懑，作出威胁。孩子们成了双方冲突的导火索。街那头奥尔森和伊莎姆家的房子之间飞来一阵石雨，大部分都落了空，只有一颗击中了一个上工者的脑袋，那个人距撒克逊站立处不足二十英尺。他跌跌撞撞走向她房前的尖头栅栏，一边用手掏出左轮手枪。他一把抹去糊住双眼的鲜血，举起左轮就朝伊莎姆家扣动了扳机，一位便衣抓住他的胳膊，阻止他的第二次射击，拖着他往前行去。与此同时，罢工者发出一阵狂野的声浪。从撒克逊与萝娜玉太太的房子间又落下一阵石雨。上工者和他们的护卫停下脚步，各自掏出了左轮手枪。

从他们——职业斗士——严峻、坚定的脸庞上，撒克逊看到了流血与死亡。一位显然是带头人的年长者拿起一顶软毡帽，擦去光秃秃的头顶的汗水。他是个体格魁梧的人，肚子滚圆，一脸无可奈何的表情。他的灰色胡子上沾着土豆酱，嘴里叼着一支雪茄烟，他驼着背，撒克逊注意到他衣领上撒落着斑斑点点的头皮屑。

其中一个人的手指向街道，立时招来他的几位同伴的哈哈大笑。奥尔森家年仅四岁的小男孩从母亲身边逃开，蹒跚地走向他的经济之敌。他吃力地用右手拿着一块沉重的岩石，微弱地发出威胁，他那红扑扑的小脸因为愤怒而扭曲。他一遍又一遍地叫道："打倒工贼！打倒工贼！打倒工贼！"他们的笑声令他更加愤恨。他摇摇摆摆地走近前来，奋力掷出石头。石头落在距他们六尺远的地面。

这一切发生在撒克逊眼皮底下。她还看到奥尔森太太冲上街去抱回她的孩子。罢工者一阵左轮急射将撒克逊的注意力引向了她楼下的一伙人。其中一个人嘴里大声咒骂着，仔细地察看他软软下垂的左臂的二头肌。她见到鲜血沿着他的手掌下滴。她知道她不应该继续观看这种场面，但她对先辈英勇战斗的记忆已深入心田，并且她绝不比一般人胆小，甚至于更为勇敢。街头爆发的战斗打破了小街的宁静，一时令她忘却了腹中的孩子。那位腰肥肚圆、吸着雪茄烟的领头人的遭遇让她惊奇,使她忘却了罢工者及其他一切。不知什么缘故，他的颈脖奇怪地镶夹在栅栏的尖头顶端之间，身体悬挂在外边，膝部未触着地面。他的毡帽已经掉落，太阳在他光秃的头顶聚成很亮的一个光点，雪茄烟不知去向。她知道他在瞧着她。夹在尖头间的一只手似乎在向她挥动，他甚至于看起来在快活地向她眨着眼睛，但她心里明白那是致命伤痛引起的扭曲。

一秒钟，或许是两秒钟，她目不转睛地观看着这一场面。忽然，她听到伯特的声音。他沿着她房前的人行道跑过来，后面跟着其他几个罢工者。他一边跑一边喊："来吧，你们这些莫西干人！我们要把你们钉上十字架！"

他左手持镐柄，右手握着左轮手枪，枪膛里的子弹已经打空。奔跑中他徒劳地空转着弹膛。突然间他停住脚步，手中的镐柄掉落在地面。他的身子半侧着面对撒克逊的大门，他极力想挺立起来，把手枪扔向对着他扑过来的上工者，身子却不由自主地直往下沉。接着他摇摇晃晃，膝部和腰部瘫软如泥。他费尽气力，慢慢用右手抓住大门上方的一根尖头，身体缓缓坐落到地上，仿佛要放低身姿。他带领的一群罢工者呼啸着从他身边跑过。

这是一场没有营垒的战斗——一场屠杀。被包围的上工者及其护卫被逼退到撒克逊房子的栅栏边，像一群走投无路的耗子，竭力抵抗却挡不住上百个人的冲击。棍棒与镐柄在空中挥舞，左轮手枪的射击声热闹异常，鹅卵石在咫尺之间具有置人于死地的力量。撒克逊见到年轻的弗兰克·戴维斯——伯特的朋友，一位几个月孩子的父亲——将枪口对着一个上工者的腹部开枪。咒骂声，愤怒的咆哮声，恐怖和痛苦的狂野的喊叫声交织成一片。墨西戴斯是对的，这些不是人，他们是畜生，为骨头而争斗，为骨头而相互毁灭。

"工作就是骨头。工作就是骨头。"这句话无休无止地回荡在她的脑际。她极想离开窗户，此时她却已无法行动。她好像已经瘫痪，她的头脑不听使唤。她麻木地坐在那里，茫然地瞪着眼睛，瞧着恐怖的景象如同电影一般疯狂地在眼前闪过。她见到便衣警察、特别警察和罢工者一个接一个倒下。一个受伤极重的上工者跪在地上，乞求宽恕，被重重的一脚踢在脸上，他四肢摊开向后摔倒。一个罢工者站在他身旁，对着他的胸部快速而又坚定地扣动扳机，直到把子弹全部打完。另一个上工者被卡住喉咙按压在栅栏尖头上，脸部遭到左轮手枪把的重击。手枪一起一落，连续不断。撒克逊认识那个攻击者——切斯特·约翰逊。她曾与他在舞场相识，做姑娘时还曾携手与他共进舞场。他为人厚道，脾气温和。她不能相信眼前见到的与她往日所认识的切斯特·约翰逊是同一个人。此时，她看到脖子依然夹在栅栏尖头间的大肚子领头人不可思议地扭转身子，用空着的一只手掏出左轮手枪，将枪口对准切斯特的身侧。她竭力大叫，想要给他一个警告。她叫出了声，切斯特抬头瞧见了她。就在那一刻，手枪响了，他俯身扑倒在那位上工者身上。三个男人的身体靠挂在她的尖头栅栏上。

现在任何事情都可能发生。她毫不惊奇地看到罢工者翻过她家的栅栏，顺着墨西戴斯和她家房子间的通道逃窜，将她的几株天竺葵和三色堇踏入泥土中。从松柏大街上端的机车维修厂冲出来一队铁路警察和便衣，一边跑一边开枪。松柏大街的另一端铜锣声骤起，马蹄翻飞，三辆满载巡警的马车疾驶而来。罢工者掉入了陷阱，他们唯一的出路是通过巷口翻过后院的围栏逃跑。巷口太窄，一窝蜂的人群堵塞了通路，只有部分人得以逃脱，仍有十多个人被堵在她的房子正面与梯阶之间的三角地带。罢工者先前所施加的现在轮到他们接受，他们一一如数被和平的卫士用大棒击倒，用枪打倒。警察们因为同伴惨遭屠杀而怒不可遏。

一切都过去了。撒克逊恍若在梦中一般移动脚步，抓紧扶栏，来到楼下门前的台阶。大门脱离了铰链。她感到奇怪，她观察了事件的全过程，却没发现此事在何时发生的。

伯特双目紧闭。他的双唇沾满了血迹，喉间咯咯作响，仿佛要叙说什么。她弯下身子，用手绢擦去他面颊上的血迹，那是什么人用脚踏上去的。他睁开眼，目光中依然闪烁着不屈的光芒，他认不出她了。他的双唇蠕动着，微弱、梦呓般地喃喃说道:“最后的莫西干人,最后的莫西干人。”然后他嘟哝着，眼皮垂了下来。他还没断气，她清楚这一点。他的胸部仍在起伏，喉间的咯咯声依旧不断。

她抬起头。墨西戴斯站在她身边。老妇人的眼睛异常明亮，枯萎的双颊显露出潮红。

“你能帮我把他抬到屋里去吗？”撒克逊问道。

墨西戴斯点点头，转向一位警官求助。警官扫视伯特一眼，目光中充满了恶毒的愤慨，他断然表示拒绝。

“见他的鬼去。我们要照看自己的人。”

“也许你我两个就行了。”撒克逊说。

“别傻了。”墨西戴斯朝着街对面的奥尔森太太招手，“你进屋去吧，快做母亲的人了。这种事对你不好，我们来抬他进去。奥尔森太太过来了，我们再把萝娜玉太太也叫来。”

撒克逊领路到后面一间卧室。她一开门，便感觉到地毯仿佛重重地抽打在她的脸上，她想起伯特曾经睡在那块地毯上。几个女人将他抬到床上，她不由得又忆起星期天的早晨她和伯特一同铺床的情形。

墨西戴斯用怀疑和搜寻的眼光审视她，令她感到奇怪和惊讶。紧接着奇异的感觉一阵接一阵飞速涌来，她陷入了唯有女人才能品味的痛苦的深渊。她被搀扶着进入前卧室。她的身边有许多张面孔——墨西戴斯，奥尔森太太，萝娜玉太太。她感到有必要询问奥尔森太太是否已从街上救下了小爱弥儿，但墨西戴斯打发奥尔森太太出去照看伯特，萝娜玉太太应声前去开门。街面上传过来一阵喧闹声，其间不断夹杂着喊叫声和命令声，时而也可以听见救护车和巡逻车的喇叭声。接着又出现了玛莎·斯格尔顿肥胖亲切的面孔。稍后些时候，亨特利医生来了。在喧闹声稍歇的片刻，撒克逊听到从薄墙的另一边传来玛丽高声频的歇斯底里的声音。又一次，她听到玛丽一遍又一遍地重复：“我永远不会再回洗衣房了。永远，永远。”

20

那一期间，比利被撒克逊的样子吓坏了，一直缓不过气来。一个又一个凌晨，一个又一个晚间当他收了工回来，在进入她的房间之前，他都要努力掩饰内心的情感，竭力表现出快活与温和。她躺在床上，身形单寡疲乏，宛如一个未成年的孩子。他坐到她的身边，温柔地拿起她苍白的小手，轻轻拍打她细小透明的手臂。他为她骨骼的细微感到惊叹不已。

她提了几个问题，都让比利和玛丽感到困惑不解。其中第一个问题是："你们救下了小爱弥儿·奥尔森吗？"

她讲起他如何单枪匹马去袭击整整二十四个战士，比利发光的脸色表露出他内心的赞赏。

"这小家伙！"他说，"这样的孩子值得骄傲。"

他笨拙地停下手来。他唯恐伤着她的心思的流露让撒克逊感动不已。她向他伸出手去。

"比利，"她说道，等到玛丽出了房间才继续她的谈话，"以前我从未问过的——并不是说现在就特别重要——但我一直在等着你告诉我。是不是——"

他摇摇头："不，是个女孩，一个非常好的小女孩。"

她用力压着他的手，几乎要为他的懊恼而对他产生同情。"我从未同你说过，比利。你太肯定是个男孩了。但我还是想过，如果生个女孩呢，我们就叫她戴西。记得吗，那是我母亲的名字？"

他点点头表示同意："我说，撒克逊，你知道我确实是想生一个机灵的小男孩。不过，现在无所谓了。我想我现在同样地想要一个女孩，而且我希望我们的下一个孩子取名叫——

你不会介意吧？”

“什么呢？”

“还叫戴西好不好？”

“哦，比利，我也是这么想的呢。”

他继续往下说时，神色变得严峻起来：“那以后我们就不再要孩子了。不知道以前生孩子是怎样的。你不能再冒那种险了。”

“这里的一个大男人讲话像个胆小鬼呢？”她打趣道，脸上露出一丝苍白的笑容，“你不明白这种事情。男人怎能明白呢？我是一个健康、正常的女人，本来一切都会好好的，却发生了——那一场战事。”她的嘴唇颤抖着，双手紧拉着比利的手，轻轻地哭了起来。“我——我没有办法，”她抽泣道，“我很快就会好的。我们的小姑娘，比利。天啦，我还没见过她呢。”

撒克逊体力稍微恢复一些，便开始自行收拾门前罢工潮悲剧遗留的残败景象。比利告诉她，事件发生后，当局很快召集了国民警卫队驻扎在松柏大街末端机车维修厂隔壁的空地上。罢工者中有十五个人被投入监狱。警察逐个房屋进行搜捕，这样，十五个受伤的罢工者全部被俘。比利神情沉重地预言他们的命运堪忧。报纸载文要求以血还血，奥克兰的所有官员都一致倾向严惩罢工者。铁路上的每个位置都录用了新人员，公众都知道参与罢工的机修厂工人不得恢复其原先的工作。他们还上了黑名单，不得为美国铁路的任何部门所录用。他们已经作鸟兽散，一些人去了巴拿马，有四个人正商议要前往厄瓜多尔到安第斯至基多线路的机修厂工作。

她极力掩饰心中的不安，想感觉出比利对已发生事件的看法。“这些情况表明伯特的暴力行为结果就是这样了。”她说。

他缓慢而阴郁地摇晃着脑袋。“他们要绞杀切斯特·约翰逊，”他答非所问，“你认识他的，你跟我说过你和他跳过舞。他躺在被他打死的工贼身上，被当场抓住。老杰里·贝里中了他三枪，但没有丧命。他是切斯特行为的活证人，他们将根据杰里·贝里的证词判处他绞刑。这些全在报上登着呢。杰里·贝里也向他开了枪，就是脖子夹在我们栅栏尖头间的那位。”

撒克逊等待着比利透露些口风，以表明他未曾参与对上工者的阻杀活动，但比利对此闭口不提。

“这件事错了。”最终她试探着说。

“他们杀了伯特，”他反驳道，“还有许多其他人，还有弗兰克·戴维斯。你知道他死了吗？整个下巴都给打飞了——在去医院的途中死在救护车上。奥克兰有史以来都没有过这样大规模的屠杀。”

“但是他们的错呢，”她争辩道，“他们先动的手，简直是凶杀。”

“那又怎样呢？”比利嘶声笑了起来，仿佛以此来回答她未曾提出的所有问题，“我想这是狗咬狗呢。事情必然发展到这种地步。看看这场纷争，相互杀戮，和南北战争如出一辙。”

“但工人们所采用的方法达不到目的，比利。你自己说过那样会毁了他们取胜的机会。”

“我想是赢不了，”他无奈地承认道，“但我也没见到他们有其他的获胜机会。瞧着吧，下一步就轮到我们行动了。”

“你是指马车夫吗？”她叫道。

他阴郁地点点头：“好长时间了，这个行业的老板们随心所欲。可以说他们是想逼迫我们双膝落地，跪着爬着乞求他们给个饭碗。他们猖狂至极，所以才有了那天的屠杀。调来部队只是这场战斗的一部分。他们的背后还有摇唇鼓舌者、报纸和公众。他们现在是信口开河，丝毫不掩饰他们的动机，他们明显是在找借口制造事端。首先，他们要吊死切斯特和其他十五个人中的大多数，他们毫不讳言。他们要协调一致，尽快给工会以毁灭性打击。工厂不会再关闭了。好极了,是吗?当然再好不过了。

“我们的情况，现在不再是支援机修厂工人，举行同情罢工的问题了。我们自己也遇到麻烦，他们枪杀了我们四个最优秀的人——他们一贯坚定地站在联合委员会一边的。他们没有缘由地杀死我们的人。他们在制造事端，我跟你说过的。当然，他们不当心时，麻烦也会降临到他们头上。我们已从弗里斯各水上联合会得到消息。有他们的支持，我们会有所动作的。”

“你是说你们要——要罢工吗？”撒克逊问道。

他点了点头。

“从他们的所作所为看，他们不是正希望你们这么干吗？”

“有什么区别呢？”比利耸耸肩膀接着说，“起来罢工比当人家的枪靶子好。我们要给他们一点颜色瞧瞧。就这么着，并且要打他们一个措手不及。我们对他们的行动了如指掌。他们现在正向全国各地招募刽子手和杀人犯，他们已聚集了四十个人，现就住在斯多克顿，马上就要向我们扑上来了。往后还会有数百名打手要奔这儿来。所以本周六我领回工资后，可能有相当长时间没有工资领了。”

撒克逊闭上双眼，静静地思考了五分钟。她不习惯于贸然行事，她一向为比利所钦慕的冷静在此危难时刻依然与她同在。她知道在这场错综复杂不可思议的斗争之中，她不过是无数分子中的一员。

“那我们从储蓄中取些钱付这个月的租金吧。”她爽朗地说。

比利的脸色沉了下来：“我们在银行的钱没你想象的多。”他将事实挑明，“伯特需要安葬，你知道的，还有其他人募集不到的钱我都给出了。”

“还剩多少呢？”

“四十元。本来我想疏远那批屠宰工，好好歇息一阵。他们知道我收入不错，他们直截了当地给我提出要求。他们一直支持机车厂工人的罢工，他们自己也参与了其事。现在，罢工失败了，他们自己也走投无路了，所以我也给了他们一些经济援助。我知道你不会介意的。你不会吧，是吗？”

她脸上露出勇敢的微笑，并努力克服心底里沉甸甸的感觉。“这是你唯一能做的，比利。如果你生病躺下了，我会这么做的。假若事情颠倒过来，伯特也会这样对待你我的。”

他的脸色渐渐开朗。“我说，撒克逊，你真是个值得信赖的人。你就像我的右手，所以我说我们不能要更多的孩子。假如我失去了你，我的生活便会出现缺憾。”

“我们必须节俭开支，”她沉思着说，点头表示同意，“你得多加小心，比利。我也不想失去你的。”

“哈，好吧。我会照顾好自己的。不过，我们不要像斗败了的公鸡一般灰心丧气，我们还有机会。”

“但如果发生流血事件，你们就将失败。”

“是的，我们必须注意，避免发生此类事件。”

“不使用暴力。”

“不使用枪支弹药，”他赞同道，“但要让那帮工贼头破血流，必须那样。”

“但你不能那样做呢，比利。”

“除非出庭作证的小子们不遇见我。”

21

比利参加了罢工，外出执行巡逻任务。大部分时间，撒克逊独自待在家里。她是神经极其健全的人，但即便如此，也免不得要出现病态。玛丽也离开了，据说在比得蒙特找了一份管家的工作。

比利对撒克逊的状况爱莫能助，他朦朦胧胧地感觉到她的痛苦，但对其深度与广度茫然无知。他过于注重现实，并且因为性别的原因，他无法体谅她内心的悲伤。他至多是个局外人，一个熟视无睹的友好的旁观者。对于她，孩子曾经真实地存在，现在依然真实地存在。她的心理症结就在于此。她无论怎样努力，都填补不了那个痛苦的空间。

它的真实有时接近于幻觉，它一定还在什么地方，她一定要找到它。偶尔，她会屏声静气，竖起耳朵听着她从未听闻过的孩子的哭声，然而在想象中，那是一切结束以前的几个月幸福的日子里她无数次听到过的声音。有两次她从梦中惊醒，满屋子寻找她的孩子。每次她都孤独地回到装有孩子的小件衣物的母亲遗留的衣橱边。这种时刻她常自言自语：“我有过一个孩子。”当她看着街道上嬉闹的孩子时，她就这样大声对自己叫唤。

一天，在第八大街的车上，她身边坐着一个怀抱婴儿的年轻母亲。撒克逊对她说道：“我有过一个孩子，她死了。”

那位母亲吃惊地望着她，出于同情，或是害怕，她将孩子搂抱得更紧，然后温和地说道：“真可怜。”

“是的，”撒克逊点点头说，“她死了。”

泪水盈满了她的眼眶。对人述说其哀伤似乎让她心情略微舒畅。随后的一整天里，她都沉浸在向人倾诉胸中悲情的巨大的愿望之中——银行的付款员，赛林格商场上了年纪的巡视员和一位由拉着六角手风琴的小男孩领路的瞎眼妇人，除警察以外的所有的人。如今在她的眼中，警察是一群陌生而恐怖的动物。她见到过他们像罢工者杀死上工者一般毫无怜悯地屠杀罢工者。他们和罢工者不同，他们是职业杀手，他们不是因为工作而战，他们的工作就是屠杀。那天在她家门前阶梯和房子间的三角地带，他们本可以逮捕那些罢工者，但他们没有那样做。每当遇见警察，她都不自觉地蹑手蹑脚走过人行道，尽量拉开与他们的距离。她没有去分析自己的行为，但在她的下意识中，他们代表了对她及她的一类人充满敌意的一切。

夏季的几个月缓慢地过去，工业形势持续恶化。几乎所有地方一致选定这个城市作为与有组织的工会斗争的战场。奥克兰参与罢工，或被踢出了岗位，或因为对其他行业的依赖无法开工而失业的人数之众，使得寻找一般性的工作极为困难。比利偶尔可以找到一天的零工。尽管如此，尽管在罢工初期还能领到一份微薄的工资，他和撒克逊极力紧缩开支，他所挣的钱依然是入不敷出。

他们的饭桌上现在很少有在结婚初期的日子里常见的食物，不仅每一品种质量有所下降，而且许多品种根本就已消失。即便是最劣质的肉食，也已很少上桌了。牛奶改换成炼乳，接着精心算计着饮用的炼乳也绝了迹。有时，他们买下一块奶油，其享用的时间较以前长了数倍。以往比利每顿早餐饮用三杯咖啡，现在只喝一杯。撒克逊煮咖啡花的时间很长。这些咖啡是她花二十分一磅买来的。

外国文学经典阅读丛书

世事的艰难困扰着周围地区的每一个人。一些家庭没有参与一项罢工，却被卷入到另一项罢工，或因为相关行业的停工而受到影响。在邻居家里居住的许多年轻单身汉改换门庭，投奔其他地方，结果导致住户租金费用增长。

“见鬼！”一位屠夫对撒克逊说，“我们做工的人都苦到一块儿了。我妻子不住口地埋怨，也许很快我就要变成一个一无所有的穷光蛋了。”

一次，比利准备去典当他的手表，撒克逊便建议他去向比利·莫菲借些钱。

“我原先也是这样想，”比利回答道，“现在不行了。还没跟你说过周二夜晚在运动生活俱乐部发生的事情。你还记得美国海军的那个北欧人拳击冠军吗？比尔和他配对，这种钱来得容易。在第六轮时，比尔把他打得晕头转向，他准备第七轮就结束比赛，接着——也是他的命运——他折断了右前臂。当然，那个北欧人趁机拼命反扑，那晚上比尔真够呛。上帝！这个世道我们这些莫西干人真是祸不单行。”

“别这么说！”撒克逊叫道，浑身不由自主地颤抖。

“怎么？”比利惊讶得目瞪口呆。

“别再说那句话了。伯特总把它挂在嘴边。”

“噢，莫西干人。好吧，我不说了。你不迷信吧，是吗？”

“不，但我有太多理由不喜欢这句话。有时他好像是对的。世道变了，自我还是小姑娘时就开始变了。我们穿过大平原，开发了这个国家，现在却沦落到无立足之地。这不是我的错，不是你的错。看起来我们生活得是好是坏全凭运气，没有其他的话可以解释。”

“这确实让我困惑，”比利附和道，“你看我去年是怎样工作的，没有一天旷工。今年我也不想旷工，但现在我已经失业，一周接着一周，我无所事事。上帝，到底是谁在治理这个国家？”

撒克逊不再订阅晨报，但萝娜玉太太负责分发《论坛报》的孩子常常把一份“多余的”报纸放在她门前。从报载的社论中，撒克逊获悉劳动工会想要争夺国家权力，现在正把局势闹得乌烟瘴气。一切都是那个飞扬跋扈的劳动工会的错——报上的社论和各个栏目日复一日地重复着这个论调。撒克逊对此将信将疑，难以确定孰是孰非。

车马工人的罢工得到旧金山车马工人和旧金山水上联盟联合工会的经济援助，因而无论成功抑或失败，都预示着一场拉锯战。奥克兰的马具清洁工和马夫大都和车马工人一道参加了罢工。车马公司尚未完成一半合同。它们得到雇主协会的帮助。实际上，大西洋海岸一半的雇主协会都参与了对奥克兰雇主协会的支持。

撒克逊滞后一个月交纳房租。通常租金应预付一个月，由此她实际拖欠了两个月的房租。此外，买家具的分期付款她也有两个月未能如期交付，但赛林格商场的家具商并没有因此而对他们穷追不舍。

“我们给予你最大的宽限，”商场的收银员说，“我的任务是尽力挖掘出你的每一分钱，同时又不要逼你们过甚。赛林格人力求做到完美，但他们对这种做法也颇有微词。你不知道他们有多少像你这样的账户。早晚有一天他们会停止这种做法，否则他们自己也担待不了呢。另外，你看看下周能否筹集到五元钱——不过让他们略微开心些，你知道。”

一位名叫亨得逊的未参与罢工者与比利在同一马厩工作。尽管老板一再让他和其他人一样吃住在马厩，他仍坚持每天早晨回到他在第五大街的小屋。那幢房子就在撒克逊住房前面的转弯处。好几次她见到他满不在乎地提着喂马桶在街上走过，一大群邻里的孩子保持安全距离跟随在他身后，叽叽喳喳地齐声喊叫，让他明白其工贼与坏蛋的身份。一天晚上他收工归来，兴致勃勃地走进第七大街与松柏大街相交的沙龙皮尔·德莱佛之家。在那里他不幸遇见了奥托·弗兰克——一个和他在同一马厩工作的罢工者——而导致了他的毁灭。几分钟后，颅骨碎裂的亨得逊被救护车匆匆送往医院。与此同时，奥托·弗兰克被巡逻车运往城市监狱。

萝娜玉太太在向撒克逊讲述事件经过时兴奋得满眼发光。“他活该，这肮脏的工贼。”她最后说。

“但他妻子很可怜呢，”撒克逊说，“她身体羸弱，拖儿带女。如果她丈夫死了，她没有能力照看好他们的。”

“她也是罪有应得。无论是她还是其他任何女人，和工贼生活在一起，就该得到这个下场。她的孩子怎么啦？让他们饿死！她的男人想从别人家的孩子的口中夺食呢。”

奥尔森太太的态度截然不同。对亨得逊太太和她的孩子，她表现得有些感伤和同情，对她们的处境则不以为然。她关心的是奥托·弗兰克，以及他的妻子和孩子。她本人和弗兰克太太交谊颇深，情同姐妹。

“如果他死了，他们会绞死奥托的，”她说，“那么，可怜的希尔塔怎么办呢？她两条腿静脉曲张，不能整天站立去挣工资。我也帮不上什么忙。卡尔也失业了。”

比利有他自己的想法：“如果亨得逊死亡，将使罢工面临极为不利的处境，”他回到家后忧郁地说，“他们将很快绞死弗兰克。我们得筑起一道防线，律师们将像山姆·希尔一样猛扑上来。他们将掠夺我们的宝藏，开出一个大口子，使奥克兰每一个车队都可通过。如果弗兰克不是多喝了几杯威士忌，他绝对不会做出这种事来。他这个人最温和、最好性情不过了。”

那晚比利外出两次，探听亨得逊的生死。第二日的晨报透露他生的希望渺茫,晚报则报道了他死亡的消息。奥托·弗兰克被拘在监狱，不能保释。《论坛报》要求尽早审判，迅速执行，并号召可能加入陪审团的成员拿出勇气，恪尽职守，以便通过对这一事件的审理起到对无法无天的工人阶级的威慑效果。它甚至还强调对于那些扼住美丽的奥克兰市脖子的乌合之众可以充分发挥机枪的作用。

所有发生的这些都对撒克逊的个人生活产生重大影响。在这个世界上，除了比利以外，她实际上完全是孤独的。她的生活，他的生活以及他们共同的爱情生活遭到了威胁。从他离开家门到他归来期间，她一刻也不能平静。

暴烈的行动在酝酿之中，对此比利只字不提，但她知道他也在其中扮演着一个角色。不止一次她注意到他手指关节皮肤出现新伤痕。此种时刻，他出奇地沉默，总是独自呆坐着沉思，或立刻上床睡觉。她深恐他日趋变得缄默，因而鼓足勇气,希望赢得他的信任。她坐到他的膝上,投入他的怀抱,一只胳膊绕抱着他的颈项，另一只手自前至后梳理着他的头发，抚平他紧蹙的眉头。

“听我说，比利大孩子,”她轻言细语地说,“你做得不公平,我不能接受,真的。”她用手捏拢他的嘴唇,“现在由我来说,因为有很长时间你都没有开口了。记得吗，自一开始我们就协议什么话都要说个明白的。你现在没把事情给我讲明，你现在做的事情一点儿也没透露给我听。

“比利，你是我最最亲爱的。世界上没有什么能比得上你，你知道的。我们相互分享对方的生活，只是现在有些事情你没能和我分享。每次你的指关节都透着青紫。你有事情一个人去干了。如果你信不过我，就没有人值得你信任了。此外，我是爱你的，因而，无论你做什么，都不会改变我对你的爱。”

比利以亲切而疑虑的目光注视她。

“别小气，”她逗笑道，“记着，无论你做什么，我都赞同你的。”

“你不会反对我？”他问道。

“怎么会呢？我不是你的老板，比利。说什么我也不会对你指手画脚的。如果你让我对你颐指气使的话，我就不会像现在一半那么爱你了。”

他慢慢地咀嚼着她的话，最终点了点头：“你不会生气吧？”

“和你吗？你还没见过我生气呢。来，现在慷慨一些吧。告诉我你的指关节是怎样弄伤的。今天又有了新伤痕，非常明显。”

“好吧，我告诉你怎么回事。”他忆起一些事情，不由得像孩子般淘气地咯咯笑了起来。“是这样的。现在你不会生气吧？我们必须这么做才能保住工作。下面这些场景，除了对话之外，就像一幕电影。一个大块头乡巴佬走过来，浑身沾满干草屑，手像别人的腿那么粗，脚像密西西比河的炮艇。他比我整整高出半截身子，年龄很轻。不过，他无意找麻烦，他很纯真，像——反正他是来到哨卡，与纠察队员遭遇的工贼中最纯真的。他不是一个一般的破坏罢工者，只不过是读了招工广告急匆匆跑到城里来想挣大钱的大傻帽。

“这边巴迪·史特罗瑟斯和我迎上前去。我们俩总是走在一起，有时还有其他的人。我示意那个乡巴佬停下，‘喂，’我说，‘想找工作吗？’‘当然啦。’他说道。‘会赶车吗？’‘会的。’‘四驾马车行吗？’‘先让我看看车吧。’他说。‘说正经话，’我说，‘你真的想驾车吗？’‘我到城里就为着这个来的。’他说。‘我们正

要找你这样的人,' 我说,'来吧,我们很快就会让你忙个不停。'

"是这样,撒克逊,我们不能在那里了结,因为几个街区外站着一位警察。他没有认出我们,但对我们心怀戒意。所以我们三个人走开了。我和巴迪领着那个想要夺去我们的工作的笨蛋一路往前走。我想他是达不到目的的。我们转到坎普威尔杂货店背后的小巷里,附近没有一个人。巴迪突然停下脚步,乡巴佬和我也停了下来。

"'我想他不是真想要驾车。' 巴迪说着假装出一副沉思相。那乡巴佬赶紧说:'对天发誓我真是想要驾车的。''你确实想得到那份工作吗?' 我说。千真万确,他是想的。什么也不能阻止他去获得那份工作。当然啦,他来城里就是冲着它来的。我们很快就套出了他的实话。

"'哎呀,我的朋友,' 我说,'很不凑巧,我的职责就是告诉你,你犯了一个错误。''怎么会呢?'他说。'你看,'我说,'你的双腿还稳稳当当地站立着呢。' 上帝啊,撒克逊,那家伙竟然真的低着头去看他的脚跟呢。'我不明白你的意思。' 他说。'我们很快就会让你明白的。' 我说。

"然后只听得一阵砰砰嘭嘭稀里哗啦的响声。烟花,七月四号,王土形成,蓝光,焰火,还有地狱之火——诸如此类。对于训练有素的人,这种事是费不了多少工夫的。当然,它让指关节有些不好受。但是,撒克逊,如果你见到他前后两个人,你一定会认为他是一个闪电手艺术家。你会笑破肚皮的。"

比利停顿片刻,独自乐了一会儿。撒克逊强颜欢笑,但心中却充满了恐惧。墨西戴斯说得不错。愚蠢的工人为工作大动干戈,聪明的主人坐在车里,用不着争斗吵闹。他们雇用愚蠢的人充当他们的马前卒——伯特和弗兰克·戴维斯那种人,切斯特·约翰逊和奥托·弗兰克那种人,亨得逊和所有被毒打、枪杀、棍击、绞杀的上工者们。啊，聪明的人没有辜负他们的智慧。他们安然无恙，他们轻松地坐在自己的车子里。

"'你这个大傻帽。'那个乡巴佬最后一边哭泣，一边爬了起来。"比利继续说道，"'你还想那份工作吗？'我问道。他摇晃着脑袋。然后我向他读了暴乱法令：'你现在只有一件事好做，老伙计，就是滚你的蛋。听明白没有？滚你的蛋。回到你的农场去。如果你再到城里来游游荡荡，我们真的不放过你了。这次我们只是和你玩了一回，下次要让我们抓到你，让我们修理一顿，回到家你母亲肯定认不出你来。'

"真带劲！你应该见见他屁颠颠滚蛋那副尊容。我打赌现在他还在路上呢。当他回到米尔比塔斯，或睡谷，或他出来的任何地方，告知当地人奥克兰的小伙子怎样行事，保准给他们十个美元一小时也没有哪个乡巴佬敢到城里来驾车。"

"太可怕了。"撒克逊说着，违心地笑着表示赞同。

"那还算不得什么呢，"比利继续说道，"今天早晨一队小伙子抓到另一个人。他们没对他做什么大动作，苍天在上，我绝无虚言。不到两分钟，他成了他们拉到医院的最破烂的一堆废物。晚报上刊登了他的情况：鼻梁断裂，头上三处重伤，前门牙齿脱落，锁骨爆裂，两根肋骨折断。哈！够他受的了。但这还算轻的呢。你想不想知道大地震前弗里斯各的马车夫在大罢工中怎么干的？他们每抓到一个工贼，就用铁棒将他的手折断。你知道，那样的话，他就驾不成车了。后来，医院里住满了这样的病人。马车夫赢得了那场罢工呢。"

"但是，比利，是否有必要制造如此恐怖的事？我知道他们是工贼。他们从其他罢工者的孩子的嘴中夺去面包，喂他们自己的孩子。那样不公平。尽管如此，有没有必要做出这么恐怖的事呢？”

“当然，”比利肯定地说，“我们必须让他们感到毛骨悚然——在我们没有被抓获的危险时，就得这样做。”

“要是你被抓了呢？”

“工会将雇用律师为我们辩护，不过现在这么做只是形式而已。法官们对我们充满敌意，报纸也不断鼓动他们作出愈来愈严厉的惩罚。无论如何，在罢工结束前，将会有许多人希望他们从没有做过工贼。”

在后来的半个小时里，撒克逊小心翼翼地探寻她丈夫的态度，了解他是否对他和他的马车夫兄弟所作出的暴力行为的正确性心怀疑虑。但比利的道德观念根深蒂固。他从未想到过他的行为并非绝对正确，这是一种游戏，陷入了其间交织的网络，他只能依照所有其他人的方法从事游戏。他不赞成动用炸药，进行谋杀。工会也不赞成这种做法。他的解释很简单，他认为使用暴力和谋杀得不偿失。那种行为总是引起公众一片谴责之声，从而导致罢工失败。但痛打工贼这样健康的行为，他认为是唯一恰如其分的手段。用他的话说，是要“让工贼感到毛骨悚然”。

“我们的祖先从没必要这么做，”撒克逊最后说，“那个时代没有罢工，也没有工贼。”

“绝对没有，”比利同意道，“那是美好的时光，我真愿意生活在那个时代里。”他长长吸了一口气，叹息道：“但那种时候一去不复返了。”

“你喜欢住在乡间吗？”

“当然。”

“现在仍有许多人住在乡下呢。”撒克逊说。

“我见到他们也往城里来找工作。”他回答道。

他们的生活出现了一丝转机。比利从正在赖利斯修建大桥的承包商那里获得了一份驾驭多驾马车的工作。他弄清楚这份工作隶属于工会方才去上班，然而两天之后，水泥工人便放下了工具。承包商显然对此举成竹在胸，立即以非工会成员的意大利工人填补了空位，由此引发了木工、架桥工和马车夫的集体罢工。比利缺乏路资，一路步行回家。“我不能为了工作而充当工贼。”他以此结束了他的故事。

“对，”撒克逊重复道，“你不能为了工作而充当工贼。”

但内心里她感到迷惑不解。人们希望得到工作，实际上空闲的位置也唾手可得，仅仅是因为工会的否定，他们就不得不放弃，这是为什么？如果工会必不可少，为什么还有人不加入工会？如果全体工人都是工会会员，就不会出现工贼，比利就每天都可以工作了。此外，她面临着实际的生活困难。她不知道怎样才能得到下一袋面粉。她已很长时间没有享受过从面包店购买面包的奢侈了。邻里的许多家庭主妇和她一样处于窘境。小个子的威尔士面包商不得不关闭店门，携带妻子和两个孩子远走他乡。无论到哪里，都可见到罢工潮给人民的生活带来的创伤。

22

一天下午，撒克逊家里来了一位造访者。那天晚间，比利带回来尚未最后确定的消息。日间有人找到他，他告诉撒克逊，只要他同意，就可以到马厩当领班，领取一百元的月薪。

撒克逊坐在桌前，面对桌上的煮土豆、温莱豆和生的干洋葱，听到这样一笔飞来横财，不禁惊讶得目瞪口呆。他们无力购买面包、咖啡和奶油。比利从口袋里掏出的洋葱是从街上拾来的。月薪一百元！她舔了一下嘴唇，极力控制住自己。

“他们为什么给你提供这个机会？”她问道。

“很容易解释，”他回答说，“有很多理由。老板雇来训练王子和国王这两匹马的人是个笨蛋。国王腿跛了。同时，他们确信我参与了罢工活动，使他们的很多工贼都无法到位工作。麦克林在领班这个位置坐了很多年了，我在穿开裆裤时他就是领班。现在他病得不行了，需要找个人取代他。而且，我为他们工作也有年头了。最主要的是，我适合这个职位。他们知道我对马的脾性最了解不过了。”

“上帝，比利，”她说话气息有些不匀，“月薪一百元！”

“把其他人统统扔到一边去。”他说。

这不是一个问题，也不是一项声明。撒克逊可以随自己所愿去理解他的话。他们四目相对，默默无语。她等待他来开口，而他只是瞪大眼睛注视着她。她意识到她正面临生命中至关重要的时刻，她必须充分把握自我，冷静地面对现实。从比利那里，她无法判断应作出怎样的选择。他冷漠的神色丝毫没有流露出他的思想。他的眼神平静如水，在注视着她，等待着她的回答。

“你……你不能接受，比利，”最终她说道，“你不能背弃你的伙伴。”

他陡然向她伸出双手，脸庞上突然间洋溢着光彩。“不用说了，”他叫道，“你是天底下最最忠实可靠的妻子。如果所有人的妻子都像你，什么样的罢工我们都能赢。”

“假如没结婚，你会怎么办呢，比利？”

“让它们见鬼去。”

“那么结了婚你一样照做。你愿意的事情，我都支持。如果我以前做得不够，现在我愿意做你的好妻子。”

她想起下午的造访者，知道这是一个极好的机会，不能轻易放过："今天下午我们家来了一个人，比利。他想租个房间。我告诉他我得先和你商量。他说他要后边那间卧室，每个月可付六元租金。我们可以用这笔钱支付半个月的家具分期购物款，买一袋面粉。我们的面粉已全部吃光了。"

比利对这种主意固有的反感立即冒出了头。撒克逊焦急地观察着他："是厂里的工贼吧，我想？"

"不是，他在往圣·乔思的货车上当司炉工。他说他的名字叫詹姆斯·哈蒙。他们刚把他从车运部调过来的。他说，白天的大部分时间睡觉，所以他希望找一个没有孩子的安静的房子。"

最后，经撒克逊一再说明这样不会给她增加太多麻烦，比利方才勉强同意，但事后还是抱怨不绝："我不想你为任何其他男人铺床。这么做不妥，撒克逊。我应该照顾好你的。"

"你可以的，"她回头扫视他一眼，"如果你接受领班职位的话。只是你不能够，不能那么做。如果要我支持你，就必须让我尽力而为。"

事实表明，詹姆斯·哈蒙给她的麻烦比想象中的还少。作为司炉工，他出奇地清洁，返家前总是先到车库里把一身冲洗得干干净净。他来回都走后门楼梯，通过厨房进入房间。他极少对撒克逊说"你好"或"白天好"之类的话。他白天睡觉，晚间工作，因而他在这所房子里生活了整整一个星期比利才见到他的面。

渐渐地比利回家愈来愈晚，晚餐后常独自外出。他从不对撒克逊言及他的去向，她也未曾对此提出疑问。实际上她很容易知晓其答案。每次回来，他的嘴唇边常遗留着威士忌泡沫，他惯常的缓慢和审慎愈发得到加强。酒精没有影响到他的双腿，他的步履和头脑清醒的人一般稳当，他的肌肉运动依旧迅捷自如。威士忌在他的大脑中产生了作用，他因此而眼皮沉重，眼睛里的阴云愈来愈浓重。他不痴不癫，也不轻易动怒。相反，酒精使他的思维更加深沉。他寡言少语，且言则不详，深奥难测。这种时候不能期望他发表意见或与他交流。他心知肚明，就像上帝明了一切。如果他要表述一个冷酷的念头，一定较之一般情况下冷酷十倍，因为它好像出自于被认识的深处，因为这个念头在其酝酿产生的过程中和在得到表达之时，同样地是经历了深思熟虑。

他在撒克逊面前表现出他的人性中恶劣的一面，令她有与陌生人相处的感觉。她情不自禁地产生了一种畏惧的情绪，害怕与他待在一起。她一再试图说服自己这不是真正的他，她努力回想着他昔日的温柔体贴，期盼着从中获取些许安慰。所有这一切都无济于事。原先他竭力避免麻烦和争斗，现在他却乐此不疲，到处去追寻它的踪迹。他的心思在他的脸上表露无遗。他不再是那个喜笑颜开的大男孩了，现在他很少露出笑容，他有了一张男人的脸。他的嘴唇、眼睛及脸部的线条和他的思想一样冷酷无情。

他很少对撒克逊表现出粗暴，但也很少对她友善。他对她的态度变得日益冷漠，不感兴趣。尽管在为工会而进行的战斗中她与他共同承担苦难，她在他的心里已没有多少地位。当他以温柔面对她时，她能看出其中的机械性。

同样她明白，他对她使用的那些亲密的字眼和亲热的拥抱不过是出于习惯。发自内心的真情流露和脉脉温情已不复存在。在不为酒精所迷糊的时候，常常会闪现出原先的比利，但即便这种闪现也是摇晃不定。他变得愈来愈心事重重，性情忧郁。艰难的时光和罢工潮冲突的沉重压力使他处于无法开释的紧张状态。

有一件事撒克逊看得很清楚，比利变得如此陌生、如此不讨人喜欢并非他蓄意所为。如果不是因为罢工和为工作的争斗，比利必定会依旧是她心之所爱，他天性中沉睡的恐惧定会依然安眠。这是他天性中某种东西被惊醒，是对外部世界的一种反应，与外部世界同样残酷，同样丑陋，同样邪恶。如果这场罢工继续下去，这一个陌生的、恐怖的比利是否会变得愈加陌生、愈发令人生畏？理智中她怀有这样的恐惧。她知道这将意味着他们爱情生活的幻灭，她不能爱这个比利。从本质上说，这个比利既不可爱也无法爱人。当思绪移转到他们的后代，她不由得浑身战栗。这种思想浮现之时，从她的灵魂深处不可避免地涌起人类惯常的抱怨：为什么？为什么？为什么？

比利也有他无法解答的问题。

“为什么建筑工人不参加罢工？”他对着掩隐在晦涩的生活方式之下的世界吼道，“不，奥布伦不会支持罢工的。他把建设委员会玩弄于股掌之上。但他们为什么不撇开他走出来呢？全体动员，携手合作，就能赢得最后胜利。如果全体铁路工人参与罢工，机修厂工人岂不是能大获全胜而避免惨遭失败吗？上帝啊，多长时间了，我没有吸过一支好烟，饮过一杯好咖啡。我已经忘却丰盛的晚餐的滋味了。昨天我称了体重，比罢工开始时轻了十五磅。如果这种情形继续下去，我就只能打中量级的拳赛了。这就是我年复一年向工会缴纳会费的结局。我得不到一顿好餐，我的妻子得为别的男人收拾床铺，这实在让我心痛。总有一天，我会忍无可忍，将那个房客扫地出门。”

“但这不是他的错，比利。”撒克逊反驳道。

“谁说了是呢？”比利暴躁地说，“我泛泛而谈都不行吗？这同样令我恶心。如果劳动工会不能让全体劳动者站到一起，那它有什么用呢？支持一个无法赢得罢工的工会意义何在？把工贼从街区赶跑，可他们依旧大批涌来，我们所做的一切结果如何？整个一个疯人院，我也是其中一分子。”

比利滔滔不绝发表宏论，这是撒克逊所知的绝无仅有的一次。他闷闷不乐，沉溺于自己的思绪之中不能自拔。威士忌只能使一个又一个的怪念头在他的头脑中蠢蠢欲动。

23

从现在开始，撒克逊的生活似乎失去了最后的一丝理智与韵味。它变得毫无意义，如同梦魇一般。任何荒谬的事情都可能发生。整个局势处于无政府状态，一切都不稳定，撒克逊不知道事情将会有怎样的悲剧性结局。如果比利可以依靠，什么样的形势她都可以安然度过。傍着他，她可以无畏地面对整个世界。但他被一股强烈的疯狂拥裹着从她身边离去，他变得如此激进，似乎成了这个家庭的入侵者。在精神上他的确是一位入侵者。他的眼睛映照出另一个人——一个思想充满暴力与仇恨的人，一个仇视一切的人，他对弥漫于整个世界的邪恶深恶痛绝。这个人不再谴责伯特，甚至于他本人也隐隐透露要采用炸药、破坏及革命等手段。

撒克逊竭力在思想和行为上保持早期深为比利赞赏的甜蜜和冷静。只有一次她失去了控制。那天他的情绪非常暴躁，最终他的粗暴和偏颇令她怒不可遏。

“你在跟谁说话呢？”她勃然大怒道。

他哑口无言，窘迫难当，只是呆呆地瞪着她气得苍白的脸。

“你别再那样对我说话了，比利！”她态度强硬地说。

“噢，你就不能容忍一点儿小脾气吗？”他略带歉意而又有些不情愿地说，“天知道，我的烦恼事儿多着呢。”

待他离家外出后，她扑倒在床上，伤心地痛哭起来。她洞悉了他们的爱情所包含的谦卑的因素，然而本质上她是一位骄傲的女性。只有骄傲者才可能表现出真诚的谦卑，恰如只有强有力者才能充分领悟细腻的情感。她自问，当世上唯一值得她珍惜的人已失去了他的自傲、温和与客观公正，一味地把他们共同的苦难更多地加诸于她的头上，那么她的骄傲和好性情又于事何益呢？

她曾经独自面对丧子之痛，如今她又独自面临着从某种意义上说更为棘手的个人困扰。或许她依然爱着比利，但这份爱已不复如往日一般值得骄傲和信赖。它从头到尾充斥着怜悯，充斥着鄙视之源的怜悯。她的忠实有减弱之虞。她经历着心灵的震颤，并竭力避让着她眼见着日渐迫近的鄙视。

她努力使自己正视现实。原谅的念头一度爬上她的心头，而当她意识到真正的最高的爱情中没有原谅的立足之地时，她的心中顿时感到释然。她号啕着继续着她的斗争，毕竟这是一个无可争议的事实：此比利并非她心爱的彼比利。这个比利是一个陌生的人，一个病态的人，他除了像高烧患者一般发出梦呓般的胡言乱语外，丝毫不负责任。她必须做比利的护士，没有骄傲，没有鄙视，没有任何东西需要原谅。况且他确实承负了这场斗争的主要压力。他被卷入到斗争的中心，茫然地施行着打击，又在别人的打击下晕头转向。如果有错，那是别的环节出了问题——错在整个事情杂乱无章的计划，它让人像狗抢骨头一般为工作相互狂吠。

撒克逊站立起来，又一次整好戎装，去迎接人类最为艰难的战斗——女性的战斗。她将一切忧虑和怀疑摈除于思想之外。她没有给予原谅，因为没有什么需要她的原谅。她迫使自己相信他们的爱情依然如故，未染风尘。待到动乱平息，它又将如往昔一般宁静。

那天晚间，当他返回家中，她建议出卖一些她的手工制品，以解决罢工期间的食品供应问题。这一应急的措施未能为比利所接受。

“没有问题，”他一再向她保证，“不需你出去工作。周末前我会挣到些钱给你。周六夜晚我们去看演出——不是电影，是真正的演出。哈尔维的黑人剧团到城里来了，我们周六夜晚去。在那以前我会挣到钱的，你放心好了。”

星期五晚间，比利没有回家吃晚餐，撒克逊颇感遗憾。萝娜玉太太归还了一星期前借去的一盆土豆和两品脱面粉。晚餐清香诱人。撒克逊直到九点钟才熄灭炉火，不情愿地上了床。可能的话，她愿意一直守候到他回来，但她不敢。她清楚地知道假若他喝得醉醺醺归来，等待他将会是怎样的后果。

她听到大门响声时，时钟恰好敲打一点，他步履沉重地慢慢爬上楼来，在门前摸索钥匙，仿佛预示着某种不祥。他进入卧室，坐下的同时发出一声叹息。她沉默不语，她知道酒精会使人变得敏感。她小心翼翼，极力避免伤害他，即便他知道她在瞪大着眼睛等待他。这不是一件容易的事。她紧捏双手，直到指甲在掌心留下深深的印痕。她的身体也因为大力的控制而变得僵硬。以前的情形从未像这次那么糟。

“撒克逊？”他的声音有些嘶哑，“撒克逊？”

她挪动一下身子，蹙起了眉头。“怎么了？”她问道。

“能帮忙点上灯吗？我的手指不太灵便。”

她赶忙起身点灯。她的手颤抖得厉害，将灯罩撞在了油灯上，火柴熄灭了。

“我没喝醉酒，撒克逊，”他在黑暗中说，含糊的嗓音里透出一丝快慰。“只是受了两三次击打，就那么回事。”

第二次她点着了灯。虽然她早已听出是比利的声音，但当她扭头瞧着他时，竟一下认不出他来。这是一张陌生的脸，浮肿失色，伤痕累累，她所熟悉的一切特征都被击打得改变了形状。一只眼睛的上下部已完全黏合在一起，另一只仅见一个大肉团之间的一条细线。一只耳朵上的皮肤似乎已全部褪去。整张脸变作了一团臃肿的肉。他的右颚的伤情尤其严重，肿胀到左颚两倍的面积。她瞧着他滴着血翘得老高的嘴唇，心想怪不得他说话如此含糊。眼前的景象让她心惊胆战。一股柔情浪涛般地冲击着她的心房。她本能地想将他揽入怀抱，给予他安慰，但对现实的判断告知她不能那样做。

“可怜的孩子，”她叫道，“告诉我你想让我先做什么。我没遇到过这种情况，不知该怎样处理。”

“请先帮我把衣服脱下来吧。”他口齿含混，虚弱地说，“我在身体变得僵硬前穿上的。”

“然后来些热水——那样会好得多。”她一边说着，一边拉着袖子轻轻地将衣服从他肿得不能动弹的手上脱去。

“我跟你说过它们全不灵了。”他挤眉弄眼地说着，举起一只手，眯着眼用仅剩的一点视力细细打量。

“你坐着等一会儿，”她说，“我去生火烧些热水，很快就好的。然后再帮你脱去剩余的衣服。”

她在厨房里能听到他的自言自语声。当她返回卧室，只听见他一遍遍地重复说道：

“我们需要这笔钱，撒克逊，我们需要这笔钱。”

显而易见，他没有醉酒。从他喋喋不休的话语中，她知道他已经有些神志不清了。

“他是一个了不起的拳手。”他漫无目的地继续着他的独白。撒克逊帮他脱去最后的衣衫。根据他断断续续的述说，她渐渐明白了事情的原委：“他是来自芝加哥的无名之辈。他们把他推向了我。阿克姆俱乐部主席警告我说，我将有一场好斗。可惜我没进入状态，否则我可以赢得这场比赛。但我一直贪恋杯中之物，因此而优势尽失。”

对他的话，忙于为他脱衣的撒克逊恍若未闻。在他的脸上，她不再能找回昔日的风采。洁白如玉细腻如脂的肌肉被撕扯得鲜血淋漓。创口大多横卧在身体上，只有少数几条伤痕成竖向分布。

“这些伤痕怎么来的？”她问道。

“围绳割破的，我倒在围绳上的次数多得数不清。上帝！他真的让我吃尽了苦头。但我蒙骗了他，他没办法打倒我。我坚持到了最后，全部二十轮。我想告诉你我也给他留下了一些印记，让他终生难忘。我敢保证他左手的指关节折断了不止一处，来，摸摸我的头，这里，肿了，是吗？当然会肿了。他的拳头雨点般地打在我头上，这会儿他可能为此懊悔不及呢。但是，啃，好一顿老拳！好一顿老拳！我这辈子还没尝过这个滋味呢。他的外号叫做芝加哥恶魔，我对他由衷地钦佩，他的确是条汉子。不过，假若我状态好，能略占他的上风，就能令他俯首称臣。哦！哎哟！轻一点！疼得厉害呢。”

撒克逊小心翼翼地为他解下腰带，伸手触摸到他腰间大如汤盘的一块火红滚烫之处。

“那是击打肾部造成的。”比利解释道，“他训练有素，极善这一招。每次近身扭打，他都要给我来一拳，像钟摆一样准确无误。我的腰部疼痛异常，开始还躲闪着，后来就完全失去知觉了。这种击打不会一下子让人倒地不起，但在长时间的搏斗中，它极其伤人，最终简直要让人灵魂出窍。”

他的膝部裸露在外边，撒克逊看到他的膝盖骨上方皮破肉损。

“膝部的皮肤也承受不了我这样的大块头呢，”他在话语中努力表现出一些诙谐，“地板高低不平。倒在地上，就像受了山姆·希尔的重拳一样，疼得让人受不了。”

撒克逊泪水盈眶，她忍不住地用手抚摸她伤势沉重的英俊的男孩遭受重创的身体号啕大哭起来。她拿起他的裤子，挂到房间的另一端。一阵银币的叮当声清脆入耳。他让她回到床边，从裤袋里掏出一把银币。

“我们需要这些钱，我们需要这些钱。”他翻来覆去计算着银币，嘴里不停地嘟囔着。撒克逊知道他又有些迷糊了。

她感到钻心的疼痛。她头脑中一片空白，只有过去的一个星期里威胁着她的忠实的恶毒念头在清晰地浮荡。毕竟，比利，这位百里挑一的血性汉子，还只是一个孩子，她的孩子。他为了她，为了这个家及其间的家具（他们的家和家具），面对并承受了所有这些可怕的惩罚。现在，在他无意识的自言自语中，他说了出来。他说：“我们需要这些钱。”他并没有如她想象的完全将她抛在了脑后。在这里，当他的神志处于清醒与不清醒边缘的时刻，在他赤裸裸的灵魂之中，他对她的关注依然是处于至高的境地。我们需要这些钱。我们！

她向他俯下身子，眼泪像小溪一般沿着她的面颊流淌。她似乎感到自己从未像现在这样爱他爱得如此刻骨铭心。

“来吧，你来算算，”他放弃了努力，把银币交到她的手上。“是多少呢？”

“十九元三十五分。”撒克逊说。

“对了——输家的报酬——二十元。我喝了几杯，邀了几位伙伴同饮，还有车费。如果我赢了，可得一百元呢。我就是冲着那个去的。它能使我们轻轻松松地过上好一阵子。拿着吧，放起来，总比没有强。”

夜里，剧烈的疼痛让他辗转反侧，不能入眠。一个小时过去，又是一个小时，她细心地照料着他，不时换上热毛巾覆盖他身体肿胀的部位，极轻柔地用手指尖将金缕梅酊剂、冻奶油涂抹在伤口上。他不停地向她述说，回顾搏斗的过程，告诉她他的难处以获取些许安慰，表明他丧失钱财的懊悔，为他受伤的尊严伤心不已，只间或为他的呻吟打断。他的自尊心所受到的打击远甚于他身体受到的伤害。

“但不管怎样，他无法令我出局。有时我身体沉重得抬不起手来，他便趁机放开手脚，对我痛击。观众情绪十分狂热。我在他们的面前，表现出了惊人的耐力。有时他只能打得我摇摇晃晃，因为在开初的那些轮搏斗里，我消耗了他不少的力气。我不知道跌倒了多少次。事情进入梦一般的境地……有时，在赛事结束前，我见到三个他站在台上。我不知道该打击谁，该躲避谁。

“但是我蒙骗了他们。当我眼花缭乱，身体麻木，双膝颤抖，感到天旋地转时，我就尽量与他扭贴在一起。我打赌裁判为分开我们手都拖拉得疲软不堪了。

“这一场比赛多么激烈啊！喂，撒克逊，你在哪儿呢？哦，在那儿吗。我以为在做梦呢。这件事可以为你提供借鉴。我打破了诺言，前去参加比赛，瞧瞧我的结局。瞧瞧我，记住别犯同样的错误，别去卖你的手工制品了。

“但是我蒙骗了他们——在场的每一个人。开局时双方势均力敌，到第六轮时，那些聪明一些的家伙已开始买二赔一赌我输了。我第一次被击倒在角落后，局势已变得不可收拾——谁都看得出来。但他没办法让我认输。第十轮开始，他们赌我捱不过这一轮。十一轮开始，他们赌我在十五轮以前一定趴在地下起不来了。可我一直坚持到第二十轮。为此，我付出了代价。我想告诉你，我付出了代价。

"是这样，有四轮比赛我完全是在无意识中凭本能支持的。我努力站稳脚跟与他搏斗，被打倒在地上后，当裁判数到八时，我就挣扎着爬起，继续逼近，闪避，没头没脑地挥动拳头。我不知道自己做了什么，只知道我必须那样，因为我的灵魂已经离我而去。自第十三轮他将我打得头碰着地面以后，我就丧失了意识，直到第十八轮……

"我说到哪儿了？哦，对了。我睁开眼睛，或者说睁开一只眼睛，因为我只有一只眼可以睁开。我在拳台我这边的角上，几条沾有阿摩尼亚的毛巾放置在我鼻子前，比利·莫菲拿着一大块冰放在我脖背上。我见到拳台的另一边站着芝加哥恶魔，我想了好一阵才记起我在和他进行比赛呢。感觉中我好像去了其他地方，刚刚返回场中。'第几轮了？'我问比利。'第十八轮。'他说。'见鬼。'我说，'中间几轮跑哪儿去了？前面我才和他打了第十三轮呢。''你是一个奇迹，'比利说，'那四轮里边你灵魂出窍，没有人知道，可我知道。我一直想让你退出比赛。'恰在此时，锣声响起，我见到那个魔鬼朝我走来。'放弃吧。'比利说着就要往场中扔毛巾。'绝对不能。'我说。'算了吧，比尔。'他继续劝说我放弃比赛。此时魔鬼已走近我的身边，垂着手望着我，裁判也在观望。大厅里寂静无声，就是一根针掉在地上也会清楚可闻。我的头脑略微清醒，但情形并没有太多好转。

“‘你赢不了。’比利说。

“‘瞧我的。’我说。话音未落，我猛地冲向魔鬼，猝不及防将拳头击打在他的身上。我步履踉跄，站立不稳，但我勇往直前，重拳出击，直把他逼到他的角落的绳圈边。他脚下一滑，跌倒在地，我亦跌倒，压在了他的身上。那时，啊，观众变得如痴如醉……

“说到哪儿了？我想我还不是太清醒，头脑像一窝蜂般地嗡嗡作响。”

“在他那边的角落里，你跌倒了压在他身上。”撒克逊提示道。

“对了。我们刚站起来——我确实没法站稳——我故技重施，把他逼到我的角落，又倒在他身上。真够幸运的。我们站立起来，要不是紧紧抓着他作支撑，我一定会瘫倒在地下。

“‘我剥了你的皮，’我对他说，‘现在我要吃了你。’

“我没有剥下他的皮，但我努力想要剥下来一小块。我真做到了。裁判刚把我们分开，我立即冲上前，在他的肚子上狠揍一拳。这扎扎实实的一拳让他变得极为小心，变得过于小心了。他不敢再与我纠缠在一起，他过高地估计了我的战斗力。你看，可以说我剥下了他的皮的一大部分。

“他无法占到我的便宜，他对我无可奈何。第二十轮，我们站在拳台中央，你来我往，攻守相当。当然，对于一个已遭受重创的人，我的表演可谓精彩，它促使他作出于我有利的决定。但我愚弄了他，他无法占到我的便宜。我也愚弄了那些聪明的观众，他们打赌不出几轮他就会打得我拱手认输……”

终于，在晨曦初露时，比利进入了梦乡。他呻吟着，叹息着。他的脸被痛苦所扭曲。他的身体辗转着，无望地寻求舒坦与适意。

这就是职业拳击赛，撒克逊想。它比她想象的更加残忍，她从未想到过加了垫的手套能造成如此严重的伤害。他不能再参加拳击比赛了。哪怕是街上的斗殴也不会这么伤人。当他睁开眼睛开口说话时，她不知道他的绸缎损失了多少。

“说什么？”她问道。她一时尚未意识到他的眼睛什么都看不见。他正处于谵妄状态。

“撒克逊！撒克逊？”他叫道。

“我在这儿呢，比利。怎么了？”

他在床上撒克逊通常躺着的位置上摸索着，他再一次呼唤她的名字。她冲着他的耳朵大声回答。他欣慰地叹了一口气，断断续续地说：

“我必须这样做，撒克逊。我们需要这些钱。”

他闭合双眼，睡得更加深沉，间或发出几声呓语。以往她曾听人谈论过大脑充血症，为此她感到十分恐惧。然后她想起他说过的比利·莫菲将冰置放于他的头部之事。

她披上一块头巾，匆匆跑往第十一大街的皮尔马车夫之家。店主刚刚开门，正在打扫卫生。他从冰箱里取出她需要的冰块，敲成便于使用的小块交给她。回到家中，她将冰包置于比利的脑根，脚边放着滚烫的熨斗，并用被冰凉透的金缕梅酊剂擦洗他的头部。

他在黑暗的房间里一直睡到薄暮时分。一觉醒来，他坚持要起床，令撒克逊烦恼不已。

“得出去露露面，”他不容置疑地说，“不能让人家笑话我。”

在她的帮助下，他艰难地穿上衣衫，又艰难地迈步出门，去向他的世界昭示他并没有因为受到打击而卧床不起。

这是不同于女性自尊的另一类自尊，撒克逊暗自揣摩它是否同样地令人称道。

五

24

以后几天，比利的肿胀消退了。令他惊喜的是，伤痕也很快消失。只是青肿的双眼在他白皙的脸上显得格外引人注目，眼圈的伤痕半个月以后才逐渐隐去。在这期间发生了几起严重事件。

奥托·弗兰克的审判进行得异常迅速，他被定为有罪。判决是由一个在审讯工作中享有名望的陪审团和从事审判的法官作出的。他被判处死刑，转移到圣昆丁。切斯特·约翰逊和其他十四位的审判缓了一些，但是也在同一星期内结束了。切斯特被判处绞刑，两人被判为终身监禁，三人被判处二十年，只有两人被判无罪。其他七名各被判处两年至十年的徒刑。

撒克逊为此深感忧伤。比利闷闷不乐，不过他的斗志没有因此而减弱。

“战斗总要死人的，”他说，“这是意料之中的事。但是对他们的判刑方法叫我不解。被定为有罪的人对杀人要么都有责任，要么都没有责任。如果都有责任，那么他们应被判处相同的徒刑，他们都应像切斯特·约翰逊那样被判处绞刑。否则的话，他就不应被绞死。我就想知道法官是怎样量刑的。他一定像玩中国彩票一样，依靠他的预感。他看你一眼，然后就等待某一面额的钞票或一笔钱的数额在头脑中出现。如果不是这样，他怎么能判约翰尼·布莱克四年，而判考尔·赫特金斯二十年呢？他就是按头脑里出现的东西来决定他的预感的。他或许还可以随意倒过来判考尔·赫特金斯四年，而判约翰尼·布莱克二十年呢。

“我了解这两个男孩，他们平常在第十大街柯克哈姆帮里闲混，有时他们也来我们这里和我们这帮人玩玩。我们放学后常去沼泽地的沙滩边游泳，有时也在运输水道上玩水。有一次，是星期四，我们挖了许多蛤蜊，星期五我们逃学去卖蛤蜊。我们还常去岩壁捉步鱼和岩鳕。有一天，那天是日食，考尔捉住了一条河鲈，有一扇门那么大。我从未见过那样大的鱼。可现在他们得穿二十年的囚衣。幸好他还没结婚。即使他不把命丢在那里，他出狱时，也成了老头了。”

“我常和切斯特·约翰逊跳舞，”撒克逊说，“我很早就认识他的妻子基蒂·布拉德。她也在纸盒厂工作，她和我同用一张桌子，就坐在我旁边。她现在去了圣弗兰西斯科的姐姐家，她姐姐已结了婚。她也怀孩子了，长得很漂亮，当初追求她的小伙子可多呢。”

对考尔等人的定罪和严厉的判决，给工会造成严重影响。会员们大为震惊，然而他们没有因此而沮丧。形势变得更加严峻和悲哀。对参加战斗，比利没有丝毫后悔。他深切关心着罢工，再没心思去体念撒克逊精心照料他的日子里他心里滋长的那种甜美和突然燃烧起来的情感。在家里，他愁眉苦脸，显得十分郁闷，在莫罕根死前的最后几天里，他的讲话时时显露出对伯特的悲伤。有时，比利迟迟不回家，他再次酗起酒来。

撒克逊几乎绝望了。不知多少次，她可怕地想到那不可避免的惨剧。现在这种惨剧发生了，然而她对它几乎已漠然了。

比利经常被人用担架抬回家。有时是拐角处杂货店的电话传呼她，电话上经常是陌生人的声音，三言两语告诉她，说她丈夫躺在医院里或陈尸所里。当马被神秘地毒死时，当运输车的一位老板的住宅被炸毁时，她就好像看见比利坐了牢，或穿上了囚衣，或登上了圣昆丁的绞刑架。而在松柏大街的他们小住所四周，她看见的全是蜂拥而至的新闻和摄影记者。

她只管胡思乱想，却一点也没预见到真正的灾难。司炉工房客哈蒙经过厨房去上班时把前一天在阿尔维索沼泽火车失事的消息告诉了撒克逊。他说，当时工程师困在翻转的机车下，虽然没受伤，但上涨的潮水，快要淹没他了。他恳求给他一枪。故事快讲完时，比利走了进来，在昏暗的灯光下，只见他眼皮重垂，神色呆滞，撒克逊知道他又酗了酒。他进来向哈蒙瞪了一眼，谁也不理睬，就站在墙边，肩膀靠在墙上。

哈蒙感到很尴尬，但尽力显得不以为意："我刚才告诉你夫人——"他刚开口说，却被比利粗鲁地打断了。

"谁管你告诉她什么，不过我得告诉你，男子汉，我老婆替你多次整理床铺，她可不再是我的啦。"

"比利！"撒克逊叫了起来。她的脸因愤怒、痛苦和羞惭而涨得通红。

比利没有搭理她。哈蒙说："我不懂——"

"嘿，看你这个长相，"比利对他说，"你还站着做什么，走出去，出去，滚！听到没有？"

"不知道他怎么会这样，"撒克逊气呼呼地对司炉工说，"他疯了，哦，真丢脸，真丢脸。"

比利愤怒地指着她说："闭嘴！给我离远点。"

"可是，比利……"她想辩解。

"滚开，滚到那个房间去。"

“喂，你听我说，”哈蒙发话了，“这样对待朋友不合适吧。”

“对你已够宽容了。”比利回答说。

“我是按期付房租的，是不是？”

“我该狠狠揍你一顿才是。难道还没理由吗？”

“比利，如果你敢这样做——”撒克逊说。

“怎么，你还站在这儿？好，你不滚到那房间去，那么我叫你进去。”

他抓住她的胳膊。她挣扎了几下，他那如铁钳般的手指立即抓得她的手臂皮开肉绽，血渗了出来。

她只得走进前房，仰卧在莫里斯坐椅上抽泣，耳朵听着厨房里的动静。

“我住到周末就走，”司炉工说，“我已预付了房租。”

“清醒些。”是比利的声音。他说得很慢，嘴唇因愤怒战栗着。

“如果你活得不耐烦了，你就住下去吧。小心你的脑袋，还有你的那堆东西。我随时都会收拾你的。”

“我知道你是搞职业拳击的——”只听司炉工说。

他的话音未落，撒克逊猛地听到一记重拳，玻璃咣的一声破裂，然后是后门廊上的扭打声，接着是人体从台阶上重重跌撞下去的声响。她又听到比利返回厨房，来回走动，知道他在打扫厨房门破碎的玻璃。此后传来比利在水盆边冲洗的声音。他在那里一边擦脸洗手，一边吹着口哨。然后她又听到他走进房间来。她没有看他，她太难受，太伤心了。只听他犹豫不决地站了一会，似乎在准备承受某种注定要发生的事。

“我要进城去，”他说，“工会要开会。我如果没回来，那一定是那家伙在法院控告了我，法院给我发了拘捕令。”

他打开前门，停了停。她知道他在看她。随后门关上了，她听见他走下台阶去。

撒克逊一阵晕厥。她什么也不想，也不知道该想什么。

整个事情是那么莫名其妙，简直无法令她相信。她躺回椅子里，闭上眼睛，内心一片空白，甚感沮丧；又呆呆地望着天花板，觉得世界的末日已经来临。

街上小孩玩耍的声音吵醒了她。夜幕降临时，她站起来摸着一盏灯，点亮了。她来到厨房，双唇战栗，呆呆地看着那叫人伤心的，尚未做完的晚餐。火已灭了，土豆也烧煳了。她揭起锅盖，一股焦煳气直冲她的鼻子。她机械地擦干锅，整理好东西。把土豆削了，切成片状，以便第二天油炸。然后又机械地走到房间就寝。她神经麻木，却神态安定。这真是太反常了，她一合上双眼，就呼呼入睡。翌日太阳照进房间时她才醒来。

她和比利晚上从未分开过，这还是第一次。她感到十分诧异，何以没有醒着为他担心呢？她躺着，睁着双眼，几乎无所思虑。后来胳膊的疼痛才唤醒她，这是比利抓的。她仔细看了看，发现手臂上肌肤被抓得青一块紫一块，十分吓人。这可是世界上她最爱的人给的伤痕啊，但是她没有因这种精神上的伤痛而惊讶，使她惊讶的是，那瞬间的一抓怎么会引起如此大的肌肤伤痛呢？男人的力气真不可思议。她不禁想到了查莱·龙，他是否也像比利一样强壮呢？

直到她梳洗完了，生了火，才想起眼前的事。比利没有回家，这就是说他被逮捕了。怎么办呢？让他蹲在监狱里，不去管他，还是离开他去重新生活？他的行为那么粗鲁，跟这样的男人过日子当然是不可能了。但是她立即又思忖，真的不可能了么？他毕竟是她的丈夫，嫁鸡随鸡，嫁狗随狗——她内心反复叨念着这句话。离开他就是屈服。她想起了母亲，她让对母亲的回忆来裁断这件事。不，戴西是不会屈服的，戴西是位斗士。那么，她撒克逊也必须斗。况且——她虽心灰意冷，但稍感自慰地认为——比利比大多数丈夫要好。她想起了他早些时候的许多好处，特别是他那句不朽的赞美诗：“我们的爱情永无止境，罗伯兹的家贵如黄金。”

十一时，一个男子来寻访她，他叫巴迪·史特罗瑟斯，是比利的罢工值班搭档。他告诉她说，比利拒绝保释，也拒绝请律师，他要求法院审判他。他已经认罪，被判处六十美元的罚金或三十天的监禁。朋友们要为他支付罚金，但他谢绝了。

“他是个彻头彻尾的大傻瓜，”史特罗瑟斯说，“他不肯听从劝说。他说，他会服完刑。我估计，他经常酗酒，他的身体正在垮下去。这儿有他给你的纸条。你要办什么事，随时叫人告诉我。我们兄弟都会关照比尔夫人的，你是我们的人。你怎么去弄钱生活呢？”

她不无骄傲地说，她不需要钱。客人走后，她打开比利的纸条，只见他写道：

亲爱的撒克逊：

巴迪·史特罗瑟斯会去你那里，把这封信交给你。别为我担心。我就要受到惩罚，你知道，这是咎由自取。我想我一定是疯了。我非常抱歉，但对我来说，后悔已无济于事。你不要来看我，我不想你来这里。如果你需要钱，工会会给你的，工会代表很不错。我一个月后就出来。撒克逊，你知道我爱你。请你对自己说，你原谅我这一次。那样的事以后再也不会发生了。

比利

巴迪·史特罗瑟斯带了玛吉·唐纳夫和奥尔森太太来看撒克逊，他们给了她亲切的慰问。他们以十分恰当的方式，问她需要什么样的帮助。谈话时，他们尽量避免谈及比利的情况。

下午，詹姆斯·哈蒙来了。他走路有点瘸。撒克逊揣度，他在尽最大努力不让别人看出他受了伤。当她向他表示歉意时，他阻止了她。

“我不怪你，罗伯兹夫人，”他说，“我知道，这不是你的过错。但我想，你的丈夫是失去了理智，他疯了，连一般的情理也不懂。算我倒霉，碰上了他。”

“但是。不管如何——”

司炉工摇了摇头说，“我全知道，我自己以前也常为酗酒遭受惩罚。那时，我也做过许多好笑的事。真对不起，我告了他。使法院发出拘捕令。可是我当时是气坏了，没想那么多。现在冷静想来，我真不该去告他。”

“你是很有教养的，待人和气，”她踌躇地告诉他心里顾虑的事，“他——他不在家，你不能住在这里了，你说呢？”“是的，那是不能的。我想告诉你，我是来整理东西的，整好后我就走。六点钟以前，我会叫一辆马车来搬我的东西。这是住房的钥匙。”

她坚持要还给他剩下的房租。他迟疑了一会儿，就收下了。走时，他热情地握住她的手，一定要她答应，缺钱时，就告诉他，他会借钱给她的。“没有问题，”他向她保证，“我已成家了，有两个儿子。一个儿子有点肺病，妻子和他们一起去亚利桑那野营了。”

他走下台阶时，她心想，这么善良的人真不该遇上这样疯狂、残酷的世界。

小伙子唐纳夫给她送来了一张报纸。撒克逊看到，有则专栏文章一半是写比利的。这太过分了。他在违警罪法庭上受审时，人们注意到了他和别人打架时所受的眼伤。

文章中，比利被描写成暴徒、流氓、无赖，说他是一名不知自卫的职业拳手，是组织起来的劳工的耻辱。他认罪的这次袭击是无缘无故的对人伤害，是极凶残的行为。如果罢工车夫都是他那种德性，奥克兰唯一应做的明智的事是解散工会，把每个会员从城市赶出去。报纸还抱怨对比利的判刑太温和了。他至少应被判处六个月。他们还引用法官的话说，法官很遗憾，因监狱条件的限制，他无法判比利六个月监禁。在这次罢工期间，袭击案太多了，各监狱都已爆满。

那天晚上撒克逊第一次感受到了孤独。她的头感到阵阵晕眩。睡梦中，她多次用手摸索身边的比利，因摸不到而时时惊醒。

第二天早上，萨拉来看她。这是撒克逊结婚后她第二次来她家。她看出嫂子显然是来幸灾乐祸的。撒克逊不想维护自己的尊严，她不想作丝毫的辩解，没有什么可辩护的，也没有什么可解释的。一切都正常，谁也不关谁的事。

撒克逊就是这个态度，这使萨拉很恼火。

“我警告过你，你总还记得吧？”她连珠炮般地骂了起来，“我一直知道，他是孬种，是惯犯、恶棍，是一名蹩脚的职业拳手。当我听到你和一名拳手谈上了，我担心极了。当时我就对你这样说了。可是，你就是不听，你太骄傲了，自以为比哪个正经女人都要好。你自然比我更懂事啦。我当时对汤姆说，撒克逊现在彻底完了。我就是那样说的。我说对了，没错吧。要是当初你和查莱·龙成了家有多好！今天就不会这样丢脸了。你看着吧，这还只刚开始，还早着呢，以后有你受的了。但愿上帝保佑你。他还会杀人的，你的那个恶棍，他一定会上绞刑架的，你等着瞧吧，这是他的下场。到时别忘了我的话，你这是自作自受呀！”

“这是我最愿意受的。”撒克逊回答说，

“那好吧，这是你说的，”萨拉哼着鼻子说。

“给我女王的生活，我还不愿意换呢。”撒克逊又说。

“去享受惯犯的床吧！”萨拉恶狠狠地说。

“嘿，是的，这是我的生活方式，”撒克逊满不在乎地反驳说，“大家都在尝监狱的滋味。汤姆参加社会主义分子的街头聚会，不是也被逮捕过吗？在这世道里，大家都会坐牢的。”

这句话刺痛了萨拉。

“可是他们宣布了汤姆无罪。”萨拉急忙辩解说。

“这有什么区别呢，他还不是没有保释，整夜卧在牢房里。”

萨拉无法回答，于是施展她惯用的旁敲侧击的战术。

“我得说，这种屈辱对你可是一种很好的事呀。和房客胡闹一场，事情倒真是好呢。”

“谁说的？”撒克逊一听不禁勃然大怒，但很快抑制住了。

“哼，瞎子都能看得出来，一个房客，一个年轻的少妇，又不自重，丈夫是职业拳手。他们打架还能为什么？”

“不就是家庭吵架吗，哪家不吵呢？”撒克逊平静地笑了笑。

萨拉听了，颇感震惊，一时竟无语回答。

“你听着，”撒克逊继续说，“一个女人有几个男人为她打架，她该感到骄傲。我很骄傲，你听见了吗？我很骄傲，请你告诉他们吧，你还可以把我说的话告诉所有邻居，告诉每个人，我不怕。男人喜欢我，男人为我打架，男人为我坐牢。女人不叫男人喜爱她，她活在世上有什么意思？萨拉，请走吧，请立即走，告诉每个人你已看出来的东西。告诉他们，比利是个惯犯，我是个坏女人，是个所有男人都想得到的女人。你去大声叫喊吧，祝你好运。请出去，以后永远也别跨进我的家门。你又体面又正派，我家不配你来，否则会丢你的面子的。孩子们等你呢，走吧，走！”

萨拉十分惶恐地走了。撒克逊扑倒在床上，抽搐着哭了起来。她以前仅仅为比利待客冷淡、粗暴无礼而深感惭愧。可现在，她已觉察到人们对留房客一事的看法了。原先她是没想到的。她确信，比利也没想到。她一开始就知道比利的态度，他一直反对招房客。因为他自豪地认为，他的妻子是不该工作的。只是在生活艰难时，他才不得不同意她工作的。现在回想起来，那时是她用好言诱骗他，他才同意的。

但所有这一切都无济于事了，四邻和熟人必定对她有了看法。人们有了成见，就不会改变的。比利也难逃这个责任，他对许多事都是有愧的。然而这许多事加在一起还没有这件事那么可怖，她再不能正眼看人了。唐纳夫太太和奥尔森太太心地都非常善良，但是她们和她聊天时，她们必定在想着什么。她们俩之间必定在谈论什么。大家都在说什么呢？

她太伤心了，浑身精疲力尽，眼泪都淌干了。她整日心情沉郁，细想着罢工以来许多妇女遭受的灾难——奥托·弗兰克的妻子，亨得逊的寡妇，漂亮的基蒂·布拉德，玛丽，还有其他许多关在圣昆丁的工人的家属。世界正在她身边崩溃，谁也别想幸免于灾难。她不仅逃不了，而且她的遭遇是最丢脸的。她极力这样幻想：自己睡着了，做了个恶梦，不久惊恐消除，于是起床，给比利做饭，以便他上班去。

25

整个夜晚，撒克逊和衣躺在床上，不能入眠。翌日清晨，起床梳洗以后，她奇怪地感到身子麻木，头痛得厉害，犹如被一条沉重的铁条捆住了似的，大脑隐隐似有一种压力，这是生病的预兆，她尚未意识到。她只知道自己感觉奇样。她没有发烧，也没有感冒，身体健康如常。她以为这是神经上的毛病——在她这样的人看来，神经和疾病是不相关的。

她不能自控，自己竟成了陌生人，她暗暗诧异。她生活的世界变得模糊不清，笼罩了一层烟雾。她辨不清方向，看不见往常清晰的景物。有好几次她记错了事，常常不由自主地乱忙着。所以她在后院清扫时，发现自己晾了一个礼拜的衣服时感到十分惊讶。她回忆不起自己做了什么，可是她确确实实做了该做的事。她煮了床单、枕头套和桌布。

她只用温水洗了比利的毛衣，肥皂是她按墨西戴斯给她的配方制作的。她查了查，发现自己早餐吃了一块羊肉。这就是说，她去过肉店，不过她已不记得了。她莫名其妙地走进卧室。床铺叠好了，东西都放得整整齐齐。

天蒙蒙亮时，她不知不觉地来到前房，坐在窗边，欣喜若狂地叫喊着，开始，她不知自己高兴什么，而后她想起来了，是因为她失去了小孩，“上帝保佑，上帝保佑。”她大声地唱着，扭动着双手，显得十分快乐。她知道，她扭动手是因为高兴。

就这样，日复一日，她几乎没了时间的意识。有时，她觉得比利去坐牢已有好多好多年了。有时，她又觉得，比利是昨晚才走的。但她始终坚持认为，她决不可以去监狱看比利，小孩夭折是上帝的恩赐。

有一次，巴迪·史特罗瑟斯来看她，她坐在前房和他聊天。她迷惑地注视起他的裤脚管下面的毛边。又有一天，工会代表来拜访她，她告诉他说，一切都很好，她什么也不需要，比利出狱前，她会过得很舒服的。这些话她对巴迪·史特罗瑟斯也说过。

冷清清的小屋有时叫她寂寞难忍。她于是戴上披巾，走出奥克兰堤道或跨过铁路车场，穿过沼泽地，来到沙地海滩。比利就在那里告诉她说，他以前常来游泳。有时候，她离开运输水道，爬下铁路旁边一堆堆危险的道钉，跨过木栅栏，到达通往岩壁的路上。岩壁远远伸出海湾，是奥克兰河湾泥滩和潮淹水道之间的屏障。河湾口海轮来来往往；拖船冒着浓烟穿梭往返，后面跟着竖着高耸桅杆的帆船。她凝视船上的水手，心想他们远航去哪里呢？远方是什么国家，他们有什么样的自由呢！

她特别喜欢那岩壁，它有一种自由的灵气，宽旷的空间，她情不自禁地深深呼吸起来。她想伸出双臂拥抱它，让它成为自身的一部分。这里是一个自然的世界，一个理性的世界，她了解这个世界；她也了解这些绿色的小蟹，那些在她前面抬起白色钳子急匆匆爬行的小东西。潮水退下去时，它们正吃着岩石上的青草。岩壁是人造的，这虽然是憾事，但是这里的一切都如天造地设一般。这里没有男人，没有法律，没有男人的争斗；这里潮涨潮落，日出日没，一切都是自然的。平时，每到午后，强劲的西风吹来，穿过金门，海水骤起浪峰。这时水色变得阴暗，帆船飞也似的疾驰起来。

一切是那样的自然，一切是那样的自由。四周都有随手可拾的柴火，却没人把它们装进袋子去卖。小男孩们蹲在岩石边上钓鱼，没有人会驱赶他们。比利，还有考尔·赫特金斯也是那样捕鱼的。比利曾谈起过考尔·赫特金斯在月食那天捕获的那条河鲈。那时他连做梦也不会想到，他会穿着囚衣耗损他那宝贵的青春。

这里有吃的，有不要钱的食物。今天她还没吃过东西呢。她学男孩的样子，从岩石下边靠水处采集了一些淡菜，然后在岩壁上堆起一些柴火，生了火，把它们放在火上烤了。熟淡菜入口，味道格外香甜。她还学着从岩石上敲下小牡蛎。有一回，她还捡了一串新鲜的小鱼，那是一位小男孩忘了带回家的。

水面上还漂浮着人类邪恶的痕迹，那是从远处城市漂来的手工杰作。一次涨潮时，她看见水面上到处是甜瓜，随波逐流，向河心漂去。有些甜瓜靠岩石搁浅了，她就捞了上来。可是这些甜瓜没有一个是好的。她耐着性子品尝了许多，每个都坏了。原来甜瓜上都有一道明显的裂缝，海水渗了进去。她不明白。一位葡萄牙老太婆在近处捡浮木，撒克逊问了她。“是他们割的，这些人种的甜瓜太多了。”那老太婆解释说，一边吃力地挺了挺僵硬的腰背，撒克逊几乎听到了她的腰骨吱嘎作响。她说话时，黑色的双眼闪烁着愤恨的神情。

她脸上堆满了皱纹，瘪缩的双唇痛苦地扭动着，露出没齿的牙床。“人们还吃不饱肚子呢。他们这样做是为了保持价格，他们是在圣弗兰西斯科把瓜扔下水的。”

“可是他们为什么不给穷人吃呢？”撒克逊问道。

“他们必须不让价格下跌。”

“可是穷人还是买不起呀，”撒克逊不解地说，“这是不会影响价格的。”

老太婆耸了耸肩膀，“我不清楚，这是他们的做法。他们在每个瓜上砍一刀，穷人就不会捞来吃了橘子、苹果多了，他们也是这样做的。哼！还有那些捕鱼的！他们有一个托拉斯，渔船捕的鱼太多了，托拉斯就在渔民码头把鱼扔入海里，那么鲜亮的鱼一船一船地倒掉，谁也不捡。鱼都死了，只可拿来吃。鱼是很好吃的。”

撒克逊对这样的世界不理解。在这个世界里，有些人吃的食品太多了，就抛掉。扔掉前，还出钱雇劳力先把它们毁掉。而在同一个世界上，还有许许多多的人吃不饱，他们的孩子由于母亲的奶质不好而夭折，他们的年轻人为了寻找工作而互相格斗，互相残杀。他们的老人因窝棚里没有吃的而流着悲伤的泪水去贫民院。她觉得不可思议，难道整个世界都是这样的吗？愚者去贫民院，智者获珠宝和汽车？

她是一位愚者，她一定是的，一切都证明她是的。可是撒克逊拒绝承认自己是愚者，她不笨，自己的母亲也不会笨，自己的祖先都不笨，以后的来人也一定不会笨的。

她出神地坐在那里，家里已经断炊，亲爱的丈夫成了一头没理性的畜生，他终于蹲牢了。怀里已没有孩子，要不是这帮愚蠢的家伙为了抢工作在她的前院打得头破血流的话，她心爱的宝贝是不会离她而去的。

她坐在那里，苦苦地思索着。背后的奥克兰笼罩在一片烟雾中。海湾那边是隐隐约约的圣弗兰西斯科。她茫然凝视远处。不过，太阳是灿烂的，风是暖和的，那带着强烈咸味的空气吸起来也十分舒适。还有那白云朵朵的蓝天也是美好的。自然世界一切都那样地井然、理智、慈善。可是这个人间！人间的一切都那样地紊乱、疯狂、可怖。为什么愚者那么地愚昧呢？难道这是天理吗？不，不会的。上帝创造了风、空气和太阳，人间是人类自己制作的世界。这项制作糟透了。不过，她记得很清楚，在孤儿院里，老师教导说，上帝创造了一切。

母亲也是这样说的，她相信上帝。一切都不会错的，是命运注定的。

撒克逊坐着，一时觉得自己垮了，绝望了。然后又感到一股难以抑制的憎厌和愤慨。她愤愤地问上帝为什么让她这样，她做错了什么，叫她承受这样的命运？她大略地想了想，自己是否犯过深重的罪孽呢？可是怎么也想不起来。

不，上帝是没有责任的。她自己本该创造好的世界——美好的令人满意的世界。如果是这样，那么上帝就没有了。上帝不会有拙作的，是孤儿院的女总管错了，是母亲错了，不朽是不存在的。伯特是对的，尽管他是那么野蛮，那么疯狂。她想起了那天他那么愚蠢绝望地叫喊着倒在她家前门。他已死了好长时间了。

撒克逊看到，生命没有了理智，没有了约束，她深深堕入悲观的泥潭中。在这个世界上，正当的行为得不到支持。她已获得报应，可是她受到的待遇是不公正的。还有千千万万人受到冤屈，他们像牲畜一样地劳动，像牲畜一样地死亡，他们永远永远地去了。犹如许多博学的思想家那样，她断言，世界是不分是非的，对人类是冷淡的。

她原先还怪上帝不公正。而此刻，她坐在那里更感到孤寂，更感绝望。只要有上帝在，总会有奇迹，总会有神奇的机遇，总会有无比的欢乐。上帝不在了，这世界就成了陷阱。生活就是一个陷阱，她好像一只红雀，被男孩子们捉住了，被关进笼里。这是因为红雀太笨。但她反抗了，她拍打翅膀，拿自己的心灵撞击世间的冷酷，犹如红雀冲撞笼子的铁丝网一般。她不笨，她不是那种落进陷阱的人，她一定要挣扎，跳出陷阱，这是一定有办法的。上学时，她在历史书中读到，运河男孩和铁路切割工是最低贱愚笨不过了，然而他们也能创造出路子，成为这个国家的董事长、总经理，在汽车工业界领导着聪明能干的人。那么她为什么不可以呢?

她也能设法找到出路，去赢得那一小点的报偿。——比利，就那么一点爱，就那么一点幸福。她不会抱怨世界不分是非，不会介意天下没有上帝，不会怨恨世间没有永恒。倘若她能先得到那份小小的应得的幸福，她会愿意走进黑暗的坟墓，永远待在那阴间里。

她多么渴望为那点幸福尽心竭力，多么盼望能尽情地、彻底地欣赏它，享受它。可是她该怎么行动呢?路在哪里?她感到迷惘。

26

她仍觉得迷迷糊糊，茫然不知所在。仿佛是在过去某时，比利已走了。他来之前，她必须遭受另一种生活。她仍然严重失眠，连续几个长夜，她竟没合上一眼。白天，她神情恍惚，似睡非睡，似醒非醒，只觉眼皮沉重，四肢困乏，精疲力竭，那箍在头上的铁条从没宽松过。她身体缺乏调养，却身无一文。她常常整日不吃一点东西。有一次她竟整整三天没进食。她在沼泽地挖蛤蜊，从岩石上敲小牡蛎，在水边捡淡菜。

但是，当巴迪·史特罗瑟斯来看她时，问起她的生活，她却要他放心，说她一切都好。有一天晚上，汤姆下班后来看她。他一定要拿两美元给她。他非常担忧，想多给她一点，可是萨拉又怀孩子了，而且由于别的行业罢工，他的行业深受影响，生意非常萧条。他不知道，这个国家以后会怎样。他相信一切都那么地简单，人们要做的，就是按他的方法去处理世事，然后像他那样投票。这样大家都会有公平的待遇。

他告诉她说，基督是个社会主义者。

“基督是两千年以前死的。”撒克逊说。

“是吗？”汤姆怀疑地问，不明白她的意思。

“想想，”她说，“这两千年里死了多少男的、女的，社会主义却还没来。再过两千年，它或许仍是那样遥远。汤姆，你的社会主义从没给你一点好处，这只是一个梦罢了。”

“本来不会的，如果——”他眼神闪过一丝愤恨。

“他们也像你一样相信，该多好。可是他们不，你无法使他们相信。”

“但是相信的人每年越来越多。”他争辩说。

“两千年实在是太遥远了。”她静静地说。

她哥哥点了点头，疲倦的脸色显得十分哀戚。然后，他叹息说：“撒克逊，如果这是个梦想，那可是个美梦呵。”

“我不要梦，”她回答说，“我要真实的东西，我现在就想要。”

此刻，她头脑里闪现过无数代愚笨低贱的人们，那些比利和撒克逊们，伯特和玛丽们，汤姆和萨拉们，数得尽吗？

愚笨者总是被踩在聪明者的脚下。但她相信，撒克逊不是愚者，不，她不笨，她是杰出诗人戴西的女儿，是身骑棕色战马，驰骋战场的战士的女儿，是征服荒原和野蛮印第安人的强大祖先的后代。她觉得她的困境不会是真的，是出了差错了，她会找到出路的。

她用那两美元买了一袋面粉，半袋土豆。这使她改变了光吃蛤蜊肉和淡菜的乏味生活。她学意大利人和葡萄牙人的样子，去捡水上浮木拿回家，只是她总觉得有些羞惭，每次都在天黑以后赶回家。

奥托·弗兰克受绞刑那一天，她待在家里。晚报报道了这个新闻。他的绞刑没有缓期。萨克拉门托有位铁路总督，他或许会缓期执行银行抢劫犯和贪污犯的判刑，甚或会宽恕他们。可是谁敢为一个工人提出异议呢。老百姓都在这样议论，他们议论着比利，议论着伯特。

第二天，撒克逊又去岩壁。她似乎觉得奥托·弗兰克的幽灵伴在身边，与弗兰克一起的还有一个幽灵，隐隐约约，一闪一现的。她看清楚了，那是比利。他注定要步奥托·弗兰克的后尘吗？如果血腥的冲突继续下去，他肯定会的。他是个斗士，他觉得打斗是他拿手的，杀个人容易得很。纵然他没有杀人的意图，当他猛打一个工贼时，工贼的脑袋就会在路边石沿上或水泥人行道上迸裂开花。比利于是会被送上绞架。奥托·弗兰克就是因为那样而被绞死的，他不想杀死亨得逊，只是亨得逊头盖意外骨折。然而，这能说明什么呢？奥托·弗兰克仍被处以绞刑。

27

比利释放的前一天，撒克逊尽力准备了吃的东西，等待他回家。她身无分文，她决心不再借钱让比利生气，要不，她或许会向唐纳夫太太借点渡船费，去圣弗兰西斯科卖掉自己的一些漂亮衣服。但是，她家里还有些面包、土豆、咸沙丁鱼。她在下午退潮时，又到海边挖了蛤蜊做杂烩吃。

她还拾了一捆浮木。她从沼泽回家时，已晚上九点了，肩扛着木柴和短柄铲子，一手提着一桶蛤蜊肉。她捡阴暗处走，急步跨过有灯光的街区，以避街邻眼目。可是，一个女人向她走了过来。那女人定睛看了看她，在她前面站住了，原来是玛丽。

“我的天哪,是撒克逊,”她叫了起来,“怎么这样艰难呀!”

撒克逊瞥一眼老朋友，神色窘迫。这短促的一瞥把她的惨状一股脑儿地显露了出来。玛丽身子稍瘦，但两颊红润。不过,撒克逊有些怀疑她的脸色。玛丽眼睛很好看,大而明亮,大得招眼，亮得炽热，然而眼神很不安。她穿得很漂亮——穿得太好了。她神经有些紧张，惊惧地转过头去看了看身后的黑暗。

“天啊!”撒克逊低声地说，“你——”她没说下去，然后又转过头说:“去我家坐坐吧。”

“是否不好意思看到我——”玛丽突然这样说。如往常那样，立刻又生气起来。

“不，不,”撒克逊否认说，“是木柴，还有这些蛤蜊肉，我不想让邻居知道。来，去坐坐吧。”

“不行，撒克逊，我去不了。我很想去陪陪你，真的。可是不行呀，我得赶下班火车去弗里斯各。我在这里等火车呢。我敲了你的后门，但房子里黑洞洞的。比利还没出来?”

“还没有。他明天回来。”

“我在报纸上都看到了,”玛丽急急地说,又往身后望了望,“那会儿我在斯托克敦。”她突然走近撒克逊,激动地说,“你不怪我吧，不会吧?我结了婚，就没法回来工作了。我讨厌工作，我累极了，我看工作什么好处也没有。你知道吗，我结婚前就恨透了洗衣房，那是个肮脏的角落。别做梦了，撒克逊，老实说吧，那里是天底下最脏的地方。但愿我已死了，死了倒是一切都了了。你听到了吗?不，我现在再也不去了。开往阿丹林的火车来了，我得走了。我可以来——”

“喂，快一点行吗?”一个男人的声音。

说话的男人是在她的身后，隐隐约约从黑暗中走来。撒克逊看到，他不像是工人，他衣着讲究，可身材比工人矮小多了。

“我就来，你等一会好吗？”玛丽和气地说。

从她的回话和声音里，撒克逊听出，玛丽惧怕那男人。他在暗淡的灯光处踱步等着她。

玛丽回身对撒克逊说：“我得走啦，再见了。”她说着，双手不自在地抚弄着手套。

她抓起撒克逊空着的手，撒克逊觉察到一小枚发了热的硬币塞进她的手里。她不肯接受，努力塞了回去。

“不，不要这样，”玛丽恳求说，“我们是老朋友了。你以后也可以帮我嘛。再见吧，以后再见。”

突然她眼泪涔涔，扑上去搂住撒克逊，脸孔压在撒克逊的胸脯上。她帽子上的羽毛撞在木柴上，散落一地。然后推开自己的身子，激动地颤抖着，目不转睛看着撒克逊。

“喂，快点，快点！”黑暗处又传来那男人的催促，话音十分傲慢。

“哦，撒克逊！”玛丽泪汪汪地走了。

撒克逊回到家里，点亮了灯，看了看那枚硬币。那是个五美元的，对她可是一笔财富呢。她又想到了玛丽和她惧怕的男人。奥克兰在她心里又录下一个阴郁的记号。玛丽也被毁了。她看了一眼硬币，把它抛进了洗涤盆。她清洗蛤肉时，听到硬币叮当滚到排水管下。

第二天早上，她想到比利要回来了，她匍身钻到洗涤盆底下，拧开弯管的盖子，找回了那枚五美元的硬币。她听人说过，犯人吃得很差。比利已吃了三十天的监狱伙食。当她想到她拿蛤肉和干面包给比利吃时，就感到寒心。她知道，他非常喜欢把黄油抹在厚厚的面包上，非常喜欢拿厚厚的牛排在油锅里炸烂了吃，也非常喜欢泡浓浓的咖啡茶来喝。

比利九点钟才回到家。撒克逊穿上了最漂亮的方格子花衣服在家迎候他。比利缓步从台阶走上来时，她从屋里微微伸出头窥视了一下。她本来会跑出去迎接的，可是一群邻居小孩站在街对面正目不转睛地望着这边。当比利伸手去握门把手时，门开了。他一进来就关上门，背靠在门上。撒克逊早已扑在他的怀里。不，他还没吃过早饭呢。可是比利搂她在怀里，还用吃吗？他在外面只待了一会儿，刮了胡须，但是他没去理发师那里。他连乘车的零钱也没有，是从市政厅一直走路回家的。他最渴望的是洗个澡，换一套干净的衣服。他没洗澡是一定不让她靠近自己的。

他洗完澡以后坐在厨房里看着她做饭。他注意到炉子上的柴火，问她是从哪里来的。她忙碌着，一面告诉他自己如何捡柴火，如何设法过日子，还有如何谢绝工会的恩惠，等等。她在桌边落座后又说到前个晚上她见到玛丽的情景，但是她没有提起那枚五美元硬币的事。

比利咬了一口牛排就不吃了，表情非常难看。他一口把肉吐在盘子上。

“买肉的钱是她给的吧，”他语气缓慢地责备说，“你没有钱，也不会赊欠买肉账的。这肉是哪里来的？我没说错吧。”

撒克逊只是低着头。

他神色恐怖，阴冷无情的目光久久盯住她的眼睛。

“还买了什么东西？”他追问道，语气不粗鲁，不愤怒，只是冷淡得可怕。她知道他在抑制自己的愤怒，那表情无法用语言来表达。

令她自己惊奇的是，她很镇静。这是怎么回事呢？这只是生活在奥克兰的人必须期盼的一点东西——奥克兰成了过去，又成了起始的地方时，人们要留下的那点东西。

“咖啡，”她回答说，“还有黄油。”

他把自己盘子上的和她盘子上的肉扔在煎锅里，又把桌上的黄油倒进锅里，最后提起咖啡罐把咖啡倒在上面。他把这些东西拿到后院，丢进垃圾箱里。尔后又把咖啡壶里的咖啡倒入水槽内。

“还剩多少钱？”他继续问道。

撒克逊已拿来了钱包。

“三美元八十美分，”她数了数，交给他，“牛排付了四十美分。”

他向钱瞥了一眼，拿过来点了点，起身走到前门。她听到他开门又关门，知道钱已被扔到街上了。当他回到厨房桌边时，撒克逊已用一只干净的盘子替他装了油炸土豆。

他瞟了一眼盘子里的油炸土豆，新鲜干面包片和一杯水。

“这些没问题了，”看他不放心似的，她笑了笑说，“这些没有一点是肮脏的。”

他瞧了她一眼，仿佛想嘲笑她几句，却叹了口气，坐了下来。但是冷不丁他立刻又站了起来，伸出双臂抱住她说：“我马上就吃，可是我先有话跟你说，”他说着又坐了下去，紧紧地搂着她。“没关系，水不像咖啡，冷了不会坏的。你听着，你是我这个世界上唯一的亲人，你以前不怕我，也不担心我做的事，我很高兴。现在我们别去管玛丽了。我这个人是很宽容的，对她的遭遇我也很难受，我要帮助她。我会对她很好的，我会像基督一样的仁慈，我会让她和我们同桌吃饭，可以让她睡在我家。但是这不等于说，我可以插手她的事。好吧，我们忘掉她。现在只有你和我是重要的，撒克逊，只有你和我，别的，不管他三七二十一，其他的都不重要。以后你再也不用怕我了，威士忌和我已经无缘，我要戒掉它，不喝了，我再也不会发酒疯。以前对你不够好，不过那已过去了，以后再也不会发生，我会从头开始的。

“关于那件事，我不该那样急躁，是我不分青红皂白向你发了火。我应该先和你说说，我的脾气真是太臭了，我控制不住自己。我有这样的脾气，你是知道的。拳击时，人们可以忍住性子，那么结了婚为什么就不可以忍住自己的脾气了呢？当然是可以的。只是那件事太突然了点，我受不了。这种事我是决不会忍受的，你不会叫我忍受我不愿忍受的事吧，我是不会叫你忍受你不愿忍受的事的。”

她在他怀里坐了起来，眼睛盯着他，心里盘算着一个主意，显得很激动。“比利，真的吗？”

“当然真的。”

“那好吧，你听着，有件事我再也忍受不了了，我宁可死了也不愿忍受。”

“是什么呢？”他想了想问道。

“这要看你的啦。”她说。

“你说吧。”

“不知道你说了话是否算数，”她告诫说，“也许你还来得及收回刚才说的话，还不迟呢。”

他毅然摇了摇头：“你不想忍受的，你就别逼自己，让它去就是了。”

“第一，”她开始说，“不再殴打不参加罢工的工人。”

他不由自主地张了张口想提出异议，但忍受了。

“第二嘛，离开奥克兰。”

“我不明白你第二点的意思。”

“离开奥克兰，不再住在奥克兰。我死也不住在这儿。

我们搬家吧，离开这个地方。”

他思索了一会儿，问道：“那么去哪里呢？”

“上哪儿都行，到处都可以去。吸支烟，想一想吧。”

他摇了摇头，眼睛盯着她。

“你真的这样想吗？”他终于说。

“是的，我一定要离开奥克兰，抛弃它，就像你刚才倒掉牛排、咖啡、黄油那样。”

她看出，他在拿主意。只见他正了正坐姿说：“那好吧，如果你真是这样想的话，我们就离开奥克兰，告别这个没热情的奥克兰，它从没给过我好处。我想我这强壮的身体到哪里我俩都能挣到饭吃。”

比利搂着她站起身来，瞥了一眼油炸土豆。“太冷了，”他说，“走吧，穿上你最漂亮的衣服，我们去镇上吃点东西，庆贺庆贺。我想我们该庆祝一下吧，我们就要搬迁，从这个破烂的镇子里把我们的家搬出去。走，我们乘车进城去。我可以向理发师借一点钱，我还有些破烂货，把它们典当了，可以美美地去吃上一餐。”

他说的破烂货原来是几枚金质奖章，那是他搞业余拳击时在几次拳击比赛中赢得的。他们来到镇上的当铺，山姆大叔对奖章的价值似乎十分懂行，不多会儿比利口袋里装着一把叮当作响的银币和撒克逊从当铺走了出来。

他高兴得像一个孩子似的，她的情绪也很好。他在街拐角处的一家烟店里停下来想买一袋烟叶，但转眼一想，改变了主意，买了香烟。

“唉，我是个十足的烟鬼，”他大笑说，“今天太高兴了，今天是节日，是我们喜庆的日子。”

他们悠然散步来到第八大街和百老汇交界处的饭店。

他俩就是在那里举行结婚晚宴的。

“我们假装还未结婚，怎么样？”撒克逊提议。

“好呀，”他同意，“要一间雅室，服务员每次进来前就得先敲门啰。”

撒克逊迟疑了一下:“比利，那太贵了，你还得付他小费呢。我们还是要一间普通的吧。”

“你叫菜吧，随便点什么，”坐下后，比利大方地说，“这里有上等牛排，一个半美元一盘。你看怎样？”

“再来个肉丁烤菜吧”，她表示赞同，“还要上等咖啡，先要些牡蛎，我想比较下我自己从岩石上挖下来的那些牡蛎。”

比利点了点头，又看了看菜单：“这里还有淡菜呢，点一个尝尝，看是否比你在岩壁上捡的要好些。”

“当然可以！”撒克逊叫出声来，乐得眉开眼笑，“世界是我们的，我们现在是路过这个镇子的旅客呀。”

“没错，是这么回事。”比利心不在焉地轻声说。他看着报纸上的戏剧专栏，又抬起头来说：“贝尔戏院有白天演出，我们可以拿二十五美分预订座位。嘿，运气真不错！”

那感叹粗鲁不堪，又愤愤不平。她惊恐地看了看他。

“我当时没想到，真可惜，”他懊恼地说，“否则我们早已去了古罗马赚钱。那里是罗伊·布兰查德那样的人居住的地方，是第一流的，我们可以替他们打工，钱可有得花啦。”

他们在贝尔戏院订了票，但是演出尚早。于是他们跨过百老汇，走进一家电影院看电影消磨时光。他们看了一部美国西部影片，一部法国喜剧，还有一部乡下戏剧。戏剧说的是中西部某地的故事。影片的开场是农庄四周的景致，灿烂的阳光照在谷仓上，照在栅栏上；场地周围绿树成荫，阳光透过树叶投下满地斑点；那里有鸡，有鸭，还有火鸡，它们摇摇摆摆地走来走去，扒寻食物；一头大母猪领着七头胖乎乎、圆滚滚的小猪崽拱着鼻子把鸡鸭驱散开来；母鸡用嘴去啄那些远离母猪的猪崽以图报复；栅栏边站着一匹马，每隔一定时间，它就懒洋洋地向旁边观看，那摆动的尾巴在阳光下十分耀眼。

一只狗跃进镜头，母猪挺起尾巴，蹦跳着，样子十分滑稽。它后面的猪崽被狗追逐着向四周逃去，从镜头上消失。接着上来一个年轻姑娘，阔边太阳帽遮住了她的背，身前衣裙撩了上来，兜了许多谷子，她把谷子撒在地上喂家禽吃。

一位小伙子进入了镜头。常看电影的观众会立即明白他的角色，可是撒克逊不懂男女调情，不懂他们的强烈求爱和害羞推却。她仍目不转睛地观看那些啄食的鸡群，树荫下斑驳的阳光，谷仓暖和的墙垛，以及那有节奏地挥动着尾巴的懒洋洋的马。

她挨紧比利，手绕过他的手臂，搜寻他的手。

“哦，比利，”她带着羡慕的神情说，“在那样的地方生活，我真会乐死了。”电影结束时，她又说：“贝尔的戏还早呢，那个电影，我们再看一遍吧。”

他们于是坐下来又看了一遍那部电影。当农民的院子在银幕上出现时，撒克逊越看越入迷了。她注意到了更多的细节，她看到了院子后的农田，远处绵延起伏的群山和云彩斑斓的天空。她特别仔细地看了几只鸡仔，一只老母鸡格外吵吵嚷嚷、母猪的鼻拱惹得它急躁起来，在那里猛啄小猪崽；当谷子撒落时它就拼命抢起来。撒克逊看到农田，又看到群山和天空，颇感心旷神怡，说不出的舒畅，不觉激动得热泪盈眶，在那里偷偷地拭抹。

“我现在知道离开奥克兰后我们该去哪里了。”她告诉他。

“去哪里呢？”

“那里。”

他看了她一眼，跟着她的视线，看到了银幕。

“啊，”他说，想了想又说，“当然可以呀，为什么不呢？”

“喂，比利，你愿意吗？”

她神情热切，双唇颤抖，悄悄的耳语竟爆出声来。

“好，”他说，他从未显得如此大方，“你怎么说就怎么办吧，我决不干涉，我对乡村也一直向往着呢。”

28

傍晚，在贝尔戏院看完戏回家的路上，他们在第七大街和松柏大街交叉处下了车。他们采购了些东西，而后在拐角处分了手。撒克逊回家去准备晚饭，比利去看望他的运输车夫弟兄们。他不在家的那一个月里，他们仍在坚持罢工。

分手时，她招呼他说：“比利，当心自己。”

“放心好啦。”他转过头来回答说。

见他微笑，她心里感到异常激动。他笑得那样纯真，那样甜蜜，这就是她熟悉的笑容，看不够的笑容，愿意不惜女人的一切代价去拥有的笑容。她十分欣喜，不由得粲然一笑，心想这个家有多美好啊。

晚饭三刻钟后就准备好了。她等着他，只待他的脚步声响起来，就把羊排骨端出来。她听到大门咔嗒一声，却没见他进来，只闻一阵奇怪纷乱的脚步声。她感到诧异，急步奔去开门。只见比利站在门口，却不是刚才分手时的比利了，他完全换了样。一个小男孩站在他身边，手捧着他的帽子。他那冲洗过的脸，却似雨淋过一般，衬衣和肩膀全湿透了；头发湿漉漉的，紧紧贴住前额，那渗出来的血把头发都染乌了。他双臂耷拉，但神色平静，甚至还咧嘴笑呢。

“没事，”他安慰撒克逊说，“开了个玩笑。还好，伤了点儿，不碍事。”他小心翼翼地跨过门栏，“进来吧，兄弟们，我们都好傻。”

拿帽子的男孩跟了进来，后面是她认识的巴迪·史特罗瑟斯和另一名车夫。还有两位是陌生人，个子高，面貌丑陋，显得局促不安。他们怔怔地看着撒克逊，似乎很怕她。

“没事，撒克逊。”比利开口说，但巴迪插了话。

“让他先躺在床上，解开衣服。他的双臂都断了，是这两个家伙搞的。”

他说的是两位陌生人，他们不安地摆弄着双脚，神色惶恐。

比利在床上坐了下来。撒克逊手持油灯，巴迪和那两位陌生人撕开他的外衣、衫衣和内衣。

“不需要送医院。”巴迪对撒克逊说。

“是的。我活着，我就不会去医院的。”比利说，“我已叫人去请亨特利医生了，他马上会来的。这两只手是我的命根子，它们对我可好着呢，我也该对得起它们呀。我可不想让医学院的学生在我身上学医术。”

“可是这是怎么回事呢？”撒克逊问道。她拿眼睛瞟了瞟比利和那两位陌生人，显然他们互相十分友好，她甚感困惑。

“没有他们的事，”比利急忙说，“这是误会，他们是弗里斯各车夫，来这里帮我们的，他们来了许多人。”

听比利这样说，两位陌生人似乎颇感欣慰，点了点头。

“是这样，夫人，”其中一位说，声音低沉又沙哑，“这全是误会，真的，是我们搞错了。”

“别说了，都是喝酒引起的。”比利咧嘴笑了笑说。

撒克逊很平静，也没感到烦忧。这种事一点也不意外。在奥克兰，这是常事，她已习以为常了，人们已习以为常了。更何况，比利虽然伤了，但没有危险，断臂，头痛是可以治好的。她搬来椅子，要大家坐下。

“说吧，发生了什么事？”她以恳求的口吻说，“我不明白，你们两位大汉打断了我丈夫的手臂，然后又送他回家，对他又那么友好。”

“你问得对，”巴迪·史特罗瑟斯说，“是这样，事情是这样发生的——”

“不要你多嘴，巴迪，”比利插嘴说，“你又没见到什么。”

“我们是过来帮忙的。我们看到奥克兰一些兄弟处境不好，”其中一位陌生人开口说，“我们当然知道，有些工贼的工作很好，他们不干车夫的那种活，所以我和杰克逊，就是他，来这里，来这里看看我们能否为兄弟们做些什么。碰巧你的丈夫在那里闲逛。当他——”

“等一等，”杰克逊打断他的话说，“别绕弯子，讲得清楚些。我们以为一眼就可以认识兄弟们。你丈夫，我们以前从未在这里见过，他在——”

“你是说，他坐了一会儿牢，”那个车夫接过话说，“所以我们看见他时，还以为他是逃避罢工的工贼，想偷偷从我们身边溜走，溜进胡同，抄近路——”

“是坎普威尔杂货店后面那条胡同。”比利解释说。

“对，对，就在杂货店后面，”车夫继续说，“嘿，我们以为他一定是个工贼，在那里偷偷摸摸翻过后栅栏到马厩里去呢。”

“我们，比利和我，在那里就抓住过一个。”巴迪插嘴说。

“于是我们立即动了手，”杰克逊告诉撒克逊，“我们以前抓过，我们知道怎样对付工贼，怎样把他们绑起来，我们内行着呢。所以我们就在那胡同里抓住了你的丈夫。”

“我当时在找巴迪，”比利说，“兄弟们告诉我，他或许在胡同那一头，所以我去了那里。我记得杰克逊先向我借火。”

“我就在那儿狠狠击了他一下。”车夫接着说。

“你说什么？”撒克逊问道。

“是这儿，”他指了指比利头皮上的伤口。“我放倒了他，他像一头牛那样倒了下去。然后立起身傻乎乎的，十分狼狈，口里还对站在旁边的人咕噜着，他不知道他在什么地方呢，真正的醉糊涂了。于是我们就打了他。”

那人说完了故事。

“他双臂是铁撬打断的。”巴迪补充说。

“那时我醒过来了，骨头断了，痛得要命。”比利说，“他们两个还哈哈笑我呢。我听杰克逊在说：‘让你知道知道厉害。’艾桑也在说：‘看你还怎样用两手驾车。’又听杰克逊说：‘来，让他好受。’他说着，对我的下颚又猛击了一下。”

“不，不是他，”艾桑说，“那一下是我打的。”

“好家伙，这一下又打得我稀里糊涂。”比利叹了口气说，“我苏醒时，巴迪、艾桑，还有杰克逊正拿我在水盆里浸泡呢。这时有位记者来了，我们避开了他，一起来到家里。”

巴迪伸出手，察看刚受伤的皮肤。“那个记者，一定要检查伤口。”他说，接着又对比利说，“所以我抄近路，绕过九街，在六街赶上了你们。”

几分钟后，亨特利医生来了。他叫大家出去。他们在房间外一直等到医生处理完伤口后，确信比利没有问题了，才告别离去。

亨特利医生在厨房里洗了手。走前，吩咐了撒克逊一些注意事项。

“要是不让男人有喝酒的冲动有多好，”撒克逊走近身边时，比利呻吟着说，“你想到过这样的好运没有？在拳击场上我参加过那么多次比赛，我都没折断过骨头。嘿，这一次，就这么噼啪一声，两个胳臂都断了。”

“唉，还算运气呢。”撒克逊欣慰地笑了笑。

“那还能怎么样？”

“或许会扭断你的脖子。”

“那太好了。撒克逊，我告诉你吧，还有更糟的，你等着瞧吧。”

“没问题。”她不在乎地说。

“真的？”

“嗯。如果你仍想待在奥克兰，奥克兰这个鬼地方还会发生这种事的，难道还有比这更坏的了吗？”

“我发现我已成农民了，扶着这样的两个把手耕地呢。”他做着耕地的手势说。

“亨特利医生说，断裂过的地方骨头会更牢固。你自己也知道，完全断裂的骨头也是这样。好，现在闭上眼睛睡吧，你身体都包扎了，不要动，要安静，不要多想。”

他顺从地合上眼睛，她把手伸到他的颈背下面，慢慢放下他的脖子。

“你的手好凉，真舒服。”他轻声说，“撒克逊，你整个儿都好凉，和你在一起，好像在闷热的房子里跳了舞以后，来到清凉的月夜里一般。”

他安静了一会儿后又咯咯地笑了起来。

“怎么啦？”她问道。

“没什么。我在想他们这些笨蛋揍我的事。”

第二天清晨比利醒来时，他的忧郁已荡然无存。撒克逊在厨房里听到他在唱歌，他唱得十分别扭，那唱腔犹如怪七怪八的口技，令人捧腹。

“我有首新歌，你从没听过，”她手提咖啡进来时，他说，“不过，我只记得一些合唱的歌词。那是一位老人跟一位雇佣的流浪工人说的话。那位工人想讨老人的女儿做老婆。老人的女儿叫玛米，那个比利·莫菲结婚以前常与她在一起。玛米常唱这个歌，歌声有些哀伤，玛米唱时总是泪汪汪的。合唱的歌词是这样的——别忘了，这是老人的话。”

比利一本正经唱了起来，旋律十分单调：

“‘啊，好好地关心我的女儿吧，
告诉我，你不会欺负她。
我走的时候，我会把一切留下，
我的小屋，我的农场
我的牛、犁、羊和马
还有园子里那些可爱的鸡和鸭。’

“是那些园子里的小鸡，让我忘不了。”他解释说，“昨天在电影里我看到了一群小鸡，我就记起这首歌了。以后我们园子里也会有小鸡的，我的夫人，你说是不是？”

“还有我们的女儿。”撒克逊深有意味地说。

“那我不成了那古怪的老人，对雇工也说那些话了。”比利想象力更丰富，“别着急，女儿不久就会有的。”

撒克逊从盒子里拿出长久没用的乌古拉里琴，稍稍调了调音说：“我也有一首歌，你从没听过。汤姆老唱这首歌，他想疯了，他购买政府的地去经农，只是萨拉不愿意。他是这样唱的：

> ‘我们会有一个小农场
> 那里有猪，有马，有牛羊
> 我来赶马犁田地哟
> 你来驾车把鞭扬。’

“我想应由我来犁地吧。”比利说，口气十分赞许，“撒克逊，我们来唱那个《庆丰收》怎么样，那也是农民的歌。”

她担心咖啡会冷，非要比利喝了。他手臂断了，动弹不得，只得由她喂他，宛若喂一个婴儿。

“我想告诉你一件事，”他咽下一口咖啡说，“一旦我们在乡村定居后，你就会有你朝思暮想的马，那马归你所有，由你来骑来赶来卖，你愿意怎样，就怎样。”

他略沉思后又说：“在乡村有一样东西，很容易办成，我熟悉马，这对我们很有利。有了马，我就有事做。或许收入没工会工资那么多，那也不妨。其他农活，我可以很快学会的。喂，你还记得吗？有一天你告诉我，你要一匹马，让你骑一辈子。”

撒克逊是记得的。她不禁热泪盈眶，她强忍住了落下来的泪水。她感到自己充满了幸福。她记起了许多往事——那些与比利一起生活的美好情景，那些艰难时期以前，她享受的美好生活和向往的美好前景——她激动不已。

今天，这美好前景又展现了。为了实现美好前景，要让电影中的镜头成为她真正的生活，他们就要离开奥克兰去奋斗，去创业。

六

29

撒克逊天天照料比利，忙家务，还划算着今后的生活。她卖了自己贮存的许多漂亮刺绣制品，日子过得还算舒心。她费了许多口舌，连骗带哄才使比利同意卖掉她一些漂亮的衣服。

“只是些我不穿的衣服。”她解释说，“等我们以后安置下来，我随时可以做的。”

那些没有卖掉的东西，家用亚麻布品，以及她和比利多余的衣服，她都寄放在汤姆处。

“卖掉吧，”比利说，“你就轻松了。你说什么就卖什么，你是鲁宾逊·克鲁素，我是你的忠仆。我们走哪条路，你定了吗？”

撒克逊摇了摇头。

“怎么走呢？”

“按西部移民的路线走。”她信心十足地说，一边跷起一只脚，然后又跷起另一只，看了看早上开始穿的那双轻便鞋。鞋子很结实，她穿着在家里走动，以便使其合脚。

几天后，比利能起来走动了。但是双臂上了夹板，行动仍十分不便。亨特利医生同意医疗费待以后经济状况好转时再付，医生自己也这样说。撒克逊渴望了解政府土地问题，比利一点也答不上来，他只模模糊糊觉得，政府土地已没有了，政府土地是过去的事了。

汤姆却坚定地认为，政府还有许多土地，他说到了蜂蜜湖，夏斯太县和哈姆波尔特。“不过冬天快到了，这个时候，你们是没法行动的。”他劝告撒克逊说，“你俩可向南走，那里天气暖和，比如沿海一带，那里不下雪。你们可以这样走：向南走，往圣约斯和沙里那斯，过了那里后往蒙特莱的海边走。再往南，你们就会看到政府的土地。那里还有保留林，还有墨西哥大牧场。那些地方还相当原始，可以说，几乎没有路，那里的人就知道牧牛。但是那里还有些峡谷，盛产红杉，那些峡谷一直延伸到海洋。峡谷的红杉林中间有不少极好的土地，用来耕作是最好不过了。去年我碰见一位朋友，他一直住在那里。像你们一样，我应该去的，只是萨拉不肯听我的。那里还有金子呢，有不少人已在那里发了大财了，他们已开了两三个金矿，生活好极了。但那地方更远，而且不靠海边。你们也可以去看看。”

撒克逊摇了摇头说：“我们不想找金子，我们只想养些鸡，找一块地种种蔬菜。过去人们都去找金子，可是他们现在有什么呢，有什么可以让人眼红的呢？”

“或许你是对的。”汤姆说，“他们的心总是很贪，想搞大的，结果就在鼻子底下错过了许多机会。”

亨特利医生来话告诉比利可以拆除夹板，但撒克逊坚持要比利再戴两个星期，以防意外。多住两个星期，就要多付一个月房租，不过房东已同意等比利经济好转后再付最后的两个月房租。

赛林格商场等待他们归还家具，撒克逊已给了他们归还日期，他们退给比利七十五美元。“剩下的作为以后几天的租金吧。”收款员对撒克逊说，“现在成旧家具了，做这种生意赛林格商场是亏本的，其实他们可以不这样做，你是明白的。所以别忘了，他们对你们是很公平的。以后如果还需要的话，可别忘了他们哟。”

有了这笔钱，加上撒克逊卖掉衣服所得，他们偿还了所有欠款，而且口袋里还剩下不少美元呢。

“我最恨欠别人钱，”比利对撒克逊说，“现在除了房东和亨特利医生以外，我们谁也不欠了。”

“可是他们的债也不能久拖呀，拖久了他们会不高兴的。”她说。

“是的，他们不会高兴的。”比利平静地说。

他们离开的那天早上，赛林格商场派了马车来搬家具。房东站在门口接过钥匙，和他们握了握手，并祝他们好运。

“你们这一步走对了。”他祝贺说，“我当初徒步来奥克兰时，是挟着一个铺盖来的，那是四十年前的事了。地价便宜时，买些地皮，我是那样做的。这样你们年老时，就不会住贫民院了。现在新建的镇子可多啦，你们可选一个镇子在楼下住下来。靠自己双手劳动保你有吃有穿。有了土地，你们就会富裕。你们记住我的地址了，有钱时，就把那点房租寄来。祝你们好运。人们怎么想，你们别去管他们了。功夫不会辜负有心人的。”

比利和撒克逊跨着大步，走上街头。邻居们好奇地从百叶窗微微探出身子张望。小孩子张口瞪目凝视他们离去。比利背着一只油漆过的粗防水帆布包，里面装的是一卷被褥，被褥包着换洗的内衣和一些零碎的生活必需品。

帆布包外面插着一只长柄平锅和做饭用的水桶，那是从许许多多的东西中拣出来的必不可少的炊具。他手里提着一只咖啡壶。撒克逊背扛一只小小的篓，篓用黑色油布盖着。

“看样子我们一定像可怕的幽灵。”比利咕哝着说。看到那一双双盯着他的眼睛，他不由得连打了几个寒噤。

“就当我们去野营，没有什么的。”撒克逊宽慰他。

“可我们不是。”

“可是他们不知道。”她继续说，“只有你知道不是。你认为他们在想的东西根本不是他们真正在想的，他们很可能以为我们是去野营呢。而最最重要的是，我们是去野营呀！我们确实是去野营呀！”

比利听了欣然一笑，但心里喃喃自语：“哪个家伙吃饱了没事做，我定叫他吃点苦头。”他偷偷地瞥了一眼撒克逊，只见她双颊通红，两眼在冒烟呢。

“这是光明正大的事情，有什么不好的，好得很。”他这样想着。“不过我们还是拐弯，绕开走好。那里有几个家伙我认识。他们站在那边拐角处，我还不想揍他们呢。”

30

电车通向海瓦兹，但是撒克逊提出要在圣里恩德罗下车。“我们在哪里开始徒步旅行都无关紧要，”她说，“我们必须在某个地方开始步行。我们是寻找土地，要找到土地的信息，我们就要尽快开始调查，愈快愈好。何况我们还想了解既靠大城市，又依山傍水的各种土地呢。”

“哎呀，那一定是葡萄牙人的大本营了。”路经圣里恩德罗时，比利不时地说。

“看样子，他们似乎又把我们这样的人挤出去了。”撒克逊这样推测。

“是呀，又拥挤，又高大，”比利咕哝着说，“美国人生来自由，可是现在自己的土地上好像没有空间了。”

“那是他们自己的错。”撒克逊开始意识到情况令人担忧，心中有些不平，说话都气呼呼的。

“真的吗？我可不知道。我想美国人只要愿意，葡萄牙人能做的，他们也是能做的。只是他们不愿意。谢谢上帝，美国人不喜欢过畜生那种生活，吃残羹剩饭。”

“或许，乡村里不是这样。”撒克逊反驳说，“在城市里，我见过许多许多人就像畜生那样生活。”

比利不太情愿地同意她的看法。他嘟囔说：“可能他们离开农庄去城市谋好的生计，结果反而倒了霉。”

“喂，瞧这些孩子！”撒克逊大声地说，“他们放学了。比利，他们几乎都是葡萄牙人的孩子。”

“他们在自己的国家从没穿过那样好看的衣服。”比利冷笑着说，“他们没有办法，只得来这里，这样他们才有像样的衣服穿，才有像样的东西吃。他们一个个都胖得跟皮球似的。”

撒克逊点了点头，她突然觉得悟到了什么，心里亮堂起来：“真是这个道理，比利。就是，就是因为他们在从事农业，所以罢工影响不到他们。”

“园子那么大的一小块地也叫农田？”他轻蔑地说，手指着脚下那块不足一英亩大的田地。

“嘿，你仍想着大的呢。”她笑了起来，“你就像‘愿望大叔’，有了几千英亩，于是想拥有百万英亩；就像守夜人看路，没完没了的。我们美国人的问题就在这儿，一切都是大规模的，不足一百六十英亩的就是小规模了。”

“你说的尽管有道理，”比利坚持自己的看法，“但是大规模比小规模毕竟好得多，看这些小小田园，算什么东西！”

撒克逊听了叹了口气说："我不清楚哪一种算得上什么。"她最后说："是拥有几英亩土地和你自己赶马车好呢，还是没有土地替别人驾车挣点工资好呢？"

比利答不上话来。"说下去，鲁宾逊。"他大声吼叫着，神色却十分温和，"老是说许多叫人不好受的话。不过你是对的，我真他妈的没法驳斥你。一个自由的美国人，一向只替别人驾车糊口，又闹罢工，又揍工贼，我真是够窝囊的了。几件家具，我都没能力来分期付款。看到你喜爱的莫里斯座椅被拖回去了，我真比下地狱还难受，我真是十分抱歉。那座椅上可有我们许多甜蜜的时光呀。"

他们走出了圣里恩德罗，来到一片建有小住宅、小农田的地带。

"比利，别忘了，不要一见到土地就动心，"撒克逊提醒比利，她对选择新的家园十分谨慎，"选购土地时我们一定要睁大眼睛看仔细了。"

"是呀，我们眼睛还没睁大呢。"他回答说。

"我们必须把眼睛睁得大大的，'功夫不负有心人'嘛。我们有的是时间，慢慢熟悉情况。即使花上几个月，也是无所谓的。我们行动自由着呢。万事开头难，有了好的开端，事情就好办了。我们一定要多了解情况，和遇到的人多聊聊，提些问题，问问每个人，要找到土地，只有这样办。"

"问情况，我实在帮不了什么忙。"比利犹豫地说。

"好吧，我来问吧。"她大声地说，"我们这次行动，一定要成功，成功的方法就是熟悉情况。瞧瞧这些葡萄牙人，美国人都去哪里了？是他们先拥有这些土地的，后来是墨西哥人。是什么原因叫美国人离开这个地方的呢？葡萄牙人怎么又让土地发了起来？你明白吗？我们必须问清楚许多许多问题。"

在路旁，他们遇上了一位线路工，他正吃着午饭。

“我们停下来和他聊聊吧。”撒克逊小声地说。

“哦，这有什么用，他是线路工，对经农能知道什么？”

“那很难说。他身份和我们差不多。比利，去问问。你就跟他说说话，他现在正歇着，他会和你讲话的。你看见那里面的那棵树，就是门里面的那棵，那树枝长到一起去了，真有意思。问问他这是为什么，就这样开始和他讲，这可是好方法呀。”走到那人旁边时，比利停了下来。

“您好！”他生硬地说。线路工是一位年轻小伙子，他正剥着鸡蛋。听到问候声，停下手来，抬头凝视夫妻俩。

“您好！”他说。

比利肩膀一耸，卸下了背包，撒克逊也放下了篓子。

“是做买卖的？”年轻人说话十分谨慎，没直接对撒克逊问。他看了看她，又看了看比利，然后翘起眼梢瞧了瞧盖住的篓子。

“不。”她立即声明说，“我们在寻找土地。你知道这一带有地吗？”

剥鸡蛋的手又停了下来，他目光炯炯地打量起他们来，似乎想探出他们的身份。“你知道这四周的土地卖多少价吗？”他问道。

“不知道。”撒克逊回答说，“你知道吗？”

“我当然知道。我在这儿出生，像我们四周这些土地每英亩要卖上两至三百,四百或五百美元。”

“唷！”比利不禁嘘了一声，“那我们是买不起的。”

“可是，价格为什么会这样高呢？——是城里的人吗？”撒克逊追问说。

“不。我想是葡萄牙人把价格抬得这么高。”

“我以为一百美元一英亩的地是十分好的地了。”比利说。

“哦，那是以前的事了。他们以前曾把土地送人。要是你有能力，你就会用土地来放牛。”

“这一带政府的土地状况怎样？”比利急切地问道。

“这里没有政府土地，从没有过。这里以前是墨西哥的土地，后来转让给美国的。我祖父花了一千五百美元买了一千六百英亩土地，那是这一带最好的土地。他先付五百美元，剩下的分五年还清，不带利息。可是这都是很早以前的事了。他是四八年来西部的，当时想寻找一个没有寒冬，没有暑夏的地区。”

“他肯定找到了。”比利说。

“是的，他确实找到了。如果当时他和我父亲不离开那片土地，它可比金矿还值钱了，我就不要为生活辛勤劳作了。你们是干什么的？”

“驾车的。”

“不是在奥克兰闹罢工吗？”

“是的，没有错。我在那里已赶了大半辈子车了。”

两位男人扯上了工会和罢工的事。撒克逊仍想着土地，她不愿意放弃这个话题，于是又问起土地的事来。

“葡萄牙人怎么会拼命提高土地的价格呢？”她问道。

那年轻人谈兴正浓。他冷冰冰地看了她一眼，然后兴趣淡然地说：“因为他们在土地上下了很多工夫，因为他们白天、晚上不停地工作，妇女、小孩也劳动，拼死拼活地干；因为他们想从二十英亩土地中榨取出比我们一百六十英亩土地中还多的东西。比如那个西尔伏老头，安托尼欧·西尔伏，我很小的时候就认识他了。他见到这些地，从我祖先那里租入时，一英亩价还不到一顿饭的钱。可是现在，他这批土地足足值二十五万美元，我敢肯定他已有百万美元了。不用说啦，他家的人都发足了。”

“他的钱都是从你祖先的土地上赚的吗？”撒克逊问道。

年轻的线路工不情愿地点了点头。

“那么你的祖先自己为什么不经营呢？”她饶有兴趣地问。

线路工耸了耸肩膀说：“这我可不知道啦。”

“可是钱是在土地上呀。”她又说。

“是吗？那我们真是该死的，”年轻人不耐烦地回驳说，“我们可没有你那么在行啦，我们从未发现土地那么有用。钱可是在那些葡萄牙人的脑袋里，他们比我们懂得多，就是这么回事。”

撒克逊显然不满意他的解释，他看出来了。只见他怒气冲冲地站了起来。

“好吧，跟我来，我给你看看。”他说，“我来告诉你我为什么辛苦工作，挣这么点工资。要是我的前辈们不是笨蛋，我或许已成了百万富翁了。我们那些美国老头全是蠢货，而且是头号蠢货。”

他带他们走进大门，来到刚才引起他们注意的那棵果树边。果树主干的分杈上，长出四根枝条，在分杈上面两英尺处，这些枝条各自和两旁的枝条相连接，而且又有活树在底下支撑。

“你以为它就是这样长的，是吗？确实是这样的，不过那是西尔伏老头搞的。还是小树时，他抓住两个嫩枝，把它们绕在一起。很聪明，是不是？老头确实聪明。这样，树就永远也不会被风刮倒了。当支撑的活树是自然长成的，有弹性，比硬铁做的支架强多了。你们看那整排果树，每棵都是这样搞的。看见了吗？这只是葡萄牙人的一个点子，他们的鬼点子可多啦。

“你们猜猜他为什么要这样做呢？当树挂满果子时，它们就不需要用支柱了。嘿，以前我们的果树长满果子时，我们常用五根支柱把树撑牢。这样，如果有十英亩地的果树，就得用上几千根支柱，这可要花好多钞票呀，还要好多劳力来支撑它们，而且每年还要把它们拆除、搬出来。这些自然的支架就不用那样费神了。它们随时可起作用，不用理睬它们。唉，葡萄牙人可比我们高明多了。到这边来，我来指给你们看。”

比利在城市住久了，意识到侵入私人地产是非法的。当他们擅自进入那小农庄时，他稍显不安的神色。

“喂，不会有问题的，别乱踩就是了。”线路工看出他的疑虑，“这土地原是我祖父的，他们认识我，所以别怕。四十年前，西尔伏老头从亚速尔群岛来这里，在这一带山区放了两年羊。后来不知怎的来到圣里恩德罗。这五英亩地是最早租的，那只是开始。以后他租了几百英亩，接着又租了一百六十英亩。他的姐妹，叔伯，姑姨全从亚速尔群岛跑到这里来了。他们都是亲戚。嘿，没过多久圣里恩德罗就完全成了葡萄牙人的一块地盘了。

“西尔伏老头是从我祖父那里买进这五英亩土地的。不久又从我父亲那里买了那一百六十英亩。我父亲那时穷得叮当响。他的亲戚也拼命购置土地。我父亲富起来总是很快，可是去世时欠了一屁股的债。西尔伏老头很精明，他从不错过机会，哪怕是极小的机会。其他人也是这样。你们看见栅栏外那边没有，直到大路车道为止全是马蚕豆。人们或许会讥笑说，这是微不足道的东西，算得什么。可是西尔伏不会。好家伙，他在圣里恩德罗拥有一幢房子，他外出坐的是四千美元的旅游车。可是尽管这么富，他的门前庭院到人行道旁边都种了洋葱。光是那小块地，他每年要净赚三百。我知道，他去年买了十英亩地，每英亩要一千，他连眼睛都没眨一下，就付了。他知道那值得，他精着呢。他清楚他可以从土地上把钱拿回来。还有山那边，他有一个大牧场，一千八百英亩大。他买时，那牧场的地也便宜得要命。他养了许多马，有极漂亮的驮马，有正规的良种马。我可以说，他从牧场赚的钱足够我一周内每天换一辆旅游车周游四方。"

"可是怎么会呢？他怎么会拥有这一切的呢？"撒克逊迫不及待地问。

"精于经农呗。他妈的，他们整个家都工作，儿子，女儿，媳妇，老头，老太婆，甚至小孩都会卷起袖子一起动手挖土。他们无所谓，不怕羞。他们有这么个说法：四岁的孩子不会在乡村道上放好一头牛，白养。说出来叫你吃惊，西尔伏家，他们整个家族种了一百英亩地的豌豆，八十英亩西红柿，三十英亩芦笋，十英亩大黄，四十英亩黄瓜，嘿，还有好多其他品种。"

"但是这许多东西他们是怎么管理的呢？"撒克逊兴致盎然，继续问道，"我们也从不怕劳动，我们一向干活很努力，我在劳动上可以比得过任何一位葡萄牙女人。这是真的，我在麻纺厂工作过，那里有许多葡萄牙姑娘，与我一起在织机旁工作，我干活每天都比她们快，我技术也比她们好。我看那不是劳动问题，可是那是什么呢？"

线路工看了看她，面露难色："我也老是这样问自己：'我们比这些低贱的移民要强多了。'我会这样对自己说。我能胜过亚速尔群岛出生的那些葡萄牙黑鬼，我受的教育比他们多。可是不知怎的，他们突然超过了我们，拿去了我们的土地，成了银行的户头。我得出的唯一答案是我们没有那份精明。我们得正确使用我们的脑袋。我们自己一定有问题，我们就是不会搞农业，干农活马马虎虎，不当一回事。你说是吗？我带你们进来就是让你们看看西尔伏和他家族经农的方法。瞧这地方，他们有些堂兄弟刚从亚速尔群岛来，他们已在这里干起来了。他们付给西尔伏的租金很高。等着吧，他不久又会到处去打听消息，从快要穷死的美国人那里买进土地。

“你们看那边，一寸地都没浪费。要是夏天就可以看得更清楚了。我们只能收一次低产的地方，他们可以获四次丰产。看这些地安排得多紧凑，树行间是小葡萄丛，葡萄丛之间是一排菜豆。菜豆行每边又紧靠着树，树行两端又是一排排菜豆。这五英亩地，每英亩你出五百美元现金，西尔伏也是不肯卖的。他给我祖父是五十美元一英亩，长期租约。可是你看我，我却为电话公司打工。我现在正在替西尔伏老头的堂兄装电话呢。他刚从亚速尔群岛来，还不会讲美国话呢。”

撒克逊和线路工边走边谈，直到下午一点。他看了看表，向他们告辞，为最近从亚速尔群岛来的那位移民装电话去了。

在镇里时，撒克逊用手提着油布包的双口篓子。她在篓子上安了两个套环，这样，一上路，双臂可以伸进套环里，把篓子驮在背上。

他们走了一英里，来到一条小溪边。小溪与大路相交，两岸灌木丛生。他们在溪边停了下来。比利吃的是冷饭，这是撒克逊在松柏大街小屋里准备的最后一餐了。此刻她正设法生火煮咖啡。她自己并不十分渴望，她只是想，他们长途跋涉才开始，在这人地生疏的地方，一定要让比利尽量感到舒适。她千方百计激励比利，以使他与自己一样满怀信心。她十分体贴入微，比利一有好的情绪，甚至他吃毫无滋味的冷饭而稍显乐趣时，她都小心翼翼地哄他高兴。

“比利，有一点我们思想上一定要注意，我们不能匆忙，我们不能心急，我们不像学生，担心学校是否上课。我们不在乎，对我们来说，在外就是一种乐趣，就是一种愉快的经历，就像你在书里读到的那种探险。我们就在这里歇歇脚，煮点咖啡。比利，你别让火熄了，我先去提些水来，再把东西摊开来。”

“喂，”他们等着水开时，比利说，“你晓得我现在想到了什么吗？”

撒克逊当然知道，但是她摇了摇头，她想听他说出来。

“怎么不记得啦，我认识你的第二个星期天，我们乘车去王子和国王山后的莫洛加山谷玩时，那天，你也是这样把午餐铺在地上。”

“那天午餐丰盛多了。”她甜甜一笑，补充说。

“可是那天我们怎么没烧咖啡喝呢？”他说。

“或许是太麻烦了，像做家务似的。”她笑着说。

“那天还发生了别的事呢，你也许永远也想不起来了。”比利一副缅怀往事的神色，“我肯定你不知道。”

“可能吧。”撒克逊低声说。她凝神想了一想。

比利含情脉脉的神态告诉了她，他情不自禁地挨过身来，抓住她的手，轻轻地抚摸着，把它放在自己的脸颊上。

“哎唷，这么小的手。”他似乎在对着握住的手说话。然后凝眸瞧着撒克逊，轻声地说：“我们这是在重新恋爱了，你说是吗？”撒克逊听了，心里暖烘烘的。

两人吃得极其开心。比利喝了三杯咖啡，有些不好意思。

“我说，这乡下的空气真好，增加了我的食欲。”他咕哝着说，一面大口地咀嚼着第五块肉馅夹心面包。

撒克逊心里又在想着那位年轻线路工说的话。她如写概况似的，归纳了他说的要点。“嘿！”她大声地说，“我们已学了好多东西了。”

“当然啦，有一点我们已知道了，”比利说，“我是说，这地方不适合我们，一英亩地要一千美元，而我们口袋里只有二十美元。”

“不，我们不待在这里，”她急忙说，“但是，你应该知道，那是葡萄牙人给的价格。可是他们把土地搞活了。”

“看来我该脱帽向他们致敬啰。”比利回应道，“不过我宁可要单价是一百美元的四十英亩，而不要单价是一千美元的四英亩。不知怎的，我被那价格吓坏了，吓得没了劲。”

她完全理解他。她内心深处也在苦苦计算着那单价为一百美元的四十英亩。她这一辈和前辈不一样了，但她和威尔叔叔一样，仍然渴望获得大面积土地。

“我们不会停在这里的。”她想让他放心，“我们要从政府那里设法免费得到一百六十英亩地，而不是四十。”

“是呀，我们的父母为政府出了那么多力，政府应给我们土地。我说，撒克逊，像你母亲那样，一个妇女徒步跨越这些平原；又像我们祖父母，夫妻俩都被印第安人残杀，政府的确是欠了他们呀。”

“是呀，这要靠我们去寻找啦。”

“是的，没错，我们一定要去寻找，我们到蒙特莱城南的红杉山那边去寻找。”

31

下午天气晴朗，正是步行穿越海瓦兹镇去涅尔士镇的好时光。可是撒克逊和比利离开大路，走上了平行道。

平行道两旁是精耕细作的良田，田地四周有车驶小道。

撒克逊看着田间那些个子矮小、棕色肤色的外来移民，感到好惊奇。他们初来时，这里一无所有，而现在已使这片土地每英亩价值两百,五百，甚至一千美元。

每双手都有创造力。男男女女，年少年老都在田间劳动。土地无休止地翻耕了又翻耕，他们似乎从不让它休息，可是土地呵，也从不辜负他们。

“你瞧他们的脸，”撒克逊说，“他们多幸福，多开心。

他们没有我们罢工开始后所具有的那种愁眉苦脸。”

“那当然，他们运气好。”比利同意她的说法，“看得出他们都很得意扬扬。不过他们何必对我这么神气呢，我可以告诉他们，他们只不过要了花招从我们手中骗去了土地和一切罢了。”

“可是人家没显露什么神气呀。”撒克逊不同意他的看法。

“是的，他们是没有。可想一想，这又有什么区别。他们并不聪明。我敢肯定我可以教他们许多养马的事。”

他们到涅尔士小镇时，太阳已西下了。比利默默地走了半个英里。这时，他踌躇不决地提议说：

“喂,我去旅馆找一个房间,当然不找也可以。你说好吗?”

但是，撒克逊断然摇了摇头：“住旅馆的话，二十美元能够我们过几天?开创的唯一途径就是从头开始，我们原就没打算过睡在旅馆里。”

“那好吧,”他说,“我精神好得很,没问题。我只是担心你。”

“我的精神也很好,放心吧。”她瞥了他一眼,温和地说,“我们现在得去买些东西吃晚餐了。”

他们买了一大块牛排，一些土豆，洋葱和十来个苹果。然后出镇来到灌丛茂密的小溪边。他们在沙岸的几棵树旁边扎了营，这里到处是干燥的木柴。比利边捡边快乐地吹起口哨来，此刻他显得非常温和。撒克逊尽力顺从他的心情，见他双唇那么不协调扭动，脸上显露开心的笑容。她微笑着拿开沙上的树枝，摊开油布，铺上毯子。这是他们的餐桌了。在营火上做饭，她还须学许多东西呢。她学得很快，她首先发现控制火力远非是火堆大小问题。咖啡煮好以后，她用一小杯水洒在炭渣上，然后把咖啡壶放在炭火边上，以防咖啡冷却。她在一个平锅里，分开来同时油炸了土豆片和洋葱，然后盛在食用的盘子里，拿比利的盘子翻过来盖上，再把盘子搁在咖啡壶上。在干热锅上，她又做了比利爱吃的油炸牛排。比利倒咖啡时，她端上牛排，又把土豆片和洋葱放回平锅，把它们烧热。

"你还做什么啦？"比利关切地问。他喝下了最后一杯咖啡，手里卷着纸烟，眼望着她，心里十分惬意。他伸直身子，手肘支撑着地侧卧着。火光明亮，晃动的火焰映得撒克逊满脸红光。"以前老人们旅行时，担心印第安人和野兽之类的东西。而我们现在什么也不用怕了，如同在家一样安全。这沙子，做床最好不过了，还有比这更好的床吗？嘿，我可爱的老婆，你真迷人呀。我敢肯定，你看上去还只十六岁呢，我的年轻姑娘太太。"

"是吗？"她满面红光，俊俏的脸一转，闪现一口洁白的牙齿，"我的年轻少年先生，如果你不再吸烟的话，我想问问你，你母亲是否知道你外出了。"

"你问好了，"他认真地说，那副正经显然是装出来的，"如你不介意的话，我想问你件事。我当然不想让你生气，否则我就不说了。不过有件重要的事，我想知道。"

"什么事呀？"她等了一会儿，见他没说，于是问道。

"撒克逊，是这样，我真是太爱你了，爱得没法说。现在天已黑了，我们这里远离城镇村庄，哎，我想知道的是：我们真的已经结婚了，你和我？”

“真的，确确实实的。”她肯定地说，“怎么啦？”

“哦，没什么，我好像忘了。我刚才有些不安，如果我俩还没结婚，按我的人生习惯，这个地方不该是——”

“对你是合适的，”她不无讽刺地说，“好啦，现在正是你捡柴火的时候了。这地方柴火多着呢，明天清早还要烧的。我去洗碗碟，整理下炊具。”

他正待要走，却站住搂住了她，抱得紧紧的，两人默默地依偎在一起。他走开时，撒克逊只觉得心激烈地跳动，起伏的胸脯久久不能平静。谢谢上帝，她轻声地说道。

夜晚降临了，天空闪烁着微弱的星光。不久，云彩不知不觉遮去了星星。这时正值加利福尼亚的印第安初夏。四周空气暖和，没有风，只是到了晚上才有些寒意。

“我似乎觉得我们才开始生活呢。”撒克逊说。这时比利已捡柴回来，他也坐在火堆前的毯子上。“我今天学到的远胜奥克兰十年。”她深深吸了一口气，耸了耸肩膀，“务农比我原先想的更有意思。”

比利没有说话，他怔怔地望着火堆。她知道，他心里在想着一些事。

“想什么事呀？”她问道。轻轻地把手放在他的背上。她看得出他有了一个主意。

“我在设想我们自己的牧场，”他回答说，“这些小农庄确实好，对外国人是很合适的。可是我们美国人有的是空间。我希望能望着山头，说这是我的土地，山的那边也是我的土地，那边第二个山头也是我的；翻过那座山，沿着小河，是我的母马群在吃青草，它们四周是小雄马，有的在吃草，有的在溜达。你知道，养马可赚钱了，特别是高大的载重马，它们能驮一千八百磅，甚至两千磅。城市里的人每天要雇用它们，四岁大的阉了的马，两匹每天可挣七百至八百美元。这样的气候，这么好这么多的牧草，养马是最好不过了。需要的是搭一些棚子，准备些干草防备坏的天气。我以前从没想到这上面来，告诉你吧，办牧场这个想法，我已开始迷上了。”

撒克逊异常地激动，这可是新的思想，她那喜爱的课题可是更精彩了，而更重要的是，比利想到了它，比利对此产生了兴趣。

“有四分之一平方英里就可以经营这一切了。”她鼓励比利说。

“是呀。房子四周，我们可以种蔬菜、果树，可以养鸡等等，就像葡萄牙人那样。我们还要有空地供我们散步，遛马。”

“可是，比利，小马不要花钱吗？”

“不多。大鹅卵石路很快就解决了它们。城里常有不能再劳动的马，我会从那些马中寻找母马，这种事情，我是熟悉的。他们在拍卖场拍卖那些马，其实它们还可以用许多年，只是不能再在鹅卵石路上走而已。”

两人沉默了一会儿，望着渐渐熄灭的火堆，心里盘算着未来的农庄。

“这里很美，是不是？”比利伸了伸腰，打破沉默开口说。他凝视四野，“天真黑，黑得伸手不见五指。”他打了个寒战，急忙扣上衣服，挑了挑火堆里几根柴火，“这确实是世界上最好的地方了。我小时候，常听父亲夸耀加利福尼亚的天气，他说在那里，人们只盖毯子就行了。他有次去东部，在那里待了一夏一冬，得到了他想得到的一切。他以后再也没去。”

“我母亲说，气候这样好的地方在别处是决不会有的。

他们跨过沙漠和群山以后，对这地方一定是赞不绝口。他们称它为牛奶和蜜糖之乡。卡迪以前常说土地太肥了，他们只需把地挖开来就可以种庄稼了。”

“还有到处是猎物。”比利补充说，“罗伯兹先生，就是那个收养我父亲的老人，他把牛群从圣约昆因赶到哥伦比亚河。他有四十个帮手，他常随身携带的仅仅是些弹药和盐。他们就是靠打猎生活的。”

“那时山里到处是鹿，我母亲在山塔·罗沙一带见到一群群大猎狗。比利，到时候我们也可以去那里，我一直想去呢。”

这时，火已熄灭，撒克逊梳理好头发，扎了辫子。就寝的准备十分简单，几分钟后，他们就并排躺在毯子底下了。撒克逊闭上眼睛，怎么也睡不着。事实上，她从未像现在这样清醒。出生以来，这是头一次在室外过夜。她努力控制自己，不去想这陌生的世界，可是毫无用处。而且长途跋涉，她感到浑身酸痛。她惊奇地发现，那松软的沙子竟丝毫也不松软。一小时过去了。她想比利已睡着了，但又觉得他肯定也醒着。一块未烧尽的木柴突然发出噼噼啪啪声响，把她吓了一跳。她觉察到比利轻轻地移动了身子。

“比利，”她轻声地说，“还醒着吗？”

“嗯，”他低声回答说，“这沙地比水泥地还硬。没关系，这是活该。可是谁会想得到呢？”

两人稍稍换了换姿势，可是没有用，沙地仍是那样坚硬，令他们疼痛难忍。

这时，附近一只蟋蟀忽然嚁嚁地叫起来，那刺耳的声音使她吃了一惊，她强忍着听那叫声。几分钟后，比利烦躁得突然叫出声来。

“唉，真他妈的，是什么声音？”

“你看会不会是响尾蛇呢？”她问道，极力保持平静。

“我也这样想。”

“我以前在鲍曼的药店橱窗里见过两条。比利，它们是否有一种凹形的毒牙？当它们咬人时毒牙刺入人体，毒沿凹处射出。”

“嘘嘘，”比利一阵哆嗦，他担心，那不完全是笑话，“人必死无疑，大家都这么说，除非你是个波斯科。还记得他吗？”

“他吞活的毒蛇啦！他吞活的毒蛇啦！波斯科！波斯科！”撒克逊一边回答，一边模仿杂耍艺人招徕观众时的那种大叫大喊的样子。

“毒蛇是吞不了的，不过波斯科的所有响尾蛇的毒囊都被割掉了，这是真的，哎呀，真怪，我怎么睡不着呢。但愿那家伙关了那机关。不知道那是不是响尾蛇。”

“不会的，不可能。”撒克逊肯定地说，“响尾蛇早被杀光了。”

“那么波斯科的响尾蛇是哪儿来的？”比利问道，那语气似不容怀疑，“你为什么不睡呢。”

“一切都太新鲜了，我想是这样。”她回答说，“我以前从没野营过。”

“我也没有。我一直以为野营不过玩玩而已。”沙地让他难受极了，他移了移身子，深深地叹了口气说，“不过过些时候，我们会习惯的。别人能办到的，我们也能。许多许多人都野营了，没问题。我们在这里有多自由，不用依靠人，不要交租，我们自己就是老板——”

他未说完，突然从灌木丛里时断时续地传来沙沙的声响。但当他们侧耳细听时，声响就神秘地消失了。当他们最后困得昏昏欲睡时，那沙沙声又神秘地响起来。

“好像有东西朝我们这边爬来。”撒克逊这样推测，她向比利挨得更紧。

“不可能是印第安人，放心好了。”比利尽力安慰她说，他故意打了个呵欠，“呸，哪有这回事，有什么可怕的呢？想想，当年那些拓荒的是怎样闯的。”

撒克逊又微微合上眼睛，那沙沙声又响起来，这次声响更近了。她恐惧感剧增，她觉得似有东西在偷偷向他们挨近。她想象着一个猛兽在向他们匍匐而来。“比利。”她小声地说。

“怎么啦，我在听着呢。”比利回答说，他警惕着。

“会不会是豹子，或野猫？”

“不可能的。有害动物早就杀光了。这乡村有农田，是安全的，不会有事。”

一阵凉风啸啸吹过树丛，撒克逊一阵战栗。那神秘的蟋蟀似的声不知怎地忽然中止了。沙沙声过后，即刻响起沉闷的重重撞击声。撒克逊和比利倏地坐了起来，可是声响消失了。他们又躺了下来，这静寂似乎有着一种不祥的预兆。

“嘿，”比利松了一口气，嘀咕说，“我怎么会不知道那是什么，那是兔子。听说家养的兔子就是那样用后腿敲打地板的。”

撒克逊辗转反侧，不能入眠。身下的沙地越来越硬，她痛得难受。好笑的是，她清楚知道，这野外不会有任何危险，可是脑子里就是没完没了地想象着种种险境。

这时又传来一阵新的声响，这次既不似树叶的沙沙声，也不像响尾蛇的咯咯声，这是庞大的身子穿过灌木丛发出的声音，有时夹有树枝噼啪折断声。有一次他们听到树枝压向两边，又弹了回去。

“要是先头的是豹子，那么这个就是只大象了。”比利不无讥笑地说，“你听，它大得很呢，它走过来了。”

那东西停停走走，声音时起时落，可越来越响，越来越近。比利又坐起来，一手搂着撒克逊，她也坐了起来。

“我眼都没眨一下。”他抱怨说，“它又走了，但愿我能看见它。”

“那家伙发出的声响大得很呢，好像是一头灰熊。”撒克逊说。此刻她又紧张又寒冷，牙齿不停地簌簌打战。

“不会是蚱蜢，那是肯定的啦。”

比利想从毯子里钻出来，但撒克逊拉住了他。

“你去做什么？”

“我什么也不怕。”他回答说，“可是说老实话，它叫我很不安。不搞清楚是什么东西，我会紧张不安的。我过去看看，我不会走得很近的。”

夜伸手不见五指，比利爬出毯子就消失在漆黑的夜幕中。她坐在毯子里等着。声响没有了，从比利走的方向传来他的脚步声和他折断树枝的声响。一会儿他折了回来，钻进毯子里。

“我想我把它吓跑了，它的耳朵很灵。很可能它听见我走过去就逃走了。我很小心，尽量不发出一点声音。啊，我的上帝，它又来了。”

他们又坐了起来。撒克逊用肘推了推比利。

“在那边，”她说，声音低得几乎听不见，“我听到它的呼吸声了，很像是鼻息声。”

啪的一声，一根枯树枝断了，声音很重很近，两人不顾一切地跳了出来。

“我再也忍受不了这家伙的欺负了。”比利大发雷霆，“不给它点颜色看看，它就要欺到我们头上了。”

“你怎么办呢？”她急着问。

“我要狠命叫喊，不管它是什么东西。”

他深深地吸了一口气，疯狂地喊了一声。

这一喊竟产生了意想不到的效果，撒克逊惊吓得心都跳了出来。漆黑的夜空瞬间嚓啦啦爆发出一阵纷乱的声响，树丛噼噼啪啪响，沉重的身影向四处猛冲猛撞，幸好，这些声响很快远去，消逝了。他们惊吓的心终于安定下来。

“你说这会是什么呢？”比利打破沉默，“唉！以前拳迷们常说我什么也不怕，可是，今晚幸亏没被他们看见。”他咕哝着说，“这混账的沙地，我受够了，我不睡了，我去生火。”

柴灰下有几块木炭还没熄灭，比利扔了树枝上去，火很快点燃了。朦胧的夜空上几颗星星隐隐闪烁着，他抬头望了望，仔细想了想然后走了开去。

“你到哪里去呀？”撒克逊大声叫道。

“我想到一件事。”他含糊地回答说，一边离开火光，大胆地走进黑暗中。

撒克逊坐着，身子紧紧地缩在毯子里。她佩服他的胆量，他竟然连小斧头都不带上就朝声响消逝的方向走去。

十分钟后，他咯咯笑着回来了：“真把我气死了。说不定以后还会被自己的影子吓坏了。你知道那是什么吗？嘿，你一辈子也不会想猜到。那是几头小牛犊，它们比我们还吓得厉害呢。”

他在火边抽了一支烟，然后也钻进毯子里躺了下来。

“我会成为一个好农民的，”他有些不服地说，“一群小牛犊竟把我吓得没了魂，我还不老老实实？我看，我的父亲，或者你的父亲遇到这种事，眼都不会眨一下。我们这些后代差得远了，就是这么回事。”

“不，不是的。”撒克逊不同意他的意见，“我们的祖先很强。我们也不弱，我们和前辈一样有能力，而且我们身体比他们健康多了。只是我们成长的环境不同。我们一直住在城里，熟悉城市的声音，城市的环境，但不熟悉乡村的声音和环境。我们的成长环境是反常的,不自然的。简单地说就是这个道理。现在我们要开始正常的自然的生活。过些时间后，我们也会像我们父辈那样能在室外安稳睡觉了。”

“但不是在沙地上。”比利哼了声。

“不会啦。这是我们有生以来第一次，难得呢。好吧，别作声，睡吧。”

他们不再恐惧了，可是当他们聚精会神设法入睡时，那沙地变得越发坚硬难忍了，后来比利先打起瞌睡来，撒克逊似乎在闭目养神。这时,远处公鸡啼叫起来。由于沙地的折磨，他们时醒时睡，昏昏沉沉，始终未睡稳。

东方发白时，比利就起来了，他生起一堆火，火烧得很旺；撒克逊颤抖着挨近火堆。他们显得十分憔悴。撒克逊笑了起来，比利绷着脸，似笑非笑地哼了一下。当他瞥见咖啡壶时，脸上绽出了微笑，他立即把它放在了火堆上。

32

圣约斯和奥克兰相距四十英里，撒克逊和比利三天就到了。路上，他们再没遇上友好的，爱说话的，却又有点急躁的线路工。他们邂逅过几个徒步旅行者,但几乎没和他们搭上话。在公路上，他们也碰见了一群群扛着铺盖卷南来北往的游民。跟他们闲聊时，撒克逊很快知道，他们对农活知道甚少，有的甚至一点也不懂。他们大多数是老人，身体虚弱或懵懵懂懂。他们知道的只是干活,他们告诉比利哪里可能有好的活干,哪里以前有好的活干，可他们说及的地方往往很远很远。不过有一件事，她确实打听清楚了，那就是她和比利经过的地区是“小农”乡村，这里农民极少雇请外地劳力，当农民需要劳力时，一般只雇用葡萄牙人。

这里的农民待人不友善，他们常赶着空车从比利和撒克逊身边经过，但从不邀请他们搭乘。有时好不容易遇上搭车的机会，可是当撒克逊问些情况时，他们都以好奇的或怀疑的眼神审视她，作一些含含糊糊的答非所问的回答。

“他们不是美国人。”比利生气地说，“哎，从前不是这样，以前人们都很友好的。”

“比利，现在人就是这样子，风气变了。而且这些都是紧挨城里的人。等我们远离城市时，人们就会友好些。”

“这些人可怜死了，算什么东西。”他讥讽说。

“或许，他们那样做有他们的道理。”她笑着说，“说不定，你揍过的有些不愿罢工的工人还是他们的儿子呢。”

“但愿如此。”比利气愤地说，“如果我拥有一万英亩土地，我就不在乎别人问了。带着毯子徒步旅行的或许和我一样是好人，可能比我还好，那是很难说的。不管怎样，我认为他们是不应受冷待的。”

比利想找工作。开始时他不分青红皂白到处询问，后来只到大农庄打听。但人们都回答说，没有他干的活。有的说，待第一阵雨下了以后，就有地耕了。他们不时看到人们在进行早耕，但耕的面积很小。农民们大都在等待雨水。

“可是你知道地怎样耕吗？”撒克逊问比利。

“不知道，但我猜想那活不会难到哪里去。下次看见有人耕田时，我可以去学学。”

第二天下午三四点钟时，学习耕地的机会来了。他倚在一块小农田的栅栏上，观看一个老农绕着圈圈耕地。

“嘿，这算什么？太容易了。”比利讥笑说，“这样的怪老头能扶一个犁，我可以扶两个。”

“去呀，去试试。”撒克逊怂恿他说。

“那有什么意思？”

“你怕啦，”她脸带笑容嘲弄地说，“你只需去问问他，至多他说不同意罢了。不过，如果他不同意，怎么办呢？你以前和芝加哥恶魔打过二十个回合，可没有畏缩呀。”

“那是不一样的。”他说着跳进栅栏里面，“那老头一定会拒绝我的。”

“不，他不会的。你就告诉他你想学学，问问他能否让你耕几圈。你说这不会坏他的事的。”

“嘿！要是他跟我卖关子，我就把他的那混账的犁拿走。”

撒克逊站在栅栏边，听不清他们远处说话，但她看到比利和老人说了几句。过了一会儿，比利肩膀套上了绳子，双手扶住犁柄，耕了起来。老人紧靠比利身边，急急地指点着要领。比利耕了几圈以后，那农民跨过翻耕的土地，向撒克逊走来，站停在她旁边和她聊了起来。

“他以前耕过地，是不是？嘿，年轻人。”

撒克逊摇了摇头，“从没耕过，不过他知道怎样赶马。”

“看样子他不完全是个新手，他学得很快。”老人抿嘴笑了笑，咬了一块烟草嚼了起来，“我可以在这里歇歇脚了。”

比利耕了一圈又一圈，仍不想停下。这边撒克逊和老农却聊得津津有味。撒克逊接二连三地问了许多事。她突然记起了那位线路工描述的他的父亲，眼前的老农酷似他的父亲。

比利坚持到地耕完才撒手，老农邀请他们俩去他家住宿。他说，他家外面有一间空的谷仓，那里还有个小小的烧饭炉子；他还会给他们新鲜牛奶喝。他还说，如果撒克逊想试试农活，她可以在奶牛身上练练。

挤奶不像比利耕地那样容易，比利在一旁说了许多风凉话。撒克逊要他试试，他也同样失败了，觉得十分苦恼。撒克逊对一切都很留心，没多久她就注意到经农的另一方面问题，农场是老式的，农民是老脑筋；这里没有精耕细作，这里土地很多，而耕作的太少，一切管理都是那么马虎潦草，房子，谷仓，以及其他农舍都快要倒塌了；前院杂草丛生，这里根本没有菜园；那小小的果园破烂不堪，已经荒芜；果树久欠修剪，长得杂乱无章，枝条又细又长，树干和树枝上长了一层又黑又厚的苔藓。撒克逊了解到老农的几个儿子和女儿住在城里。一个女儿嫁给了医生，另一个女儿在国立师范学校当老师，大儿子是机车工程师，次子是建筑师，小儿子在圣弗兰西斯科工作，在一家违警罪法庭做书记员。老农说，他们有时会回来帮老人干活的。

“你有什么看法？”撒克逊问比利，他正抽着晚饭后的香烟。

他耸了耸肩，表示不理会她的意思：“嘿，那还不懂？那老东西就像他的果园——盖了一层厚厚的苔藓。看了圣里恩德罗以后，这是最明白不过的事了，他连最根本的东西也不懂。还有他们的马匹，他把马牵出来，都跛了。对他来说这是一种善行而且可以省钱，你肯定没看见过拥有这种马的葡萄牙人。拥有好马，对他们来说不是一件骄傲的或自以为了不起的事情。实质就是这么回事。这样做是合算的，这就是他们的手法。他们在城里怎样工作，怎样看待马，你该看到了。”

他们睡得很香。吃了早餐后，他们准备动身启程了。

“我原打算请你工作几天，”他们告辞时，老农遗憾地说，

"但是没工作呀。孩子们都走了。这个牧场只够养活我和老伴，有时还不能呢。有时候日子还相当艰难，自从格罗佛·克利夫兰总统当权以来，我们再也没过过好日子。"

午后，他们来到圣约斯郊区。撒克逊突然要停一停。

"我想去那里边看看，"她告诉他，"我去聊聊，除非他们放狗出来咬我。那是最漂亮的去处，你说是吗？"

比利一直在想象着养马的山地和辽阔的草场。他没精打采地应了一声，点了点头。

"看这些蔬菜，长得多好，四周还有花呢！那比包装纸上的红柿子好看多了。"

"我不懂为什么要这样做。"比利说，"种花的地方是可以种蔬菜的，种花怎么可以赚钱呢？"

"我也在这样想。"她看见一个妇女，在小小的平房前手拿泥铲，弯着腰在地上劳动。她指着那妇女说："不知她会不会搭理我们。不过没关系，最多是个俗气的妇女罢了。你瞧，她在看我们呢。把你的背包也放在这里，我们去看看。"

比利卸下肩上的毯子，扔在地上，但没有移步。撒克逊沿着一条狭窄的两边种着花的小道走去。她看见两个男人在蔬菜丛中劳作，一个是年老的华人，另一个是黑眼睛的异乡人，也是老人。只见菜园井然有序，管理精细，连她外行的眼睛也看出来了。那妇女小心翼翼地从花丛中站起身来，他们发现原来是一位中年妇女。她身材苗条，衣着简朴而合身。她戴着眼镜，神情和气但略显紧张。

"今天我不想买东西。"撒克逊还未开口。她已面带笑容，很礼貌地说。

撒克逊看了看自己黑色的篓子，暗自咕哝了一句。显然那女人见她放下篓子，以为她做小生意来了。"我们不是小贩。"

她赶忙解释。

“哦，对不起，我搞错了。”

那女人显得更加和气，微笑着等待撒克逊讲话。撒克逊非常高兴，趁机提出了许多问题。

“我们在寻找土地。是这样，我们想当农民，所以我们很想知道什么样的土地好。看见这个漂亮的地方，我心里产生许多问题，让你见笑了。我们对经农什么的一窍不通，我们一向住在城里，现在不想住了，打算迁到乡村来住，过得舒适些。”

她停顿了一下。那女人脸上露出了好奇的神色。

“可是你怎么知道在乡下生活会舒适呢？”她问道。

“不知道。我只知道，穷人在城里是不会幸福的，他们总是有说不完的劳动苦恼。如果他们到乡下来也幸福不了，他们就没有幸福了。这好像是不公正的，你说是不是？”

“亲爱的，听起来你说得有道理，现状是这样，可是你别忘了，乡下也有许多人是不幸福的。”

“看样子，你不穷，也不会不幸福吧。”撒克逊推测说。

“我或许不一样，特别适应乡下生活，也适应在乡下谋生。你一直生活在城市里，乡下的基本情况你也不了解，有时乡下的事也会让你伤心的。”

撒克逊想起了松柏大街小屋里可怕的日子：“我已知道城市会伤我的心。乡下也可能，不过我要试试，也可能是这么回事，但也可能不是。我们的父母以前都生活在乡下。乡下生活好像要自然些。何况我已来乡下了，说明我这个人本质上需要乡村。如同你所说，我也必定特别适应在乡下谋生，否则我就不会来这里了。”

那女人赞同地点了点头，看得出她对撒克逊渐感兴趣。

“那位年轻人是？……”她问道。

“是我丈夫。大罢工之前，他是联畜运输车车夫。我叫撒克逊·罗伯兹。我丈夫叫比利·罗伯兹。”

“我是莫蒂默夫人。”那女人说着，点了点头以示答礼，“我是寡妇。叫你丈夫进来吧，我来回答你的一些问题。叫他把包放在大门内。好吧，你说说哪些问题？”

“各种问题。你园子赚多少钱？这一切你是怎样管理的？这地的开支是多少？这各种各样的东西你是怎样学到的？哪些长得最好？哪些最赚钱？销售的最好途径是什么？你是怎样推销它们的？”撒克逊说着笑了起来，“哦，我还没有开始问呢。这四周边上你种花做什么？我注意过圣里恩德罗一带的葡萄牙农场，他们从不把花和蔬菜种在一起。”

莫蒂默夫人点了点头说：“我先来回答你的最后一个问题吧，这可是个很关键的问题。”

这时，比利走了进来。她搁下话题，他作了自我介绍。

“花吸引了你们，是不是，亲爱的？”她接着话题说，“是这些花把你们引进门来和我相见的，这就是为什么我把花和蔬菜种在一起的真正道理。花吸引了你们的眼睛。这些花吸引了多少眼睛，有多少人被引进我的大门，数都数不清了。这是条好路，乡亲们都喜欢走这大道，又近，又方便。不过，汽车不行，我没办法引他们来，灰尘太大，车上的人看不见。但是当大家还使用马车时，我就开始这样做了。城里妇女乘车经过时，我的花，然后是我这园子会吸引住她们的眼睛，她们就会要司机停下来。我呢，我就站在前面离大路不远的地方，我说话她们听得见。一般情况下，我都能邀她们过来看看花，当然也看看我的蔬菜。这里每样东西都新鲜，都干净，都漂亮。她们能不来吗？而且，”莫蒂默夫人耸了耸肩膀，笑了笑又说，“大家都知道，眼馋就有食欲。他们观花，就会看到蔬菜，想到蔬菜，爱上蔬菜。这样他们就会买我的蔬菜，她们一定会买的。她们的确买了我的蔬菜，菜价是市价的两倍，她们乐于付这样的价格。你看，我是不是稍有名气，成了时尚人物？没有一个不买的。蔬菜当然是高质量的，和市场的一样好，而且常常更加新鲜。此外，她们买我的蔬菜还有一个好处，这是一种施善，她们非常高兴，她们不仅买到了最好最新鲜的蔬菜，而且同时她们知道，她们是在帮一位寡妇。她工作努力，应予以敬重。她们的确是很乐意的。她们还会把这件事传开去，告诉她们公司、单位的人，她们买了我的蔬菜。这许多详情说也说不完。总之，我这小小的园地成了一个展览啦，不管何时出去，开车兜风或做什么，大家需要消遣时，都愿意来看看。大家都议论纷纷，我是谁啊？我去世的丈夫是哪一位呀，我以前是做什么的呀，等等。城里有些太太是我过去的老相识，她们也在为我宣传。以前我这里也以茶点招待客人，我的老顾客常常成为我的座上宾，她们乘车出来，向我推荐她们的朋友，我仍以茶点招待。所以，你看，花是我成功的路子呀！”

撒克逊听了赞不绝口，但莫蒂默夫人看了一眼比利，注意到他并不十分赞许，他的蓝眼睛神色黯然。

“喂，有什么话就说呀！”撒克逊说，“你想什么呢？”

他的回答极为直率，令撒克逊十分惊讶。然而令她更惊讶的是他的评价，对那种评价她连一闪念都没有过。

“这只不过是一种手段罢了，”比利评价说，“这是我的理解。”

“但是是一种有益的手段。”莫蒂默夫人插进来说，那镜片后的眼睛闪烁着光芒。

“是的，但也不是。”比利坚持自己的看法，不慌不忙地说，

“要是每个农民都把花和菜种在一起，他们都要市场的两倍价，这样，两倍的市场价就不存在了，结果一切都还不是老样子。”

“你把理论的东西看成事实了，”莫蒂默夫人说，“事实是农民不会全部这样做，事实是，我确实卖了两倍的价格，这是不能否定的。”

比利不能回答，但仍不信服。“不管怎么说，”他慢慢地摇了摇头，含糊不清地说，“我还是不大明白。对我们来说，有点不妥，我是说我和我妻子。或许我过一会儿会理解的。”

“我们可以四处看看。”莫蒂默夫人邀请说，“我想给你们看看每样东西，让你们知道我是怎样做的。过后，我们坐下来。我给你们说说开始时的情况，你说好吗？”她眼睛望着撒克逊，“我想让你彻底明白，如果你们的路走对了，经营得法，你们在乡下就能成功。我开始时，对务农一窍不通，而且我不像你，有那样高大的好男子，我孤独一人。我会告诉你我的事的。”

他们在菜园里、葡萄架旁、果树林中参观了一个小时。撒克逊大饱眼福，了解了许多许多情况，这一切都留待以后她空闲时去揣摩了。比利也流露出了很大的兴趣，但他几乎没有提问题，把话留给了撒克逊。他们还参观了平房后面的院子。和前面一样，那里的一切也干干净净，有条不紊。他们看了养鸡的圈子。那里，有几百只雪白的小母鸡，按各自不同的品种，分隔开来饲养。

“那是来克亨鸡。”莫蒂默夫人说，“它们今年为我挣了许多钱，你们可是想不到的。只要卖蛋高峰期一过，我就立即把它们卖了。”

“撒克逊，就像我告诉你的，马也是这样。”比利插嘴说。

“冬季时大多数母鸡不下蛋了，鸡蛋的价最高。我掌握适当时间，采用简单的方法孵出小母鸡，然后让它们在冬天下蛋。这是一万个农民中谁也不曾梦想过的。还有，我有特殊的顾客，他们以每打高出十美分的价钱买我的鸡蛋，因为我的独特之处就是卖当日的新鲜蛋。”

说到这里，她偶然看了比利一眼。她猜想他仍在苦思刚才的问题。

“还是那么回事，是吗？”她猜测道。

他点了点头说：“是的，还是那么回事。如果每个农民都卖当日新鲜蛋，就不会有高出最高价十美分的事了，他们和以前还不是一样。”

“但是你别忘了，当你说，鸡蛋都是当日的新鲜蛋，所有蛋都会是当日新鲜蛋，这可是虚拟的事呀。”莫蒂默夫人强调说。

“不过，这对我和妻子没多大意义。”他解释说，“我一直想知道你说的对我们有没有意义。我现在知道了。你说到了理论和实际，高出最高价十美分对撒克逊和我来讲是个理论问题。事实是我们没有蛋，没有鸡，连供鸡跑的和下蛋的地方也没有。”

他们的女主人点了点头，甚表同情。

“庄园的其他情况我还不大了解。”他继续说，“我这是给你添麻烦了，但是我想看看，可以吗？”

于是莫蒂默夫人带他们看了猫场，猪场，奶牛场，狗场。莫蒂默夫人把它们称为家畜区。每个区都不大，但她高兴地说：“它们都很赚钱的。”并且不假思索地一连串报了几笔利润数目。她还讲到了正宗的波斯猫，正宗的俄亥俄改良猪，正宗的苏格兰牧羊犬以及正宗的泽西种乳牛的买卖价格。价格之高，几乎令他们目瞪口呆。那泽西种乳牛的牛奶，她也有一个专门的私人市场，每品脱的牛奶价比最高的奶价还要高出五美元。比利一下看出了她的果园和前一天下午看到的果园之间外表上的区别。莫蒂默夫人引路给他看了其他许多区别。有些区别，他是相信她，才赞同的。

接着她向他们介绍了另一种经营——家制果酱和果子冻。这一产品总是被预订一空。那价格高得令人咋舌，一般市场价无可比拟。这时他们坐在走廊的藤椅上，莫蒂默夫人谈论着她如何招徕果酱和果子冻生意。她说，她只和圣约斯一家最高级饭店和一家最佳夜总会做买卖。她亲自携带样品去和老板和伙食管理员作长时间洽谈，设法消除他们的疑虑，改变他们的看法，说服他们与她做一次“特别”的交易。她说她还说服他们在顾客中悄悄地迅速推销她的产品；但最要紧的是，她还能说服他们从由她的产品做成的菜肴中索取高价。

在莫蒂默夫人说话时，比利双眼闪现不满的神情。她看到了，等待着他的发问。

“说说开始时的情况吧。”撒克逊恳求说。

但莫蒂默夫人说，他们要答应在她家吃晚饭，否则她就不说了。撒克逊向比利皱了皱眉头，示意他别反对，接受莫蒂默夫人的情意。

“那好，我说吧。”莫蒂默夫人又讲了起来，“我在城里出生，在城里长大，所以开始时，我是个生手。关于乡村，我只知道它是度假的地方，我以前总是去泉水边玩，去山中和海边胜地游览。我一生是在书堆中度过的，我做过许多年唐卡斯特图书馆馆长。我那时候嫁给了莫蒂默先生。他是个书呆子，是圣密古尔大学的教授。他长期受疾病折磨。他去世时，什么也没留下。甚至我还没能还清债呢，他的人身保险已吃光了。我呢？身体十分虚弱，精神到了崩溃的边缘，什么事也做不成。不过我当时手上还有五千美元。我什么具体情况也没考虑，就决定去从事农业。我发现这地方气候适宜，又靠近圣约斯，那是电车终点站，到那里只有四分之一英里，所以我买了这个地方。我付了两千美元现金，还有两千美元，我是用东西抵押的。每英亩是二百美元，你听明白了吗？”

“你买了二十英亩！”撒克逊大声地说。

“那算什么，不是很小吗？”比利冒昧地说。

“太大了，实在太大。我先租了十英亩出去，直到现在还租给人家呢。我留下的十英亩地，长时期内，也觉太多了。只是到现在，我才开始感到那十英亩地有点儿不够用。”

“十英亩地养活了你和那两个雇工？”比利问道。他颇感惊异。

莫蒂默夫人很高兴，她轻轻拍了下手说：“听着，我以前一向是图书馆员，我知道书里有路子。我首先阅读了农庄这方面的书籍，并且订购了最好的农业杂志和报纸，你们问我，我的十英亩地是否养活了我和两个雇工。告诉你们吧，我有四个雇工。十英亩地当然必须养活他们，它们还养了汉娜，她是个瑞典寡妇，管理着家，在果酱和果子冻生意季节，她是个完美的特洛伊人，非常勤勉。还养活汉娜的女儿，是个学生，也帮助干活；还有我的侄女，我带在身边培养教育。而且这十英亩几乎已付清了整整二十英亩地的地价，赚回了我的这所房子，所有外屋和所有纯种家畜所支付的全部费用。”

撒克逊记起了年轻线路工说的关于葡萄牙人的话。“那十英亩地其实不怎么样，”她大声地说，“是你的才智取得了这一切，这你是清楚的。”

“亲爱的，这就说对了。这说明合适的人能在乡下取得成功。记住，土地是慷慨的，人对土地的管理也必须大方。老式的美国移民头脑里就是装不进这个东西。甚至当他们已清楚地看到，他们的土地已乏力了，极需要肥料时，他们仍不明白廉价的肥料和优质肥料之间有什么差别。”

“这正是我想知道的。”撒克逊几乎惊叫起来，显然她已听得兴致勃勃。

“我会把我知道的一切告诉你，可是你一定很疲劳了，我发现你走路都是一拐一拐的，进屋去吧，别担心那些包包，我会叫老张照看的。”

撒克逊天生爱美，喜欢个人东西都显得漂漂亮亮，整整齐齐。她看见室内装饰美不可言。她以前从未进过中产阶级家庭。她发现屋内的一切大大超过她的想象，一切都与她的想象天差地别。莫蒂默夫人注意到她眼神闪耀，贪婪地看着每样东西，于是有意露出高兴的样子，领她在屋内四处看了看，还边走边自赞各种摆设，告诉它们的价格，解释她如何亲自动手给地板着色，给书架通风，装配莫里斯安乐椅，等等。比利战战兢兢跟在身后。他从未想过他需要改变生来就有的习惯，不过现在他努力控制自己，终于没有明显露出尴尬相，甚至坐在桌边时，他也没有局促不安。那是他和撒克逊有生以来第一次在私人家领受佣人的伺候。

“希望你们明年还来作客。”莫蒂默夫人依依不舍地说，“下次你们来时，我该有客房了，我早已计划好了。”

“那好啊，”比利爽朗地说，“谢谢你的款待。我们准备乘电车进圣约斯，在那里找个旅馆。”

莫蒂默夫人说，她为不能让他们投宿感到十分不安。撒克逊岔开了话题，她请她教她更多的东西。

“记得吗？我告诉过你，这些地我只现付了两千美元，”

莫蒂默夫人彬彬有礼地说，“这样我还剩下三千美元做试验。当然啦，我的朋友和亲戚都预言我会失败。我的确出了差错，还多着呢。但是我作了详细的研究分析，从而挽回了损失。我得到的比失去的要多得多。我后来仍不断钻研。”她指了指挨墙的几个书架，那上面全是关于农业的书和杂志。“我不断学习，决心用最新的经农方法。我叫人取来所有的试验结果报告。我进行工作的依据完全是：老式农民做的一切几乎全是错的。你知道吗？我这样做时，发现我几乎没有错。那些老农民太蠢了，蠢得几乎不堪设想。嘿，我去和他们商量，谈了许多事，对他们顽固不化的方法提出疑问，强烈要求他们摆脱掉他们那些固执的狭隘的观念，可是我没能说服一个人。你看，我有多傻，我的命注定是悲哀的。”

“可是你不是，你不是！”

莫蒂默夫人欣慰地笑了笑：“有时候，甚至现在，我都感到惊奇，我没有悲哀。我出生在既精明又讲实际的家庭。我的家族离开土地已很久很久了，所以我来乡下就有一种新的观点。当一件事符合我的判断时，我就会勇往直前，走下去，彻底把它做好，我可不管它有多麻烦。比如说，那老果园，毫无价值！简直比毫无价值更糟！凯尔金斯老人看到我把老果园捣毁时，气得差一点发了心脏病。可是你们看，现在的果园有多好。现在平房所在的地方以前放着一辆破烂不堪的旧车子，我当时忍住了没有马上处理。不过我立即拉倒了牛棚，毁了猪栏，拆了鸡舍，搬掉了所有东西，来了个大扫除。他们看到一个寡妇那么肆无忌惮地毁坏东西，而又苦苦挣扎谋生计，都摇头叹气，嘴里不断咕咕哝哝的。但更叫人惊异的是，当我告诉他们我买的猪，那种漂亮的俄亥俄改良猪的价格时，他们简直吓呆了。三只刚断奶的猪仔，六十美元。然后，我把那些杂七杂八的鸡仔全送到市场，换来了白毛来克亨鸡。那两头矮小劣等的奶牛，我每头以三十美元卖给了屠夫，又以每头二百五十美元的价格买了两头优秀的泽西种乳牛。在这种交易上，我获得大利。而凯尔金斯和其他人仍然经营着他们矮小的劣等奶牛，那些奶牛产的奶用来支付饲料还不够呢。”

比利点了点头，表示赞许，“记得我说的关于马的事吗？”他对撒克逊又说起马的事。在女主人的发问下，他从生意角度对马和马的管理说了一番极令人信服的高见。

莫蒂默夫人送他们到大路边。“你们是勇敢的年轻人，”她在和他们告别时说，“我真希望我也能跟你们一起走，也背上背包。你们两个真是了不起。今后需要我帮忙的，就告诉我，别不好意思。你们一定会成功的。我自己也希望有人帮助我呢。到时请告诉我你们寻找政府土地的结果。不过我对获得政府土地的可能性是不太相信的。政府土地离市场肯定是很远的。”

她和比利握了握手，然后把撒克逊拥抱在怀里，吻了吻。

“别泄气，要勇敢，”她在撒克逊耳旁轻声地说，语气十分真诚，“你们会成功的，你们一开始就有了正确的思想。而且你们两个都年轻。不要急。以后路经这里时，就告诉我。我会把大量的农业报告和农业刊物寄给你们的。再见啦，祝你们有许多许多好运。”

七

33

那天夜晚，他们投宿在圣约斯一家旅馆里。比利静静地坐在小房间的床边上，眼神呆呆的，似有所思。

“喂，”他深深地吸了口气，终于开口了，“我说呀，这世界上毕竟还有些挺好的人。拿莫蒂默夫人来说吧，她真是位好人，是标准的老美国。”

“是一位很有涵养的太太。”撒克逊同意他的说法，“她亲自干农活不觉得丝毫羞愧，而且又管理得那么好。”

“二十英亩地，不，是十英亩，就还了本，搞起了这么多经营，而且不仅养活了自己，还养活了四个雇工，一个瑞典女人和她的女儿，她自己的侄女，真叫我佩服。只十英亩地！嘿，我父亲一开口至少就是一百六十英亩。连你兄弟汤姆也说要一百六十英亩。她还是个女人呢，见到她，我们真是运气。”

“这真是一次奇遇！”撒克逊高声地说，“出来旅行就会有好处。以后还会见到什么，我们是决想不到的。这一次我俩都感到好累了，正想着圣约斯还有多远时却遇上了莫蒂默夫人。有些事是难料到的，我们根本没期望见到她的农庄，她没有把我们当作过路客。她的房子，多干净，多漂亮，你甚至可以在地板上吃饭呢。我以前从没想到过房子里面有那么舒适，那么雅致。”

第二天清晨，他们又上路了。他们穿过圣约斯郊区寻找去圣胡安和蒙特莱的大路。撒克逊拐得更厉害了。她的脚跟起了许多水疱，一走路，后跟的皮肤就立刻裂了开来。

比利记起了父亲关于保护脚的方法。他在一家肉店停了片刻，买了五美分的羊脂。

“就用这个东西，”他告诉撒克逊，“我们一出城就敷上一些，保管你两天走路没问题。要是我现在能找点事做做，让你休息几天就好了。”

刚走出郊区，他就把撒克逊留在大路上，独自沿一条长车道向一个看似大农庄的地方走去。返回时，他满脸微笑。

“太好了，”他走近时高声叫道，“我们就去那小溪旁的树丛里，在那里安营。我明天早上就要工作，两个美元一天，不包伙食。如果包伙食，一个半美元。我告诉他我不包伙食，我有自己的营地。”

“你是怎么找到工作的？”撒克逊问道。他们边说边寻找扎营的地方。

“别急，等安顿好后，我把整个事告诉你。这真是件美差，很容易做。”

他们摊开床，生了火，煮开了一锅蚕豆。比利这才扔下最后一把柴火，说起了刚才的事。

“我先要说的是，本森不是那种老古董。他看起来不像农民。他很现代，很精明，谈话、做事像个生意人。没见到他之前，看到他的地方，我就知道他是那种人。他足足打量了我十五秒钟。

“‘你能耕地吗？’他说。

“‘没问题。’我告诉他。

“‘熟悉马吗？’

"'我是在马厩里出生的。'我说。

"就在那时——你还记得跟在我后面进农庄的那四匹马运的机器吗?——就在那时，它就拉上来了。

"'这四匹马怎样?'他漫不经心地问我。

"'好极啦，我可以用它们来犁地，拖播种机，也可以做其他的事，什么事都行。'

"'好，上去吧，套上绳索，'他说话干脆利落，一秒钟也不浪费。'看到那棚子了吗?往右边赶，绕过那牲口棚，然后回来卸货。'

"嘿，我说呀，他想看的是漂亮的赶车技术。我从车轮的痕迹就知道，那里马车一直是往右边赶，绕着牲口棚走的。他要我做的是十分难的——围场角落和牲口棚拐角之间，绕两个弯，像个S，后面再也没有退路了。紧挨那小房子，有一堆堆从牲口棚里扔出来的畜粪，它们还没来得及拖走呢。可是我这个人是不讲客气的。那赶车的把绳子交给了我，我看见他在咧嘴笑我呢。他一定以为我会出很大洋相。我可以肯定他自己一定做不到。我是从来不客气的，我就动手了，那些马我一点也不熟悉。嘿，你说我怎么办?要是你看见就好了。我一下子就把领头马推到粪堆上，接着拉过左侧马，把它置于牲口棚的边上。那后车轴几乎碰上围墙的角柱上，只差六英寸呢。只能那么办，没别的办法。他们的马真行，当我把辕子套上后马，砰的一声放下制动闸时，那领头马后退了几步，差一点屁股坐在横轴上，但是它们都乖乖地站好了。

"'你能行，'本森说，'干得很漂亮。'

"'嘿,那算得了什么，'我说,'给我点真正的工作做做吧。'

"他笑了笑，表示理解我的意思。

"'你那工作干得很出色，'他说，'谁来驾驭我的马，我

是很注意的。做这种工作是委屈你了，你一定是个正经人，做错了什么事吧。不过没问题，你可以用我的马耕地，明天上午开始吧。'

"你看，他多没头脑，我还没告诉他我不会耕地呢。"

撒克逊摆上了蚕豆，递给比利咖啡。她静静地站在旁边，审视着铺在地毯上的晚餐——糖罐子，浓缩牛奶罐头，腌牛肉片，莴笋色拉，西红柿片，新鲜法国面包片，腾腾冒气的蚕豆和咖啡杯。

"比昨晚差远了！"撒克逊拍了拍手，大声地说，"真有点像书里描写的那种经历。昨晚那么丰盛，漂亮的餐桌，漂亮的房子。可是你瞧现在！哎，在奥克兰，我们住上一千年也不会遇上莫蒂默夫人那样的女人，或许做梦也想不到世上有她那样的房子。比利，可是我们还只开始呢！"

比利工作了三天。他硬说他干得很出色，但他也直率地承认，耕地比他原来想象的还是要复杂些。听到他喜欢那项工作，撒克逊感到安心、满意。

比利工作的最后一天，天空骤起阴云，空气变得潮湿，东南风猛刮起来，一切迹象预示着冬天的第一场雨就将来临。比利晚上回来时，带来了一卷旧帆布，这是他向别人家借来的。他马上动手把帆布盖在床上面的架子上，以防雨水。

为防暴风雨，他做了些准备工作。他从小河对岸的一间快要倒塌的废弃马棚里拖来几块旧木板，把床垫高了。在木板上堆了许多干树叶权当褥垫，最后他找来一些旧绳索和打包铁丝加固帆布帐篷。

当雨点噼噼啪啪落下来时，撒克逊高兴极了。但是突然刮起一阵狂风，吹断了几根绳索，它们在黑暗中消失得无影无踪。撒克逊和比利顿时浸泡在雨水里。

"我们只能，"他在她耳旁大声叫道，"收拾东西，躲到那个旧棚子里去。"

他们在湿淋淋的黑夜里匆忙捆扎了一切，涉着没过膝盖的水，踩着浅溪中的石块奔进棚子。棚子到处都漏水，犹如一个筛子。不过他们还是找到了一块干燥的地方，摊上了卧具。

他们平安无事。但过了午夜，从敞开的门口射进一束电光，它犹如一柱小小的探照灯光。电光在棚子里扫射了下，然后停留在撒克逊和比利的身上。这时他们听到门口一个沙哑的声音说道：

"哈哈！我抓住你们了！出来！"

比利坐了起来，炫目的电光使他睁不开眼睛。那声音走近他们，重复着要他们出来。

"怎么啦？"比利问道。

"我，"那声音答道，"睁开眼看看，你就知道啦。"

那声音已近在咫尺，但拿电筒的人把大拇指按在开关上，电光一闪一闪的，使得他们什么也看不清楚。

"快些，跟我走，"那声音继续叫道，"把毯子卷上，跟我走，我要逮捕你们。"

"你是谁？"比利问道。

"我是警察，走吧。"

"喂，你要做什么？"

"你们，当然是你俩跟我走。"

"为什么？"

"流浪罪。好吧，快点！我不想整夜泡在这里。"

"喂，逮捕你自己吧，"比利似乎在提建议，"我不是流浪汉，我是工人。"

"你也许是，也许不是，"警察说，"不过，你早上可以去跟纽斯包默法官说去。”

“喂，你这个叫人讨厌的、肮脏的家伙，你以为你可以逮捕我吗？”比利骂了起来，“拿手电照照你自己吧，我倒要瞧瞧你那丑恶的嘴脸。要抓我？抓你老子？你再敢说一句，你这个狗娘养的，我就起来砸烂你的狗头，你这个——”

“不，不，比利，”撒克逊恳求说，“不要惹麻烦，要坐牢的。”

“这就好了，”警察附和她说，“听你女人的话吧。”

“她是我的妻子。听着，别对她无礼，”比利警告他说，“如果你还明白事理的话，请马上出去。”

“我见过你这种人。”警察回击说，“我这里有个小小的玩意儿，厉害得很，你想瞧瞧吗？”

灯光移向别处。黑暗中，他们看到，在强烈的电光下，一只手握着一支左轮手枪对准了他们。那手似乎是悬着的，旁边没有东西支撑。随着大拇指在电筒开关上的摆动，电光如幽灵一般时隐时现。他们时而凝视那握左轮的手，时而眼望漆黑的夜空，时而又拿眼盯着那握枪的手。

“我想你现在会跟我走了吧。”警察得意扬扬地说。

“你想得不太对吧，你再想想。”比利开口说。

这时电光熄了，他们听见警察忽地移动身子，手电筒砰的一声掉在地上。比利和警察都去摸电筒，可是电筒被比利找到了。他打开手电，照住了对方，只见眼前是一个胡子灰白的老人。他身穿油布衣裤，浑身湿漉漉的。他令撒克逊想起阵亡将士纪念日那天常走在退伍军人游行队伍中的那些老兵。

“给我手电筒。”他威胁说。

比利冷笑了一下，不肯。

“那我就把你当作拒捕，让你尝尝子弹啦。”

他举起左轮手枪瞄准了比利。比利拇指按着手电开关，稳稳地站着，没有丝毫惧色。他们看见了旋转弹膛中那些微微显露的子弹尖头。

“喂，你这个讨厌的络腮胡子，死老头，我看你连杀鸡的勇气也没有。”比利回答说，“我知道你这种人，在可怜的流浪汉面前，勇敢得像头狮子；可是面对一个真正的男子汉，却胆怯得像条狗。你扣扳机呀！喂，你这个卑鄙、肮脏的家伙，你怎么没有点勇气呢？如果我说一声‘呸！’我看你会夹着尾巴逃的。”

比利说完话，真的大喊了一声“呸”！撒克逊看见警察吓了一跳，忍不住咯咯地笑出声来。

“我再给你一次机会，”警察气得牙齿咯咯地响，“快把电筒扔过来，乖乖跟我走，否则我就要你的命。”

撒克逊深怕比利受害，但是她不很害怕。她相信那人不敢开枪。她了解比利的勇气，十分敬佩他的无畏。她见不到比利的脸，但她非常清楚，此刻他一定脸无血色，表情令人惊骇。以前他和三个爱尔兰人打架时，她见过他那种可怕的脸色。

“我不止杀过一个人，”警察威胁说，“我是个老兵，我不在乎流血，血我看过——”

“你应该感到可耻，”撒克逊打断他的话说，“你这样污辱无辜的安分守己的好人，不觉得惭愧吗？”

“你们睡在这里就是犯了罪，”警察辩解说，“这不是你的财产，你们睡在这里是违法的。谁违法，谁就得坐牢，你们两个就得去坐牢。在这个棚子里，我已抓了许多流浪汉，他们蹲了三十天牢。他们也在这里睡觉，这个棚子真是成了犯人窝藏所了。从你们脸上，我一眼就看出你们都不是好东西。”他转而对比利说：“我已和你磨蹭了半天，你打不打算乖乖地跟我走？”

“你这个老东西，听着，我来告诉你两句话，”比利回答说，“第一，你没法逮捕我们。第二，今天晚上我们就睡在这里啦。”

“把电筒给我！”警察专横地命令道。

“去你妈的，络腮胡子。别站在这儿，走，滚！你的手电么，到那边泥巴里去捡吧。”

比利拿手电照了照门口，然后熄灭了灯，接着像扔棒球一般把手电筒抛了出去。棚子里一下变得漆黑一团，他们听到那警察愤怒得连声叫骂。

“你开枪吧，看你能得到什么好处。”比利威吓他说。

撒克逊摸到比利的手，紧紧地捏了捏。她为他感到骄傲。警察口里咕咕哝哝的，说着威胁的话。

“你在说什么？”比利口气十分厉害，“你还不走？络腮胡子，你听着，你那些混账的话，我已忍够了。现在请滚吧，否则我就把你扔出去。你如果还敢来这里咋咋呼呼，就会有你的好看。滚吧！”

这时，暴雨大作，呼啸声淹没了一切。比利卷了一支烟，点火时，他看到警察已走了。比利轻声地笑了起来。

“没有必要等早上走，”撒克逊说，“天一亮，我们就乘车进圣约斯，在那里租个房间，吃顿热早餐。”

“可是本森那里。”比利犹豫地说。

“我可以从城里打电话给他。电话费只要五分钱。我看到他家有电线。天下雨，你也没法耕地。我脚后跟待天晴了就会好的。到时我们再走。”

34

三天后的星期一清早，撒克逊和比利乘上去终点站的电车，这是他们第二次去圣胡安。路上布满了水坑，但是天空晴朗，阳光灿烂，地面上到处是淡淡的嫩绿。在本森农庄，撒克逊等着比利，他进农庄去取六美元的三天耕地的工钱了。

“我不干了，他们就像踢小公牛一样把我踢开了。”他回来时告诉她说。

他们一个小时走了三英里，自感欣慰。这时，身后传来汽车声，他们退到路边。可是车子没有开过去，只见里面坐着一个人，原来是本森，他在他们身边停了车。

“你们去哪里？”他问比利，又拿目光打量撒克逊。

“蒙特莱——你是否也到那么远？”比利回答着，轻声笑了笑。

“我可以让你们搭到瓦特森维利。步行又带这些行李可得要好几天才能到呀。上来吧。”

他对撒克逊说：“你想坐到前面吗？”

撒克逊瞥了一眼比利。

“上吧，”他同意说，“坐在前面舒服些。这是我妻子，本森先生，是罗伯兹夫人。”

“哦，嗬！原来是你把你的丈夫从我身边抢走了。”本森故意责备说，表情显得十分幽默，一边在她四周放好车毯。

撒克逊承认是她的缘故。与此同时，她十分专注地看他启动汽车。

“如果我只拥有你耕的那一点点地，那我可是个穷得要命的农民了。”本森眨着一只眼，侧头看了看比利。

"我只扶过一次犁，以前从没碰过，"比利坦白地说，"可我总得学一些时间。"

"一天两美元？"

"如果他有个蹩脚对手来抢活的话。"比利得意地看了看他。

本森开心地笑了起来。

"你学得很快，"他称赞说，"我看出来了，你不熟悉犁，犁也不听你的话，但你握得很紧，控制住了。我在大路边雇用的十个人中没有一个到了第三天还能像你那样干得那么好。不过你的资本是熟悉马。那天上午我要你接过缰绳是半开玩笑的。你是受过训练的养马人，也是天生养马人。"

"他对马可友好着呢。"撒克逊说。

"但是光这点不行，"本森打断她的话，"你丈夫已有了那种本领，这种本领很难解释清楚。可是事情就是靠这种本领去办的，这几乎是本能的东西。和善是需要的，但是控制更是需要，你丈夫能控制住马，只凭和善是做不到的。"

本森笑了笑，又说：

"马是我的爱好之一。别以为我在开这个臭玩意儿，我就不爱马了。我其实很想驾驭一对快马来这里，但我觉得马花时间，而且我总是替马担忧。这种机器，嘿，没有神经，没有脆弱的关节和腱，我开足马力让它跑就是了。"

跑了几个英里，撒克逊和车主已谈得很投机。他直截了当地问了她的情况。她告诉他她和比利的打算，简略地介绍了在奥克兰的生活，详细地谈了他们今后的计划。

犹如在梦中一般，他们不知不觉就过了摩根的苗圃。他们已走了二十英里，这段路比那天他们计划步行的还要长。那汽车仍嗡嗡地行驶着，路向后退去，眼前展现着一片片景色。

“真不知道，像你丈夫那样好的汉子旅行做什么？”本森说。

“是呀，”她微笑着说，“他像你说的，他一定是位好人，只是做错了什么事。”

“可是，你瞧，我当时还不认识你呢，我现在懂了。噢，我记起来了，我想告诉你一件事。”他转身对比利说。“我想告诉你夫人，我的牧场上有一项长年的工作，你可以做。那里有一幢整齐的小屋，里面有三间房间，你们两个可以住进去，照看照看，别忘了。”

撒克逊还了解到，本森毕业于加利福尼亚大学农学院。她以前不知道还有这样一种学习分校。本森告诉她，找到政府土地的希望是很渺茫的。

“剩下的政府土地，”他对她说，“因种种原因都是没人要的。你们去的地方，如果有好的土地，那也是不靠市场的，很不方便。我知道铁路不到那里。”

“等到了帕加罗山峡我们下车。”他说。他们已经过吉尔罗伊，正向沙金特庄园行驶。“我会让你们看看有了土地可以做什么，不过不是由农学院毕业生做的，而是由没受过教育的外国人做的。高傲的美国人总是讥笑他们，我会领你们看的，那个农庄是这个州最出色的成就之一。”

在沙金特农庄，有几分钟时间他把他们留在车里，自己去办理事情了。“哎唷，这比步行强多了。”比利说，“不过，等我们安顿下来后，有钱了，我想我不会离开马的，马的好处永远说不完。”

“汽车只是有急事时走走方便点。”撒克逊同意他的看法，“当然，当我们非常非常富裕时——”

“撒克逊，”比利打断她的话，他突然想到了一个主意，“我已懂得一件事：我不再担心在乡下找不到工作。开始时我是担心的，但是我没告诉你。我们在圣里恩德罗动身时，我十分疑虑。可是现在我们已经看了两个地方，莫蒂默夫人庄园和本森庄园，我看到工作是很稳定的。是的，男人能在乡下找到工作。”

“现在不是看帕加罗山峡的时候，”本森说，他又在撒克逊旁边坐下来，“沙金特庄园已过时了。不过，无论何时来看看都是值得的。想一想，一万两千英亩苹果园！你们知道人们现在叫帕加罗山峡是什么吗？他们叫它新达尔马提亚。我们正在被挤出去呢。我们美国人自以为精明，嘿，达尔马提亚人来了，他们比我们更精明。他们都是可怜的移民，穷得叮当响，开始时，他们在水果收割季节打日工，然后做小本生意，买树上长着的苹果。他们钱多了，生意也就越做越大。很快他们就长期租种果园。现在他们已经开始买地了。用不了很久，他们就会拥有这整个峡谷，这里就不会再有美国人了。

“哦，我们这些精明的美国人！嘿，那些初来的斯拉夫人穿得很破烂。开始时，他们只和我们做小本生意，只赚些千分之二三的利润。现在他们可心满意足啦，他们赚百分之一百。如果他们的利润降到百分之二十五或百分之五十，他们就把它看成灾难了。许多人，像鲁克·斯库利奇，经营大规模生产。他们当中，有几个已拥有二十五万的财产。他们了解树就像你丈夫了解马一样。他们能说出一棵树的感觉今天和昨天是否一样。如果不一样，他们知道为什么，也知道用什么方法来补救它。他们看到开花的树，就知道那棵树能生产出多少箱苹果。还不止这些呢。他们还知道那些苹果的质地会怎么样，会属于什么级别，等等，他们很快成了暴发户。”

“这许多钱，他们做什么用呢？”撒克逊好奇地问道。

“从美国人手里把帕加罗山峡买走，他们已经在这样做了。”

“然后呢？”她问道。

“然后他们就开始买其他的山峡，把美国人从那里赶出去。美国人就会把钱花光。到了第二代，他们就开始烂在城市里。你和你的丈夫，如果不出来，就会烂在那里了。”

撒克逊听了不禁打了个寒战。她想起了玛丽，她已烂掉了。还有伯特和另外一些人，全已烂在城里了。汤姆和其他的人正在烂掉呢。

“这是个伟大的国家，”本森继续说，“可是我们不是一个伟大的民族。基普林说对了，我们被挤出去了，现在坐在门廊上。最糟的是，我们没有理由不应比别人更熟悉这个国家。所有的农学院里，试验站里，示范训练车上，我们都在教人们，可是他们就是不理解。移民呢，他们只在普通学校学习过，就把我们击败了。我的父亲是个老学究，他讥笑我的看法，戏谑地称其为理论。我毕业后，在我父亲去世之前，旅行了两年，我想看看老的乡村是怎么搞农业的。哦，我看到了。

“我们很快就要进入山峡。我肯定是看清了。在日本，最先进入人们视线的是有梯田的山坡。比如一座很陡的山，马也上不去。可是这样的山难不倒他们，他们把它做成一层层的梯田：一垛石墙，砌得很工整，六英尺高；一块平的梯田，六英尺宽；同样的墙，同样的梯田，墙上有墙，梯田叠着梯田，层层向上，直至高空。在山头，我看到过十英尺高的墙，上面是三英尺宽的梯田，还有二十五英尺高的墙，梯田土层是四至五英尺厚，他们就在那样的土地上种庄稼。那些土都是他们装在箩筐里背上去的！

“我去过的地方，情况都一样。我到过希腊、爱尔兰、达尔马提亚，人们都是那样种庄稼的。他们去各处搜集能找到的每一点土。寻得很仔细，甚至用手一把一把或用铲子一铲一铲去偷土，然后用背把土扛上山去，在那里建农田，在光光的岩石上造农田。在法国，我看见山里农民在河床边挖泥巴，就像我们祖先在加利福尼亚溪边挖金子那样。只是我们的金子花掉了，可是那些农民的土仍留存着，年复一年翻耕，一年四季用来种庄稼。我说得太多了吧，好，我不说了。”

“我的上帝。”撒克逊喃喃地说，语气里充满敬畏，“我们前辈从不那样，怪不得他们被别人取代了。”

“看，这就是我们要看的山峡。”本森说。

撒克逊发现这不是一个大峡谷。但是每一处，在平地上，在高低起伏的群山上，达尔马提亚人的那种勤奋和聪明到处可见。她边看边听本森讲话。

“你知道老殖民者用这漂亮的土地做什么吗？他们在平地上种粮食，山丘上放牛群。而现在，这里有一万两千英亩土地种上了苹果。比如马蒂欧·兰土尼奇，他是一位有独创精神的农民。他经过城堡园来到这里，成了一名洗盘子的。见到这个山峡时，他明白这就是他的淘金地克朗代克。今天他租用了七百英亩，自己拥有一百三十英亩，他的果园是这山峡中最好的，果园每年生产出口苹果四万至五万箱。这许多苹果，他谁都不让摘，只允许一个达尔马提亚人摘了一个。有一天，我开玩笑问他，他的一百三十英亩愿卖多少。他回答得十分认真。他对我说，这些土地连年为他净赚了多少，平均每英亩价又是多少，他要我以百分之六为递增率计算他的本金。我算了，每英亩为三千多美元。”

“那些华人在山峡里经营什么？”比利问道，“也种苹果吗？”

本森摇了摇头。

“不过，这是我们美国人被挤出去的另一个领域。这山峡里浪费的东西是没有的，一丁点也不浪费；但不是美国人在节约。这里有五十七个苹果脱水炉，苹果罐头厂，更不用说苹果酒醋厂了，这些厂子都是华人约翰先生开办的。它们每年出口一万五千桶果汁酒和醋。”

“是我们的祖先创立了这个国家，”比利谈起了他的认识，“他们曾为她战斗，开拓了她，做了一切——”

“但是没有发展她。”本森插话说，“我们尽力破坏了它，就像我们当初破坏新英格兰土地一样。”他挥了挥手，意指山丘后的某个地方。“沙里那斯就在那个方向。如果你们经过那里，你们或许会以为到了日本呢。在加利福尼亚，被日本人接过去的富饶的水果小山峡不止一个。他们的办法和达尔马提亚人的稍有不同。他们先打日工采摘苹果，他们的工作比同行美国人要出色。种苹果的美国佬喜欢雇用他们。当他们有力量了，就组织起日本人联合会，继续迫使美国劳力撤离果园，而水果种植老板仍乐意雇日本人。接着是日本人不愿采摘苹果了。这时，美国劳力又走了，种植老板孤立无援，果树毁了，于是日本劳工的头头就进来了。他们现在已经是主人了。他们以契约方式承包农产品。水果种植商任由他们摆布，你看这有多惨。不久，日本人经营起这个峡谷来了。水果种植商就成了在外业主，忙于学习城市的高标准生活，忙于去欧洲旅游。日本人只差一步了，就是把土地买过来。”

“可是这样下去，我们还有什么呢？”撒克逊问道。

“不是已经清楚了吗？我们当中一无所有的就烂在城市里。有土地的就卖土地，然后去城市里。有的成了更大的业主，有的从事起各种职业，有的就是花钱，花光了就开始腐烂。

如果钱多，他们就花一辈子，那么由他们的子孙代他们腐烂。”

不久他们长途搭车结束。分手时，本森提醒比利别忘了那项等待他的稳定工作。他说，他们决定后，可随时告诉他。

“我们想先找找政府的土地。”比利回答说。

比利和撒克逊背上扛着背包，又开始了艰难的跋涉。

走了几百码路，比利先打破沉默：

“撒克逊，我又有个想法想告诉你。我们可不能到处去寻找，去偷扒滴滴点点的泥巴，用筐把它们背上去。美国还很大。本森或其他人的话，我看不一定要相信。美国没有完，还有许许多多的土地没有开垦，正等着我们呢，要我们去找到它们。”

“我也告诉你一个想法，”撒克逊说，“我们是在接受一种教育。汤姆是在牧场长大的，但他对农业状况还不如我们知道得多。还有一点是，我越想政府的土地，越觉得我们可能会失望。”

“别相信人们告诉你的那些话。”他不同意她的看法。

“不是这么回事，这是我自己的想法，我要你拿主意。如果这一带土地每英亩要三千美元，那么，要是政府的土地是好地，而且又在近处，还会在那里闲着让人去寻找吗？”

比利听了，思考了好一会儿，但回答不上来。

35

他们从蒙特莱出发，取道跨越丘陵的直通大道，而没有走海岸的第十七马尔大路。所以他们来到卡尔米尔海湾时，对优美的景色竟然丝毫没有觉察。他们顺道穿过刺鼻的松树林，路经艺术家和作家们居住的小型别墅，这里浓绿蔽日，房子古雅而朴实。尔后他们跨上绵延起伏的沙丘，沙丘四周长着茁壮的羽扇豆，顶上淡白色的加利福尼亚罂粟随风摆动。那风光太迷人了，撒克逊突然高兴得惊叫起来。接着屏息凝视着奇妙壮观的海浪，只见金灿灿的阳光穿过浪花，浪花披上一层闪闪发亮的蓝色；海浪哗啦啦地涌上一英里长的海滩，瞬间发出轰隆隆巨响，在那白色的月牙形沙滩上抛下一片乳白色的泡沫。

撒克逊几乎忘记了一切。他们久久地站在那儿，观看一排排壮丽的海浪。只见风狂海沸，一个个巨浪骤然从底谷腾起，带着浪花涌向海岸，在他们脚下发出雷鸣般的巨声。比利大声笑着从她肩上卸下篓子，这时她才醒悟过来。

“瞧你看的样子，是否想停下来歇歇脚？”他说，“我看还是休息一下吧，轻松下身子。”

“真想不到，真想不到。”她深情地拍着双手，连连称奇。

那惊涛拍岸令她百看不厌，赞叹不已。她凝目远眺，发现海平线上是一层深深的孔雀蓝，上面堆起层层云障；又凝视远处的海滩，只见它成曲线形，与北面的嶙峋山岩相连；举目回视内陆方向，但见一片平坦低矮的山丘，山丘那端，群山郁郁葱葱，山中岩石林立。那山下便是卡尔米尔山峡了。

“还是坐下来喘口气吧。”比利关心地说，“这里太好了，真不想走了。”

撒克逊点了点头，立即开始松解鞋带。

“你是不是去？”比利问道，他既惊奇又高兴，然后也开始解自己的鞋带。

陆地和海洋交接处是湿漉漉的沙地，沙地边缘崎岖不平。他们俩正要赤脚向沙地跑去，忽然见到一个陌生、奇妙的人影从阴暗的松林中跑下来，跨过沙丘。他身穿游泳裤，赤裸裸的十分引人注目。他皮肤红润，长着胖乎乎的娃娃脸，卷曲的黄头发；他体魄魁梧，浑身是结实的肌肉，看上去就如大力神赫拉克勒。

“哎呀！一定是桑多。”比利低声对撒克逊说。

然而，她正想着母亲剪贴簿里的雕刻印刷品和英格兰湿沙滩上的海盗。

那人从距离他们十几码的地方跑过去，奔过湿沙地，直跑到带泡沫的波浪没过他的膝盖时才停下来。恰好此时，一垛高高耸立的水墙就在他身旁升起。他那高大有力的身躯，在即刻倾倒的雷霆万钧的海浪前却显得十分苍白无力。撒克逊惊呆了，她偷偷看了一眼比利，他也看得十分紧张。

可是那陌生人却跳起身来，向浪迎去。正当他似乎要被大浪压倒时，他纵身潜入浪中不见了。那巨浪轰的一声倒在海滩上。这时海面上浮起一个人来，黄黄的头发，一只手臂伸展，部分肩膀显露。他在那里只划了几下，推进身子又冲入一个大浪。这是搏斗，是向肆虐海岸的海浪的搏斗。每次他冲入浪里，在他们的视线中消失时，撒克逊都会屏息凝视，捏紧拳头。好几次他似乎一定失败了，一定会被抛在海滩上，可是半个小时过后，他又出现在激浪的后方位上，在那里顽强地游着，不再潜水，却奋击浪尖。不多时，他游得远了，他们只偶然间才能见到他小小的人影。最后连他那小小的斑点也看不见了。撒克逊和比利互相看了看，她对游泳者的勇气感到惊讶，她那蓝色的眼睛闪现出惊叹的神色。

“那男孩确实是个了不起的游泳手，确实了不起。”他赞扬说，“我只知道在游泳池里和河湾里游泳。要是我能游得像他那么好，我可骄傲死了，你永远也别想追上我。撒克逊，上帝面前不说假话，我宁愿学到他那一手而不要一千个农庄！

在游泳这一运动中我还从未见到那样厉害的好手。我想等他回到岸上后再走。在汪洋大海中，他独自儿在巨浪中游泳，真是了不得！有勇气，有胆量，真行，真行。”

撒克逊和比利赤着脚在海滩上互相追逐。他们身上裹了一条条海草，像小孩似的玩了一个小时。这时他们瞧见那黄红色的头向海岸游来。比利走到拍岸浪边沿想与他见面。他走出海水，他们发现他的皮肤不像刚才入水时那样白了，而是红红的，那是他和大海拼搏时，海浪撞击的印记。

“你是个奇才，真的，我是这样想的。”比利上去和他打招呼，由衷地表示他的钦佩。

“今天的浪好大。”那年轻人边说边点头表示致意。

“难道我从前从未听说过你这个勇士吗？”比利疑惑地问道，他在努力寻找一些细微的痕迹，希望认出眼前的这位体育奇才。

那人大声笑了笑，摇了摇头。比利是想不到的，他是体育运动比赛第十一代表队队长，他已有了家庭，做了父亲，是位作家，写了许多书。他以特有的在橄榄球场上辨认新尖子的眼光，打量着比利。

“你是个真正的男子汉，”他以赞赏的口气说，“是男子汉中顶呱呱的。你懂得拳击，我猜得对不对？”

比利点了点头："我叫罗伯兹。”

那游泳的汉子皱了皱眉头，但怎么也回忆不起这个名字。

“比尔——比尔·罗伯兹，”比利补充说。

“哦，嗬！是不是大个子比尔·罗伯兹？嘿，我见过你打拳击，那是在密凯尼克斯大帐篷里，是地震以前。我记得你能用两手击拳，力道足，但运拳慢。那晚你运拳缓慢，却赢了对手。他击拳无力。我叫哈柴德——吉米·哈柴德。”

“你好像是足球教练，两年前我在报纸上读到过你，对不对？”

他们十分友好地握了握手。比利介绍了撒克逊。两个高个子前，她自觉非常矮小，但也感到非常自傲，因为她和他们同属一个种族。她只能听着他们讲话，插不上嘴。

“每天戴上手套和你练半个小时拳该有多好，”哈柴德说，“你可以好好教我。今晚你们会在这里吗？”

“不。我们沿海寻找土地。不过我可以教你几下，你也可以教我一样东西——冲浪游泳。”

“我们可以互相交流，什么时候都行。”哈柴德建议。他又转身对撒克逊说：“为什么不在卡尔米尔待一会儿呢？这地方还可以呀。”

“这里很美，”她温和地莞尔一笑，“但是——”她转身指着羽叶豆边上的背包，“我们还得旅行，寻找政府的土地呀。”

“如果你们过了苏尔山找土地，就由你们找了，”他高声笑着说，“我得跑回去换衣服啦。如果你们回头，就来找我。这里每个人都知道我住的地方。再见啦。”

和他来时那样，他跑步越过沙丘，走了。

比利怀着钦佩的眼神望着他远去。

“好汉子，真是好汉子。”他不停地轻声说，“嘿，撒克逊，他名气大着呢！很谦虚，一点傲气也没有，没有架子。嘿！我对我们美国又有信心啦。”

他们离开海滩，来到一条小街道，在那里买了肉、蔬菜，半打鸡蛋。一家商店的橱窗陈列着彩虹色的闪光鲍鱼珍珠，十分迷人。撒克逊几乎看馋了眼，比利拉了她一把，她才恋恋不舍地离去。

“这里沿海一带都长鲍鱼。”比利安慰她说，“你要多少我以后都给你采来。退潮时就有。”

他们向南走去。松树林中，艺术家们古雅、漂亮的房子到处隐约可见。坡度较明显的大路直抵卡尔米尔河。他们走着走着，不知不觉来到一幢房子前。

“我知道这是什么房子。”撒克逊低声说，“这里是古老的西班牙传教团住处，自然是卡尔米尔传教团了。”

教堂被小山丘遮掩,因此从这里望不到海洋。它十分简陋,墙是由泥坯和麦秆筑成的。由于人烟久绝，教堂已无丝毫生气。四周是一片断壁残垣，当年却是成千上万朝拜者的住舍。教堂默默立在中间，显得甚是凄凉。撒克逊和比利来到门前，只觉气氛压抑。他们轻轻地迈着脚步，轻轻地说着话，竟然有点儿怕跨入门去。这里已没有牧师，没有朝拜者了，但教徒活动的形迹随处可见。比利看了看凳子，判断说当时教徒人数一定不多。后来他们爬上钟楼，钟楼因地震而裂开了。他们看到了手工劈的木料。在走廊里，他们清晰地听到了自己说话的回声，撒克逊不禁为自己的失态感到战栗，她细声地唱起了《基督，我灵魂的依托》开头的几句歌词。她欣喜地发现自己唱得很动听，于是身靠在栏杆上，逐渐放开嗓子：

基督啊，我灵魂的依托
　让我飞向你的怀抱吧，
河海在身旁翻腾，
　暴风在近处大作。
啊，我的救星，庇护我吧，庇护我，
　直到生命的暴雨过去，
直到避风港赐我安全的庇护。
　啊，让我的灵魂最终在你那里归宿。

比利靠在古墙上，深情地望着撒克逊。她唱完时，他低声细语地说：

“唱得好极了——真好听。你唱歌时要是能看看自己的脸，就好了，真动人，和你的嗓子一样漂亮。你说多有意思，我从不想宗教，只有我想到你时才会。”

他们在柳树下安下营，做了饭，整个下午就坐在河湾北岸低处的岩石上游玩。他们原本没打算下午待在那儿，但眼前的景色太让他们陶醉了，他们舍不得离去。海浪轰隆隆地不断撞击岩石；到处是各种各样、五颜六色的海洋生物，有海星、海蟹、淡菜、海葵。在一个岩洞里他们还看到了一条小章鱼，它把身子上的兜状网撒出去，罩住一些小海蟹。海蟹挣扎着，可是它们的血流逐渐被小章鱼冻住了。

退潮时，他们采到一块淡菜，好大，有五六英寸长，还长了须子，犹如一位年老的族长。后来比利去四周寻找鲍鱼，但怎么也找不到。撒克逊躺在岩石上，玩着身旁岩洞中的晶亮的清水，她一次次用手舀出熠熠闪光的宝石——破碎的贝壳和卵石，它们五彩缤纷，有玫瑰红的，有蓝的，有绿的，有紫的，每块都光彩炫目。比利回来坐在她身边，海上的阳光略带凉意，比利感到十分舒适。他们一起观看夕阳徐徐沉下海平线。那里，海洋是湛蓝湛蓝的。

“你刚才在想什么呢？”过了一会儿他问道。

“不知道想什么。比利，这样过一天也许胜过在奥克兰的一万年呢。”

36

撒克逊和比利往南走了几个星期，可是最后还是回到了卡尔米尔。他们在哈夫勒家停留。哈夫勒是诗人，他家是幢大理石房子，是他亲手建的。这幢风格别致的房子其实只有一个房间，几乎全部由白色大理石建成。哈夫勒在庞大的大理石壁炉里烧菜做饭，那方法犹如在营火上做菜一般。壁炉成了他的厨房，一切炊事全在那里进行。诗人正要去圣弗兰西斯科和纽约，他们来了特意在家陪了他们一天，向他们介绍了乡村情况，和比利简要谈了谈政府土地状况。翌日，哈夫勒去了蒙特莱赶火车。临行前，他要他们住在大理石房子里，不要有任何拘束。并说，如果他们想在那里过冬的话，就请别走了。

连续几天他们出去寻找政府土地，但最后只得很不情愿地放弃了。圣塔·路西亚山的红杉峡谷和大峭壁深深地吸引着撒克逊，但是她记得哈夫勒对她说的话，那里夏天的雾有时会连续一两个星期遮住太阳，有时一连几个月不散去，并且那地方去市场很不方便，最近的马车驿站，离那里还有许多英里，从那地方经苏尔山峰到卡尔米尔，路程不仅令人厌倦而且不安全。比利以他车夫特有的感受不得不承认扛着沉重的背包旅行确实是一件不轻松的事。

比利仍幻想着绿草茵茵的山坡，坡上马羊成群。他怎么也放弃不了这样的憧憬。不过他愿意听撒克逊的意见，她坚持要建一个他们在奥克兰电影上看到的那种农庄家园。

“但是庄园上一定要有红杉树。”撒克逊急忙补充说，“我已恋上红杉林了。此外必须有好的马车道，庄园离铁路不超过一千英里。”

冬天大雨连绵，下了两个星期，他们被困在大理石屋里。撒克逊翻阅了几本哈夫勒的书。大多数书，她看不懂，这令她十分沮丧。比利用哈夫勒的枪去打猎，可是他枪法不准，是个蹩脚的猎手。他只对打野兔有把握，当兔子立起来站停时，他就能打中。他常对自己说牢骚话。但撒克逊看得出，他其实是十分高兴的。他虽然这么迟才产生打猎的兴趣，但这迟来的癖好似乎使他换了一个人。他在外从早到晚翻山越岭，有次甚至徒步走到汤姆说起过的金矿，整整两天没回来。

“聊聊城里的辛苦活儿，谈谈看电影和星期天野餐，这样来消遣时光，”他常大声说，“我看没什么叫我苦恼的。我永远忍受得了这种生活。我早该一直住在这里了。”

他们在离开驿站返回卡尔米尔路上，大路的状况告诉他们，放弃寻找政府土地是明智的。沿途，他们看到一牧场主的马车翻在路旁，一辆马车断了轴，公共马车停落在距大路一百多码的山坡下，旅客、车马、道路，一切都告诉他们不要再去寻找政府的土地了。

“我猜想冬天人们不会再用这条路了。”比利说。

在卡尔米尔住下来是容易的。一位名叫马克·哈尔的诗人主动免费让他们使用一幢简陋的小屋，小屋有三间房子，持家设施齐全。哈尔马上让比利在他的土豆地里工作。土豆地有三英亩大，诗人不定期的在地里劳动，这给了他的同伙们极大的乐趣。他一年四季都种庄稼，大家都相信，地里不烂的东西一半是地鼠，还有一半是吃庄稼的牛。犁借来了，一组马雇来了，比利着手行动起来。他还绕地筑了一道篱笆，此后，又给平房的木片瓦顶上了油漆。

从经济角度上说，撒克逊和比利节省了许多钱。他们不要交房租，而且生活简朴，开支很少。比利爱劳动，他总有许多工作做。这个群体的各个成员似乎合谋好了，不让他空闲下来。他做的都是杂活儿，但是他喜欢，因为这样他就会有时间和吉米·哈柴德在一起。每天，他们练拳击，练冲浪和长距离游泳。哈柴德早上完成写作后，就会在松林中高声叫喊比利。比利于是就扔下手中的活，向他走去。

他们游泳后，就在哈柴德家冲淡水淋浴，以训练营的方式互相擦身，然后一起用膳。下午，哈柴德坐回桌边工作，比利则回室外劳动。稍晚，他们常翻越山丘跑几个英里。锻炼成了他俩的习惯。哈柴德结束了七年的足球生涯以后，知道对肌肉强壮的运动员来说，突然停止锻炼就是等待可怕的死亡，所以他一直强迫自己不断锻炼。锻炼对他不仅是必要的，而且还是他的爱好。比利也喜欢锻炼，他非常喜爱自己健康魁梧的体格。

常常一清早，他就手提猎枪，和马克·哈尔外出。哈尔教他射击和打猎。这一带地区人口比较稠密，没有大猎物，不过比利仍能不断给撒克逊猎取些松鼠、鹌鹑、白尾野兔、长耳大野兔、鹬以及野鸭之类的野味。他枪法日趋娴熟，后来他想起苏尔山下从他枪口下逃脱的野鹿和山狮就深感懊悔。在他们规划今后农庄的时日里，他的打猎活动给他的生活增添了许多乐趣。

“那里必须有山，有峡谷，有富饶的土地；必须有清澈的溪流，漂亮的马车道，铁路不会很远；那里必须有充足的阳光；夜间凉爽，只需用毯子即可御寒；那里不仅要有松树林，还要有许多其他树种；林中有宽阔的草地来饲养比利的牛马，林间有鹿群和野兔供他射猎；那里还必须有许多许多的红杉——还有——没有雾。”撒克逊这样描绘他们要寻找的农庄。马克·哈尔听了开心得大笑起来。

“还有夜莺栖息在林中，”他大声地说，“那里的鲜花不谢不落，那里的蜜蜂不会蜇人；每天早上有蜜露，时时有阵阵甘露，还有永恒的泉水，点金石的石场。来，我来告诉你吧。”

他摊开州的道路图仔细看了起来，撒克逊在旁瞧着。他在地图上没找到什么，于是取出一本地图册。那里有世界各国地图，但他仍找不到他想寻找的地方。

“没关系。”他说，“今晚过来，我会给你看的。”

那天夜晚，他带她到游廊看望远镜。她在望远镜里看见了整个月亮。

“那上面某个峡谷里有你要找的农庄。”他取笑说。

他们进屋时，哈尔夫人好奇地看了看他们。

“我在给她看月亮上的一个峡谷呢，她想去那里建农场。”他大声笑着说。

“我们出发时，就准备走远路。”撒克逊说，“如果真的要去月亮，我想我们能去。”

“可是，亲爱的孩子，在地球上你就别指望找到这样的天堂了。”哈尔说，“比如说，有红杉就必有雾。它们是不能分的，红杉林只生长在有雾的地带。”

撒克逊沉思了片刻。

“好的，我们可以忍受一点雾。”她让步说，“几乎都可以忍受，只要有红杉林。”

晚上，过了一会儿后，大家仍议论着经农的话题。哈尔一味地讥笑美国。他称它为“赌徒的乐园”。

“我们有多难得的机会，”他说，“一个新兴国家，四周是海洋，地理位置好，气候适宜，有世界上最丰饶的土地，最巨大的自然资源。而这里却成了东部移民的家。他们抛弃了旧世界的管束，来这里想享受民主。只有一样东西使他们不再完善他们倡导的民主，那就是贪婪。他们像一群野猪，贪婪地吃掉视野内的一切东西，当他们攫取这一切时，民主也就毁了。攫取成了赌博。这个国家尽是吹牛的赌棍。每当一个人输掉了赌注时，他所能做的只是向西迁移几个英里，寻找边远的地区，再下一笔赌注。他们像蝗虫那样越过地面，毁掉一切——印第安人，土壤，森林，等等，就像他们毁灭野牛和候鸽那样。他们在生意和政治上的道德是赌徒的道德。所以赌博万岁！没有人反对，因为没有人不赌。

“所以他们从大西洋攫取，赌博到太平洋，直至他们像野猪那样毁掉整个大陆。毁完陆地、森林、矿藏以后，他们就回过头来进行赌博，为以前忽视的任何小小的赌注赌博，为特权、为垄断权进行赌博，他们利用政治维护不正当的买卖，激发他们的赌兴。民主于是彻底被葬送了！

“然后就是最可笑的时候了。输家再也没有赌注，而赢家之间继续进行赌博。输家只能站在四周袖手旁观。当他们饿了，他们就手提帽子，向胜利的赌徒乞求工作做。这样输家就去为赢家卖劳力，从此他们就一直为赢家工作，民主就被丢进盐河里，变味了。你，罗伯兹，这辈子从没插手赌博，那是因为你的家人都落选了，成了失败者。”

“那么你呢？”比利问道，“我没看见你充当什么角色呀。”

“我不必充当什么角色，我是无足轻重的，我是寄生虫。”

“是什么？”

“跳蚤，树蜱，任何不花钱白吃的东西。我靠工人患疥癣的皮肤养肥自己。我不必去赌博，我不必去工作。我父亲赢了许多，他留给我的，足够我生活了。唉，我的小伙子，别打扮自己。你的祖宗和我的一样坏。只是你的祖宗输了，我的祖宗赢了。因此你就在我的土豆地里耕地。”

“我看不见得，”比利固执地争辩道，“一个人如果能奋斗，有勇气，今天也能成功——”

“在政府的土地上？”哈尔打断他的话问。

比利被窘住了，答不上话来。“不管怎么说，他能赢。”他重申自己的看法。

“当然——你是说，他能把别人的工作赢过来？一个身强力壮的年轻人，头脑又灵，比如你这样，在哪里都能赢得工作。但想一想那些输掉的人，想一想他们身上的缺陷，他们有多难受。你沿途遇到的流浪汉有多少能得到为卡尔米尔马房赶回马车的工作呢？而且他们当中，有些人年轻时和你一样身强力壮。还有，你得到的一切不是大声叫喊赢来的。以前为土地赌博，现在为工作赌博，这个变化可是一种极大的耻辱呀。”

“不过——”比利又开始说。

“嘿，你是天生的固执。”哈尔不客气地打断他的话，“为什么不是？这个国家的人祖祖辈辈都在赌博。你出生时，赌博到处都是，你有生以来一直在呼吸充满着赌博的空气。你从没有在赌博中玩过一个白色筹码，但你仍在为它叫喊，为它脱帽致意呢。”

“可是我们这些输家该怎么办呢？”撒克逊问道。

“叫警察来，阻止赌博，”哈尔这样主张，“这是不正当的。”

撒克逊皱了皱眉头。

“做前辈没做的事。”他大声强调说，“不要怕，大胆地去完善民主。”

她记起了墨西戴斯的一句话：“我有一位朋友说，民主是一种妖术。”

“是的——在赌博的场所里，在我们公共学校里，上百万男孩此刻正在和盘接受‘运河男孩到总统’这种愚蠢的思想。千千万万富裕的公民每夜可睡得香呢，他们相信，在治理这个国家中，他们有着发言权。”

“你说话像我兄弟汤姆。”撒克逊说，她不理解他的话，“倘若我们都关心政治，努力工作，使事情变得更好，或许过一千年后，我们就会有民主。可是我现在就想要，我不能等待，我现在就要民主。”

“可是，亲爱的孩子，这就是我要告诉你的呀。所有输者的毛病就在这儿，他们不能等，他们现在就想要——一堆筹码，在赌博中一掷，嘿，他们现在是得不到的。那是你的问题所在，在月亮上寻找峡谷。这也是比利的问题所在，苦苦地想从我这里寻找赢得十美分的机会，而又在那里咒骂喝西北风的滋味。”

“哎呀——你成了街头演说家了。”比利评论说。

“要是我没有父亲的不义之财来开销，我会成一个街头演说家的。这不关我的事，让他们烂掉吧。如果他们有成就的话也同样坏。整个都是一团糟——瞎眼的蝙蝠，饥饿的野猪，肮脏的鸶群——”

哈尔夫人突然插话说：

“喂，马克，别说了，你会很难受的。”

他撩了撩蓬乱的头发，强笑了一下。

“不，我不会的，”他说，“我要玩一盘纸牌戏，从比利那里赚十分钱，他不会取胜的。”

在卡尔米尔亲切友好的气氛中，撒克逊和比利生活得非常愉快。他们感到自己的身份都提高了，撒克逊觉得她不只是一个洗衣工，不只是一位车夫的妻子。她不再关闭在松柏大街那个狭小的工人阶层环境中。生活丰富了，物质上、精神上，他们都比以前过得好。他们的面部表情，走路的神态，都显示了这一切。她知道比利从没像现在那么潇洒，那么健壮，那么生气勃勃。她羞羞答答地告诉比利说，有天在卡尔米尔河洗冷水澡时，哈尔夫人和其他几位主妇都热情地赞慕她优美的体形，她们称她为维纳斯，并要她摆各种姿势给她们看。

男人们更是公开坦率地赞美撒克逊。但是她十分持重，没有忘乎所以，她是不会浮躁的。她对比利的爱比任何时候都要强烈。她对人们的溢美之词泰然处之。她了解他，对他的爱从不遮遮掩掩。他不像这里的人有学问，有艺术，懂文法。他不是那种文人，她很清楚。她也知道，他永远不会成为那种人。可是她是不会愿意拿比利换取这里任何一位文人的，甚至马克·哈尔也不行。哈尔有颗高尚的心，她爱他，同样也爱他的夫人。

在爱方面，她发现比利身上有一种健康正直的品行，一种真诚的本质。在她看来，这些比所有的学问和银行存折都要宝贵得多。

如果有人一定要说比利在她心中的地位，她就会一言以蔽之："男人。"是的，他一直是响当当的男人，他的气概，他的气质，都是那样地光彩照人，显示出他是真正的"男子"。有时当她回忆起，比利告诉某个好斗的男子"别站在那儿"的样子时，她会自个儿高兴得泪光滢然。"滚开，别站在这儿。"这就是比利！这就是出众的比利！正是这样的比利爱着她，她知道这一点，她凭一种感觉知道这一点，而这种感觉只有女人才知道如何测定。是的，他爱她不如她那样热烈，但比她更纯朴更成熟。只有爱情永葆青春——能不回城里去有多好。在城里精神上的美好东西已经消亡，只有邪恶在那里张牙舞爪。

他们打算夏初告别卡尔米尔。人们听说他们要走，都来苦苦相留。这令撒克逊十分欣慰和感动。卡尔米尔的马房主人提出每月给比利九十美元的薪水，要他照看马房；太平园林的马房主人也以同样的工钱要雇请他。

“去哪里呀？”一位熟人在蒙特莱车站站台上向他们问道。

“去月亮上的山谷。”撒克逊高兴地回答说。

八

37

“去年冬天我们搭车来蒙特莱，而现在我们乘车告辞了，真有意思！”比利在火车开出站台时说。

他们决定不走老路，而坐去圣弗兰西斯科的火车向北旅行，那里不冷不热，气候宜人。他们打算跨越海湾到索沙利托，然后经沿海各县向北行走。有人曾对他们说，那里可找到真正的红杉林。比利坐在吸烟车厢里，坐在他身旁的是位长着漂亮脸蛋，黑色眼睛的男子。比利一看就知道他是犹太人。似乎是上帝的安排，那犹太人转变了他们行动方向。比利记得撒克逊的告诫,要他随时多问问题。他看准了这个机会，和那男子搭起话来。他很快获悉更斯顿是位代理商。意识到他讲的内容对撒克逊极有价值，比利觉得必须告诉她。当更斯顿抽完烟时，比利立即邀他去隔壁车厢见撒克逊。在旅居卡尔米尔之前，比利是没能耐这样做的。而现在他至少已学到了这点社交手段了。

“他刚才向我讲起土豆王的事，我想让他对你说说。”比利向她介绍了更斯顿，并解释说，“更斯顿先生，请给她讲讲那位去年靠种芹菜和芦笋赚了一万九千美元的家伙吧。”

“我刚才在告诉你丈夫圣约昆因河上游华人成功经营的方法。你们去那里看看是值得的，现在去最好——这时候还没有蚊子。”

“给她说说周兰的事。”比利要求他。

代理商向后仰了仰，笑了笑。

“七年以前，周兰还是个身体很弱的老病鬼，他只会玩番摊牌。他身无分文，健康状况极差。他在金矿工作了二十年，把背都累驼了，在那里洗早期矿工留下的尾砂。他挣的钱全扔在赌博里了，而且还欠六家公司三百美元的债——那是他们华人自己的事。别忘了，这只是七年以前的事，身体跨了，三百美元的债，没有事做。后来周兰突然去了斯多克顿，在泥炭地找到了一份工作，工资以日计算。那是一家华人公司，在中间河下游，从事芹菜和芦笋生产。到那时他才开始认真做人，思考起自己的事来。

“他积蓄了两年的工资，在一家三十股公司中买了一股份。那只是五年前的事呢。他们从一位喜欢在欧洲旅游的白人手里租借了三百英亩的泥炭地。他用第一年股份赚的钱自己办了一家公司。可是第一年运气不好，他盈亏抵消，没赚钱。那是三年以前的事。第二年，他获得大丰收，净利赚了四千。第三年他赚了五千，去年他净赚一万九千美元！”

“哎呀！”撒克逊惊讶得无话可说。

看见她渴望的样子，代理商又滔滔不绝地讲了起来。

“那儿有个叫孙金的，他是斯多克顿土豆大王，我很了解他。我和他做的大宗生意最多，但从他那里赚的钱比从其他我认识的人那里赚的钱要少得多。他原来只是个苦力，三十年前偷偷溜进美国。开始他做日工，后来挑着两个箩筐做菜贩子，再后来在圣弗兰西斯科的华埠开了爿商店。可那家伙头脑灵活，没多久他就招来许多华人农民去他商店做生意。商店赚钱不快，不能满足他的心。他到了圣约昆因河上游。两年里他没做任何事，只是擦亮眼睛，仔细寻找机会。后来他抓住了机会，租了一千二百英亩地，每英亩租金是七美元——”

“唷！”比利说。“第一年的租金就要八千四百美元。我知道有五百英亩地，我可以以每英亩三美元价格买下来。”

“可以种土豆吗？”更斯顿问道。

比利摇了摇头说：“怕是什么也种不了。”

三个人都尽情地笑了起来。代理商忍住笑说：

“那七美元仅仅是土地租金。或许你知道，耕一千二百英亩地要花多少钱？”

比利认真地点了点头。

“那年他一英亩收了一百六十袋土豆，”更斯顿继续说，“土豆价每袋是五十美分。我父亲那时是公司的头头，所以我知道具体情况。孙金本来可以以五十美分的价格出售，赚一笔钱，可是你知道他怎么办？华人真行，他们了解市场。在这一方面，他们比代理商强多了。孙金沉得住气，当大多数人卖掉土豆时，价格上涨了。我们向他提出六十、七十美分一袋，甚至一美元一袋，向他购买时，他却笑我们这些买者。你想知道他最后卖多少价吗？一美元六十美分一袋。一百六十乘以一千二百——我想想——十二乘以零是零，十二乘以十六是一百九十二。十九万两千袋，每袋以一美元二十五美分纯利来计算——一百九十二除以四是四十八，加上，是二百四十——那年他的总纯利收入是二十四万美元。

“当然，那是很不寻常的。”更斯顿急忙说明，“其他地区土豆普遍歉收。有点奇怪的是，孙金以后就没动静了。他再也没那样赚钱。可是他稳扎稳打，去年他种了四千英亩土豆，一千英亩芦笋，五百英亩芹菜，五百英亩菜豆。他还经营了六百英亩的种子田。不管一两种作物发生什么灾害，他不会在所有作物上都受损失的。”

“美国人为什么不这样做呢？”撒克逊问道。

“因为他们不愿这样做，我想是这样的。没人阻止他们，只是他们自己。我告诉你一件事，与华人打交道的事。他们很诚实，说了话是算数的。如果他们说，他们要做一件事，他们就会做。不管怎么说，白人不懂经农，甚至现代化的白人农民也只满足于一次种一作和轮作。华人约翰先生和白人打赌是否一作更好。他在同一块地上一次种两作。我见过——是小萝卜和胡萝卜，两种作物，一次播种。”

“这不合道理，”比利表示异议，“这样每种作物只成了一半了。”

“又是猜想。”更斯顿微笑说，“胡萝卜长得这么高时，就要间苗。小萝卜也要这样。但胡萝卜长得慢，小萝卜长得快。长得慢的胡萝卜起到了间小萝卜苗的作用。当小萝卜拔起上市时，就替胡萝卜间了苗，胡萝卜接着就发了。你是精明不过华人的。”

“不明白白人为什么不能像华人那样做。”比利不服气地说。

“这话听起来问得在理。”更斯顿回答说，“唯一的理由是白人不想那样做。华人忙得没有空闲的时间，地也没有闲的时间。他们有制度，有办法。谁听说白人农民保存书籍呢？华人却存书，他们不作猜想。他们知道作物生长的每个环节，知道每个环节该做什么，一丝也不差。他们了解市场，从中渔利。他们的办法我不懂，可是对市场比我们代理商更熟悉呢。”

和更斯顿聊了几个小时。然而关于华人和他们的务农方法，他讲得越多，撒克逊越觉得那方法令人不满意。她不怀疑这些是事实，但认为它们没有诱惑力。不知怎的，她感到在她的月亮谷里不能用那些方法。和蔼的犹太人下车后，比利发表了自己的看法，他的话清楚地解释了她略感困惑的问题。

“嘿！我们可不是华人，我们是白种人。有哪个华人会骑上马一心一意地去从事选举，他们忙得连玩乐的时间也没有呢！你见过一个华人在卡尔米尔顶着海浪游泳吗！——或拳击，摔跤，跑步，跳跃来取乐吗？你见过一个华人手臂上挂着短枪，步行六英里，又高高兴兴地带着一只小兔子回家吗？华人做什么？整日忙得团团转。可那有什么好处？如果说你和我上路以来学到了什么，那就是工作是生活中最次要的东西。上帝——要是工作就是整个生活，我得赶紧割了喉头逃离它。看看洛克菲勒，他不得不靠牛奶生活。我要的是上等牛排，一个好的胃口，什么都能吃。我要你，要有很多很多时间跟你待在一块，尽情地和你玩乐。没有乐趣，生活有什么意思？”

“哦，比利！”撒克逊大声叫了起来，“这就是我心里一直在盘算的话。许多日子以来，我一直在担心我是否想错了，我怕自己毕竟是生在城里不适合乡村生活。我没有羡慕过圣里恩德罗的葡萄牙人，我不想成为那样的人；也不想成为帕加罗山峡达尔马提亚人，甚至连莫蒂默夫人也不想做。原来你也是这样想。我们想要的是没有太多的工作，却有我们一切乐趣的月亮谷。我们还要继续找，直到找到为止。如果找不到，我们就继续过离开奥克兰以来的那种愉快的生活。比利，我们永远永远不要让自己忙得晕头转向，是不是？”

“这辈子不会。”比利肯定地大声说，犹如在神圣地发誓一般。

他们背负行装来到墨玉镇。镇上房屋稀稀落落又小又破。主要街道是一条黑色的泥巴路。路面上到处是暮春雨水冲击而成的泥沼水坑，人行道高高低低，台阶破破烂烂。

一切都凄凄凉凉，不像是美国的镇子。街两边的商店都是又黑又脏，却样子古里古怪。商店名称全是陌生的外国字，叫人看了莫名其妙。唯一的一家旅店是希腊人开办的，看上去也是肮脏不堪。

“他妈的！这不是美国。”比利嘟囔着说。

在码头，他们看到一艘艘漆得发亮的希腊轮船驶入船坞，卸下一批批漂亮的大马哈鱼，然后驶出船坞，转向西北，进入萨克拉门托和圣约昆因两河相连接的水域。

从这里望去，河湾口隐约可见。码头前方水面辽阔，水势浩荡；远处白色楼群显得十分渺小，那楼群后面低矮的蒙铁珠马山蜿蜒起伏。比利拿手指点着，叫撒克逊远眺。

“那些房子是科林斯维尔。”他告诉她，“萨克拉门托河从那里流入，你可沿着它向上，到达利欧·维斯泰，伊斯兰顿，瓦尔纳特，这些就是更斯顿告诉我们的地方。所有这些岛屿和河湾与圣约昆因河连成一片。”远处陆地不时驶过旅客火车，呼啸声久久回荡在迪亚勃罗山山麓间，巨大的迪亚勃罗山双峰挺拔俊秀，直抵蓝天。火车过后四周骤然变得寂静，然后远处传来异国口音的叫喊声和驶进河湾口渔船的嚓嘎嚓嘎声。

近一百码处，紧挨蕉草边，停靠着一艘漂亮的白色游艇，烟正从烟囱管里徐徐飘升起。游艇很小，却显得宽敞舒适。船尾上是“漫游号”三个金色大字。船舱上面坐着一男一女，在阳光下取暖。女人头围一条粉红披巾，在做缝纫，男的手捧一书大声朗读着。他们身旁趴着一条小猎狗。

“这有多好！他们不必待在城里，可在外玩乐。”比利称赞说。

一个日本人从船舱来到甲板上，他朝前坐下，提起一只鸡，拔起毛来。鸡毛浮在水面上，连成长串顺流向海湾口漂去。

“喂，你看！”撒克逊兴奋地用手指点着，“他在钓鱼呢！那钓线就系在他大脚趾上呢！”

那男子已把书翻过来放在船舱上，弯下身去拉线。那女人放下缝纫活，抬眼望着。小狗汪汪地叫起来。钓线慢慢拉起来了，钓钩上挂着一条大鲇鱼。那男子摘下鱼，在钓线上重新装上诱饵，然后把线抛下水去。他在大脚趾上绕了一圈钓线，又读起书来。

这时走来一个日本人，站在撒克逊和比利旁边的栈桥上，向游艇打招呼。他手里提着几包肉和蔬菜，一个外衣口袋鼓鼓囊囊的，全是信件，另一个插满了晨报。听见他的招呼，艇上的日本人手提着还未拔完毛的鸡，站起身来。那男子对他说了几句话，放下书，跳进船尾的白色小快艇，向岸上划来。靠近栈桥旁时，他收起划桨，稳住小艇，极友好地向撒克逊和比利说了声早安。

“嘿，我认识你。”撒克逊说，自觉有些唐突。比利甚感诧异，“你是——”她有些慌张，说不出话来。

“说呀。”那男的微笑说。

“你是杰克·奥斯汀，保险没错。我以前常在报纸上看到你的照片。在日苏战争时，你一直是战地记者。”

“你说对了。”他说，“你叫什么名字？”

撒克逊介绍了自己和比利。她注意到作家在注视他们的行装，她于是简略地告诉了他他们的长途旅行。显然，月亮谷中的农庄深深地迷住了他。那日本人溜进小艇，包着的肉和蔬菜也放进艇里，他却仍逗留在岸上。撒克逊讲到卡尔米尔时，他似乎认识哈尔圈子中的每个人。听说他们打算去利欧·维斯泰，他当即邀请他们同往。

“那好呀，我们也去那个方向，一小时内就到了，潮平时就开船。”他高兴得大声说。“就这样,上船吧。如果有风的话，下午四点，我们就可以到那里。我妻子在船上，哈尔夫人是她的密友。我们到南美去了，刚回来，要不你们在卡尔米尔就会见到我们了。”

这是撒克逊出生以来第二次坐小船，漫游号是她乘坐的第一艘游艇。作者的夫人，他称她克拉拉，热情地欢迎他们。撒克逊和她一见如故，很快和她亲热交谈起来，她也立刻爱上了撒克逊。她们俩长相酷似姐妹，奥斯汀乐了，他不断提醒大家注意。他把她俩拉在一起，仔细地观察她们的眼睛、嘴巴和耳朵，又比较她们的手、头发、脚踝，然后发誓说，他最美好的梦破灭了——原以为美丽的克拉拉塑造成以后，模子已经破了，原来没有。

奥斯汀决定在起航以前吃正餐——他按老传统名字这样称午餐。接着撒克逊看到小小的船舱整理得那样舒适，感到又吃惊又高兴。那船舱正好够比利站直身子。船中板框架纵向把船舱隔成两半，框架上用铰链附着一张饭桌，低低的铺位与船舱一般长短，用绿颜色装潢得颇为赏心悦目。它们也用作坐铺。船中板框架和船舱顶之间用钩子挂着一个布帘，看上去非常舒适。晚上帘子就成了奥斯汀夫人的屏风。对边是两位日本人的铺位。前面，甲板底下是厨房，厨房很小，只够厨师一人活动。由于甲板低他不得不蹲下来工作。那带肉菜来的日本人坐在桌子旁。

“他们在月亮谷寻找牧场呢。”奥斯汀向克拉拉解释了他们的旅行以后说。

“哦！——你难道不知道——”她大声说，她被她丈夫阻止了。

“嘘！”他不容分说地打断了她的话，然后转身对客人说：“我说那月亮谷的想法是有些意思，但我不想对你们说。这是一种秘密。我们在索诺马山峡有一个牧场，如果以后有机会去那里看看，你们就会获得那个秘密。真的，我说的是真话，这和你们的月亮山谷有关系。是不是，老伴？”老伴是他和克拉拉相互间使用的称呼。

“你也许会发现我们的山谷正是你们想找的。”她说。

奥斯汀向她摇了摇头，示意不让她说下去。她转身向着小猎狗，引它讨一块肉吃。

“她名叫佩吉，”她告诉撒克逊，“在南美时，我们有两只爱尔兰小猎犬，是兄妹俩，可是他们死了。我们叫他们佩吉和波苏。她的名字就是按原来的佩吉取的。”

漫游号的驾驶很简便，比利称赞不已。奥斯汀一声吩咐，徘徊在餐桌旁的两位日本人就走上了甲板。比利听到他们抛下升降绳，解开束帆索，把锚起到小绞车上突然停止。几分钟后，一人向下喊道，一切准备就绪。这时，所有的人登上甲板。主帆和后桅帆瞬间就升起来了。接着厨师和船舱服务员开始起锚，一人用力拉上锚，一人升起三角帆。奥斯汀站在舵轮旁，调整帆脚索以适应风向。漫游号转向下风，张开帆，船身略倾斜，跃过平静的水面，驶入纽约湾湾口。那日本人卷起升降索，走向船舱去用餐了。

他们向科林斯维尔驶去。那里小白点的楼房渐渐隐没在一座岛屿后面，蒙铁珠马群山仍安详地沉睡在远处的地平线上，那连绵起伏的低矮山峦显得悠长，宁静。当漫游号驶出蒙铁珠马湾口，进入萨克拉门托河时，他们突然发现，科林斯维尔仿佛就在手边。撒克逊高兴地拍起手来。

“好像是一群玩具房，”她说，“用卡纸板剪成似的。”

河边蕉草中间停泊着许多渔民的大平底船和水上船家。他们驶过时，看见船上的妇女和儿童与男人一样，全是黝黑的皮肤，黑色的眼睛，一副异国长相。船开向上游时，他们看见挖泥船挖起大块大块的河底沙土，堆放在大堤上。河一边的大堤坡面铺上了几百码长的大块柳条篁。柳条篁由钢丝和成千上万块水泥方石固定。奥斯汀告诉他们说，那些柳条不久会长出芽来，当柳条篁烂掉时，柳树的根已把沙土固定了。

“它的成本一定高得吓人。”比利说。

“可是土地是值得这样做的，”奥斯汀解释说，“这个岛上的土地是世界上最丰饶的。加利福尼亚的这片土地很像荷兰，还有你们想象不到的是我们航行的这带水面比这些岛屿还要高呢。”

除了挖泥船，新堆成的沙土，浓密的柳树丛和位于南端的迪亚勃罗山以外，这里什么也看不见了。偶尔河上有轮船驶过，有蓝色的苍鹭飞入柳树林中。

“这里一定非常冷清。”撒克逊说。

奥斯汀笑了起来。他说她以后会改变看法的。他又对他们说了许多河中陆地的事。后来他又说到租地经营的话题。在这之前，撒克逊曾对他谈起了渴望土地的盎格鲁·撒克逊人。

“食地猪，”他厉声说，“那是我们国家的耻辱。有一位老鲁本这样告诉农业试验站的教授：‘他们教我学农，真没意思。怎样务农我全知道，我不是在三个农庄工作吗？’可是恰恰是这类人，毁掉了新英格兰。那里，大片大片的土地又变成了荒野。

“这个国家的其他地方——南方的得克萨斯，密苏里，堪萨斯，还有这里的加利福尼亚，也正发生同样的情况，人们以种种方式进行着同样的土地掠夺，土地侵略。就拿农民租地经农来说，我了解我家乡的一个农场，那里土地的英亩价原来是一百二十五美元，这个价格不要很长时间就可以从土地上收回。老人死去时，儿子把土地租给了一个葡萄牙人，自己去城里生活了。五年内，那葡萄牙人绞尽脑汁，从土地中榨取每点收益。第二次土地又租给了一个葡萄牙人，租期为三年，他所获取的利益只有前一个葡萄牙人的四分之一。以后再没一个葡萄牙人愿意租它了，因为地力已经耗尽。那老头去世时，牧场值五万美元，后来他的儿子只卖了一万一千。我看过那土地，本来能获利百分之十二，经五年租期的掠夺性耕作后，只能获利百分之一点二五了。”

“我们的山峡也是这样，”奥斯汀夫人接上来说，“所有老的农庄都在走向毁灭。像贝尔那地方，老伴，你说是不是？”她丈夫点了点头，表示非常同意她的看法。“以前那农庄真的是个无比美好的乐园，那里有水坝，湖泊，有绿茵茵的草地，繁茂的干草场，有一块块红色的葡萄地，几百英亩的牧场，还有茂盛的松树林和栎木林，一个石头建的酿酒厂，石头建的谷仓，牲畜棚，庭院——嘿，多着呢，几个小时都说不完。贝尔夫人去世后，这个家就散了，于是地就开始租给别人。现在地也毁了。”

“这已成为一种生涯，”奥斯汀接着说，“‘迁移’。他们出租土地，离开土地。在一个地方吃上几年，然后继续迁移，他们不同外国人，不同华人、日本人和其他民族的人。总的来说，他们是一种游手好闲，漂泊不定，生活贫困的白种民族。他们无所事事，只知道不断地从土地中榨取利益，不断地迁移。我们国家里的葡萄牙人和意大利人就不一样，他们来美国时身无分文，只靠打工糊口。当他们学到了我们的语言，掌握了谋生的手段，他们就不同了。他们不再迁移，他们寻找自己的土地，对自己的土地十分爱惜，寸土不卖。不仅这样，他们还考虑怎样去获得土地，他们觉得积蓄工资太慢了，他们就想出快的办法，那就是租土地。三年内，他们把别人的土地掏空了，赚了钱，建立起自己的事业。这是对土地的亵渎，是十足的洗劫。可是这又怎么样呢？这是美国的方式。”

他突然对比利说：

“我说呀，罗伯兹，你和夫人正在寻找你们的一丁点土地，你渴望土地，那就听一下我的忠告吧。我的忠告是冷冰冰的。做一名租地的佃农，在父辈已去世，子女们又觉得不宜乡村生活的地方租些土地，然后尽量利用它，掏空它的地力，从土地中榨取每分钱，什么也不要去弥补它。三年后，你就会有足够的资金购买自己的土地了。然后重新开始经农，好好珍惜自己的土地。”

“但是那样做太恶毒了吧，”撒克逊吞吞吐吐地说，“这是个坏主意。”

“我们生活在一个邪恶的时代，”奥斯汀冷笑了下反驳她说，“这种对土地大规模的掠夺性的耕作行为是当今美国全国性的罪行。我绝对相信，如果你丈夫克制自己不去进行掠夺性的耕作，那么某个葡萄牙人和意大利人就会去那样做。要不我就不会向你的丈夫提这样的建议了。你们用不着谦让。你们觉得不好意思，可是移民不在乎。”

“你还不了解他，”奥斯汀夫人急忙解释说，“他把所有的时间都花在牧场上去保护土壤。那里光是树林就有一千多英亩。他像个外科大夫似的，一个人修剪整理树林。但是没经他的允许，谁也不准砍伐一棵树。他甚至还种了十万棵树呢。他不停地挖沟排水，防止腐蚀。并且一直在作牧场草类试验。每过一小段时间，他就买进一些地力耕尽的邻近牧场，着手培养土壤。”

“因此，我知道我在讲什么，”奥斯汀打断她的话，“我的建议是对的。我热爱土地。不过到明天，如果事情仍像现在这样，而我又变穷了，我就会最大限度地利用五百英亩地的地力，从中榨取尽可能多的收益，以便为自己购买二十五英亩的土地。你们进入索诺马山峡时就来找我，我会给你们看看整个情况，好坏两种情况都看。”

在蒙铁珠马山麓末端，萨克拉门托河左岸前方，便可看见利欧·维斯泰。漫游号轻快地滑过平静的水面，驶过一个个轮船码头、栈桥和仓库房。两位日本人在甲板上走向前。听到奥斯汀的口令，他们降下船首三角帆。漫游号驶入湾中，行速逐渐减了下来。接着听他喊道：“抛锚！”锚沉下水去。船身晃了晃，游艇紧靠河岸，那岸边的垂柳飘落在轻舟上。

“我们把船停靠得再上些，”奥斯汀夫人说，“这样你们早上醒来时就会看到树枝落进船舱里呢。”

船舱太小了，她无法为他们的睡眠提供方便，为此，她深感歉意。

38

撒克逊和比利搭乘一艘老式渡船渡过萨克拉门托河。他们现在在利欧·维斯泰上方，离那里只有片刻的路程。这里是水乡，站在大堤坝上可以看见一派全新的景象：道路四通八达，农房星罗棋布。当船行驶在寂寞的河面上时，撒克逊做梦也不会想到水乡有这等景致。

他们在富饶的岛屿上待了三天。岛屿上全是农庄，岛的四周都筑起了高高的堤坝。岛内日夜抽水,以免土地被水淹没。这里地形单调，到处都是肥沃的土地。迪亚勃罗山是唯一醒目的大地标志。白天它静卧在蓝天下；落日时，在晚霞中勾画出一幅波状的曲线图；在金色的晨光里，它幻化成梦一般的仙境。他们有时步行，有时乘摩托艇，在水乡来来去去。有时他们七转八弯穿过河区到米德尔河的泥炭地。有时他们沿圣约昆因河向下到安底欧奇，有时沿乔治安那河湾向上到萨克拉门托河岸上的瓦尔纳特林园。这里简直是异国他乡，他们看见成千上万的农工，可是走上一整天也遇不上一个会说英语的,这真不是滋味。他们遇到了——有时是整个村子——华人，日本人，意大利人，葡萄牙人，瑞士人，印度人，朝鲜人，挪威人，丹麦人，法国人，亚美尼亚人，斯拉夫人，几乎每个民族的人，可是就是没见到美国人。他们在乔治安那的下游地区发现了一个美国人,他用罗网捕鱼,勉强维持生计。他们邂逅的另一个美国人是巡回蜂农，他滔滔不绝地发表了许多议论，诋毁一切政治问题。在瓦尔纳特林园，他们见到的仅有几个美国人忙忙碌碌，日夜为生活奔波。一个是店主，一个是开酒吧间的老板，一个是屠夫，一个是看吊桥的，还有一个是撑渡船的。两个繁荣的镇子都在瓦尔纳特林园，一个是华人的,另一个是日本人的。大多数土地为美国人所据有，可是他们离开了土地，不断地把地卖给外国移民。

撒克逊和比利乘阿帕切号去萨克拉门托时，路经日本人的镇子。只闻镇上吵吵嚷嚷，他们分辨不出是骚乱还是狂欢。

“我们要向他们折腰了。”比利愤愤地说，“他们很快会来轰我们走的。”

“月亮谷里不会要人折腰的。”撒克逊想让他开心。

可是他非常沮丧，满口怨言。

“这些混账的外国人，我敢说，他们没有一个能像我那样驾驭四匹马的。”接着他又补充说：“可是他们能永久耕作下去。”

在萨克拉门托，他们住了两个星期。比利替人赶马车，赚了些他俩旅行用的钱。以前他们生活的奥克兰和卡尔米尔都靠近海岸盐沼，因此他们不习惯内地气候。“太热了。”这是他们给萨克拉门托的定论。他们沿铁路西行，穿过沼泽地区，来到达维斯维尔。这里，美丽的伍德兰镇深深地吸引了他们。他们在伍德兰北部住了下来。比利在一水果场赶车，撒克逊在水果收获时打了几天临工，那是她再三恳求以后他才勉强同意的。她打算用自己赚来的钱做一件重要的事情。但是她装得神秘兮兮的，不让比利知道。为此比利取笑哄她，后来他就忘记了。她也没告诉比利，在她给巴迪·史特罗瑟斯的信里，和蓝色的信纸一起，封进了一张邮政汇票。

他们开始受不住炎热的天气，比利宣称他们已告别了盖毯子的气候。

“这里没有红杉林，”撒克逊说，“我们必须向西朝海岸走。我们会在那里找到月亮谷的。”

他们从伍德兰出发，沿着大路转向西，又转向南，到了水果乐园瓦卡维尔。在这里，比利先采水果，后赶马车。撒克逊收到巴迪·史特罗瑟斯的信和一个快递小邮件。比利工作一天后回营帐时，她叫他站着别动，并要他闭上双眼。她摸索了几秒钟，把一样东西塞进他的棉布工作服衣襟里。

“闭上你的眼，给我一个吻，”她唱道，“我就让你看，请你不要问。”

他吻了她。当他低头看时，只见几枚金质奖章扣在他的衬衣上。那是他们去看电影的那天典当的奖章。那场电影激励了他们回归土地谋生。

“我的可爱的小东西！”他高声叫道，一把抓住她拉在怀里。“原来你把钱全花在这上面了。我真的一点也没想到！你真好。”

随即她领受到他那刚强的臂力，感到无限的舒适。比利紧紧搂住她，又把她举起来。这时，咖啡溢了出来，撒克逊才挣脱他的手，一个箭步冲向咖啡壶。

“对这些奖章，我一向是有点儿骄傲的。”他坦率地说，手里卷着晚饭后的香烟，“它们让我想起少年时的日子。当时我业余学拳击，拳打得又快又猛。可是，你知道吗？我已把它们忘得干干净净了。奥克兰离我们已有一千年了，在一千英里之外。”

“那么这些奖章会让你回到奥克兰。”撒克逊一边说一边拆开巴迪的信。

巴迪以为比利肯定已知道罢工结束了，所以信中他着重告诉了谁恢复了工作，谁上了黑名单等等详情。他自己感到惊讶的是，他被叫了回去工作，现在在赶比利的马车。更令人惊讶的是另一则消息，他说他必须转达：西奥克兰马房的老工头死了。此后，另外两个工头成事不足，败事有余，把一切搞得乱七八糟。发生那些事以后，有一天老板对巴迪说，他真遗憾，比利走了。最后一句是巴迪传递消息的真正意思。

“不要误解了，”巴迪写道，“老板对你的情况都了解，我肯定他知道你打过的每个不参加罢工的工人，可是他对我说：‘史特罗瑟斯，如果你不便将他的地址给我，那么就请你写信告诉他，说我要他立即回来管理马房，我将给他一百二十五美元的月薪。'”

撒克逊念着信，没有显示出任何急切的心情。信念完了，比利伸了伸身子，然后一只手肘撑着，若有所思地吐出一个烟圈。

“这样吧，”他最后说，“你给巴迪・史特罗瑟斯写一封信，别的不要写，只说老板的臭钱，我不想要。你写信吧，我给他寄些钱去，把我的手表取出来。你算一算那利息。大衣放在那里，让它烂掉算了。”

但是内地天气炎热，他们生活得并不称心如意，他们常感到心懒体乏，疲惫的精神状态得不到迅速恢复。正如比利所说，他们的光泽被磨损了。于是他们扛起背包，跨越荒芜的群山，向西行进。在贝利沙山峡，那熠熠闪光的热浪使他们头晕目眩，他们只得在早晚旅行。他们继续向西翻山越岭，往美丽的那帕峡谷走去，过了那帕山峡就是索诺马山峡了，奥斯汀邀请他们访问的牧场就在那儿。他们本该已去了那里，但比利偶然在报纸上看到一则新闻，得知作家已去墨西哥某地，去采访那里爆发的一场革命了。

在那帕山峡，比利三次放弃工作。过了圣辛兰那，在位于山峡西边山屏里的各小山谷中，他们看见了一片片的红杉林。这是不会错的，是红杉林，撒克逊高兴得呼叫起来。在铁路终端的卡利斯托哥，他们看到六匹马拉的公共马车向中城和低湖驶去。他们讨论了行走路线。那条路通往湖县，但不走向海岸，所以撒克逊和比利折向西，穿越群山，抵俄罗斯河谷地，又出河谷来到希尔德斯伯格。他们徘徊在肥沃的河套蛇麻地里。比利拔起几枝蛇麻嘲弄地把它们比作印度人，日本人和华人。

“和他们一起工作不到一个小时，我就会揍他们半死的。”他解释说。

然后他们沿着宽阔、丰饶的山峡，悠闲地向北旅行。此时他们心情愉快，竟然忘了工作是永远不能缺少的，而那月亮谷只是一枕黄粱美梦，遥不可及。但他们确信，美梦终有一天会变成现实。在克罗沃达尔，比利碰上了好运。由于疾病和灾难的双重原因，公共马车的马房正缺人手，他们需要一个驾马车的车夫。每天，火车上要下来一些旅客，上去一些老人。比利似乎一生都习惯于赶车行当，他驾起六匹马的马车，在公共马车时刻，拉上满马车旅客，天天翻山越岭。赶第二趟时，他让撒克逊坐在身边高高的驾驶座位上。两星期后，那位正式车夫回来了，比利辞去马房工作，领了工钱，继续和撒克逊北行。

撒克逊养了一只猎狐小狗，她叫它波苏，是按奥斯汀夫人告诉他们的那条雄狗取名的。狗还很幼小，不久脚就走痛了。她把它抱在怀里，后来比利把它放在他的背包上面。他咕咕哝哝抱怨说，波苏把他后脑勺上的头发都咬烂了。

葡萄收获结束的时候，他们经过阿斯蒂瑰丽的葡萄园，来到尤基亚。这时正下着冬季第一场雨，他们淋了个落汤鸡。

“我说呀，”比利说，“今年夏天我们过得很顺利，现在我们需要找个地方过冬。这个尤基亚镇看起来不错，今晚我们找个房间晾晾我们的衣服。明天我出去看一看，有没有马房的活。如果能找到点活儿做做的话，我们就可以租一间小屋，冬天可以不走了，考虑下明年去什么地方。”

39

在尤基亚，冬天远不如在卡尔米尔那样令人兴奋。对卡尔米尔的人们，撒克逊当时十分爱戴和赏识，她现在对他们更是如此了。在尤基亚，她和邻居们只有一些点头之交。这里的人更像她在奥克兰认识的工人阶层，不同的只是这里的人富裕，有汽车罢了。这里没有那种不顾贫富等级，寻求友谊的民主艺术家群体。

不过，这里的冬天比奥克兰的冬天更有乐趣。比利没有找到合适的工作，所以他有更多的时间陪伴她。他们在租赁的小屋里相亲相爱，生活得极为丰富和幸福。比利是镇里最大马车出租行雇请的临时工，常常闲着，于是逐渐做起马匹生意来。这种生意冒险性大，他有好几次运气不好亏了本，然而他们饭桌上从没断过最佳的牛排和咖啡，从不需要节衣缩食。

比利常带撒克逊外出，他让她骑在马房的驯马上。做马匹生意给了他们许多机会一起游览山区乡村。当他受委托赶马匹去卖时，她也跟他相伴。他俩心心相印，竟不约而同地各自产生了再次长途旅行的想法。比利首先提了出来：

“前天我在镇里偶然看见一种全套马车装备。”他说，“这两天，我一直在考虑一件事，要你猜也没用，你是不可能想到的。告诉你吧，我想的是最时髦的马车野营全套装备。那马车是一流的，造得非常牢固。它是在普吉特海峡定制的，一路试用过来，相当结实，真的压不垮，赶不烂。那家伙为了制作那套装备得了肺结核呢。两年前，一个医生和一个厨师陪他来尤基亚，他就死在这镇上了。真的，要是你见到那套马车，也一定会喜欢的。每样设计都是发明，每样东西都有用处，它是一个安装在轮子上的舒适的家。如果我们能买到它，再搞到两匹安稳的马，我们的旅行就像国王那样了。”

“哦，比利，这正是我整个冬天在梦想的事呀！这真的太理想了。有时在路上，我担心，你会不知不觉地忘记你有一个年轻漂亮的好妻子。有了马车，我可以带上各种漂亮的衣裳了。”

比利闪亮的蓝眼睛里充满了爱意和温情，他平静地说：“我一直在想这件事。”

“你呢？你可以带上一支长枪，一支短枪，还有钓鱼竿等东西，”比利的话音刚落，她就接上说。“再带上一把漂亮的专供男子汉用的大斧头。你老是抱怨的那把短柄小斧头就可以扔了。波苏也可以有地方休息了。还有——可是，要是你买不了呢？它们要多少钱？”

“一百五十美元，”他回答说，“这是再便宜也没有了，它降了价。告诉你，全套马车的制造足足要四百美元，一美分也不少。我知道马车制作的行当。现在，如果我能做成卡斯维尔的六匹马那笔小生意——不过，我是今天刚认识那买马的。如果他能买下这些马，你认为他会把马送给谁呢？会送给老板，直接运给西奥克兰马房。我打算要你给他写封信。像我们这样旅行，我会遇上生意的。要是老板愿意磋商，我就能赚一点一般买马人的佣金，他不得不把许多钱放在我这儿。不过，他很可能不会这样做，他认识所有被我打过的工贼。”

“如果他信任你，让你来管理他的马房，那么，我想，让你来管理他的钱，他是不会担心的。”撒克逊说。

比利耸了耸肩，表示怀疑。

“不管怎样，如我刚才说的，假如我能卖掉卡斯维尔的六匹马，嘿，我们就能支付这个月的账单，而且还可以买下那辆马车。”

“可是马呢？”撒克逊关切地问。

“马是下一步的事——我必须找一项正常的工作，做两三个月。”

撒克逊看了那辆马车后就爱不释手，渴望得到它。晚上她老想着它，结果一夜辗转反侧，怎么也睡不着。后来卡斯维尔的六匹马卖掉了，他们付清了那个月的账单，买了那辆马车。两个星期后的一天早上，天下着雨，比利准备整天去乡下寻找马匹，可是他刚出家门就返回来了。

“过来呀！”他在街上叫撒克逊，“我想给你看一样东西。”

他们赶到商业区，来到一木板马房旁。他带她穿过马房后面一个有顶的大围场，然后引她看了一对栗色马。那两匹马花纹斑斑，长着奶白色的鬃毛和奶白色的尾巴，十分强健，十分漂亮。

“呵，真漂亮！太漂亮了！”撒克逊大声地说，一面把自己的前额抵靠在一匹马的毛茸茸的鼻子上。另一匹马淘气地在旁拱着嘴，想分享一份她的爱抚。

“是呀。”比利显得得意扬扬，牵着它们来回走动。她在一旁观看，赞不绝口，“每匹马一千三百五十磅，看样子它们没到那重量。两匹马放在一起有多吸引人。我自己也不相信它们的重量，后来我把它们放在磅秤上称了才信。你说把它们套在我们的马车上，会有多棒？”

撒克逊想象着那情景，然后缓缓地摇了摇头，露出一脸憾意。

“它们要三百现钞，”比利继续说，“这是不容还价的。卖主急切要这笔钱，很想把马卖掉，希望尽快把它们脱手了。撒克逊，说老实话，这对马在拍卖行里可以卖到五百美元。这两匹都是牝马，是亲姐妹，一匹是五岁，另一匹是六岁。注册的雄亲是比利时的。我知道，它们的雌亲是匹身强体重的良种马。三百美元就可以买到它们，我讨价已有三天了。”

撒克逊开始时感到担忧，此刻却发起怒来。

“喂，你为什么拿它们给我看？我们根本没有三百美元的钱，你是知道的。”

“或许你以为我带你来城里只是来看看它们的吗？”他神秘兮兮地回答说，“嘿，不是的。”

他接着舔了舔嘴唇，然后不自在地换了下站立的姿势说：

“好吧，现在听我说，别插嘴，等我把话讲完了，你再说，好吗？”

她点了点头。

“不张嘴？”

这次她乖乖地摇了摇头。

“事情是这样的，”他吞吞吐吐开始说，“有一个从佛利斯科来的年轻人，人们叫他扬·圣多，又称信号山骄子。他是货真价实的重量级拳手。星期六晚上，他准备同蒙泰那·兰德较量。可是蒙泰那正好在昨天的一次小小的格击训练中折断了前臂。经理们都没让这件事透露出去。现在他们提议：大量的票已经卖出去了，星期六晚上会有大批人来观看。在最后时刻，为了不让来的人失望，他们突然提出让我来代替蒙泰那。我是实力难测的黑马，没有人认识我，连扬·圣多也不认识我。他是新冒尖的拳手，我将充当一名乡下拳击手，可以以霍斯·罗伯兹的名参赛。

“别急，听着，胜者可得到三百块可观的美元。请别急，是这样的，这是件轻而易举的事，就像抢死人东西那样容易，圣多是赢得人们普遍爱戴的拳手，是那种常见的激烈战斗殊死不让人的勇士。我在报纸上看到过他，可是他不够机敏。我动作慢，是的，没错，可是我机敏，双手都能出击，出拳猛烈，能一拳制服人。我已发现圣多的窍门，我清楚。

“好，你已听了我的解释，如果你同意，那么马就是我们的了。不过你拿主意时，别考虑我的情况，瞧瞧那两匹马。”

她看着漂亮的马，犹豫不决，难拿主意。

“它们的名字是哈柴尔和哈蒂。”比利别有心计地说，“要是我们把它们买下，我们可以叫它们‘双H配’。”

可是撒克逊此时没想那两匹马，她眼前只浮现出那晚比利和“芝加哥恶魔”比赛时伤痕累累的身影。她正要开口，一直盯着她嘴唇的比利突然说：

“你就在心里面把它们套在我们的马车上，然后再想想那整套装备，该有多漂亮。你快下决心呀。”

“可是，比利，你没有好好练拳呀。”比利想不到她会这么说。

“嘿！”他哼了一声，“去年我基本上一直在练，我双脚和铁一样。只是手臂上挨击，我就能站得稳，我一向这样。另外，我不会让他长时间比下去，他是只猛虎，猛虎是我的肉，我会生吃它，我吃不了的是那些机敏的，又有耐力和持久力的小伙子。可是这个扬·圣多是我的肉，击败他是轻而易举的事。真的，说老实话，拿这样的钱，真有点不好意思呢。”

“可是，想到你被打得皮开肉绽，我就受不了。”她的语气缓和了些，“假如我不爱你，那就不一样了。而且万一你被打伤了，怎么办？”

比利大笑起来，自信年轻，有臂力。

比赛那晚八时一刻，比利告别了撒克逊。九点一刻，她已准备好了热水、冰块和其他东西，只等比利回来。她听到大门咔嚓一声，接着门廊传来比利的脚步声。当时她是在作出了较好的判断情况下才同意他去比赛的。她焦急地等了一个小时，也后悔了一个小时。此刻，当她打开前门时，战栗栗地，生怕见到遍体鳞伤的丈夫。可是站在她眼前的仍是她告别时那个完好的比利。

“没有比赛？”她大声地说，显得有些失望。比利大声笑了起来。

“我走时，他们都大声使劲地叫喊：‘冒牌货！冒牌货！’还想把钱要回去呢。”

“这样说，你没事啦。”她笑着同他进屋，然而心里却在暗暗地叹息说：哈柴尔，哈蒂，再见了。

“路上我给你买了你一直想要的东西。”比利漫不经心地说，“闭上眼睛，把手张开。睁开眼睛时，定会叫你高兴得不得了。”他开心地说。

塞进她手里的是沉甸甸的、冰凉凉的一叠东西。她睁开眼一看，原来是十五个二十美元的金币。

“我说过，像从死人身上捞东西那样容易。”他欣喜若狂，旋风般地击了一阵拳，然后笑嘻嘻地搂住撒克逊。她紧紧地抱住他，“根本没怎么比赛。你想知道比赛持续了多长吗？只二十七秒钟，还不到半分钟。多少记出拳呢？只一记，是我的。瞧，就是这样……还有常见的尖叫声。”

比利站到房子中央，微微蹲下身子，下巴贴近隐藏的左肩，拳头紧握，手肘向里防护左侧和腹部，前臂紧靠身子。

“这是第一回合。”他描述说，“铃响了，我们互相握手。当然，看起来是一次长比赛，可我们谁也没动真功夫，我们没有猛攻。我们只是互相试探，虚晃拳头。这样过了十七秒钟，一拳都没击出。却不料那高个子瑞典人彻底垮了，这是怎么回事呢？

一下子说不清。那是瞬间发生的，连零点十秒也不到，我自已也没想到。我们挨得很近，他的左拳离我的下巴还不到一尺，我的左拳离他的下巴也不到一尺。他用右拳佯攻，我知道那是虚击。我只稍稍隆起右肩膀，用右拳佯击。这使他的守势后退了大约一英寸。我看到我的机会来了。我的左拳没有移动一尺，我没有把它缩回来，就从原来位置上击出，同时围绕他右边守位盘旋前进，转过上身，借肩膀重量向他猛击了一拳。击中啦！正好打在他的下巴尖上，只斜了一点。他倒下去了，身子不动，像死了似的。我走回角落。说真的，撒克逊，我不禁哈哈地笑出声来，怎么会那样容易！裁判站在他旁边，点起数来，可是他竟没有抖动一下。观众搞不清是怎么回事，都坐在那里呆住了。他的助手把他扶到他的角落，放在凳子上，但他们得扶着他。过了两分钟，他睁开眼睛，但什么也看不见，眼神呆呆的。又过十五分钟，他才站起身来，助手们仍扶着他。他的双腿像香肠似的弯弯扭扭，怎么也站不直。助手们只得搀着他穿过栏索，走过通道，送他到更衣室帮他换了衣服。观众这时开始高喊‘冒牌’，‘骗子’，想把钱要回去。二十七秒钟——一记拳——送给比利·罗伯兹一生最好的夫人一对顶呱呱的马。”

撒克逊内心十分崇拜丈夫。听了他的介绍后，更是佩服得五体投地。他是位真正的英雄，不愧是从撞角战舰上跳下来，扑向血腥的英格兰沙滩的那个头戴翼形钢盔连的战士。第二天早上，她在他左手上重重地亲了亲。他醒了。

“喂！你这是干什么呀？”他不解地问。

“向哈柴尔和哈蒂亲个早安呀。”她假正经地回答说，“你那一拳落在哪里？指给我看看。”

比利用手指碰了碰她的下巴尖。她双手握住他的手臂，往后猛推，然后使劲地往前拉，想让它构成一记拳击。但是比利用力制止了她。

“等等，”他说，“你不想敲掉下颌吧？我来击给你看看，击到四分之一英寸为止。”

击到她下巴的四分之一英寸距离时他猛地刹住拳头，然后极轻极轻地在她下巴上触了一下。

顷刻间，撒克逊只觉身子发软，麻木，神情恍惚，头晕目眩。过了一会儿，她才清醒过来，两眼显露出惊骇的神色和领悟的表情。

“你击他时距离是一英尺？”她带着敬畏的语气低声说。

“是的，拳出去时，我以肩膀的重量作后盾。”比利笑着说，“哈，那算不了什么。我来给你看看其他的动作。”

他找到她的太阳神经丛，只用中指在上面弹了一下。这次她感受到一阵麻木，并有一种窒息的感觉，而神志则完全清醒。片刻后，不正常的感觉完全消失。

“这是太阳神经丛。”比利解释说，“想一想吧，当一个人从膝盖处举起拳头击向对方时会是什么样子呢？正是这一着为鲍勃·弗茨蒙斯赢得了世界冠军的称号。”

撒克逊震颤了一下，然后顺从地让比利在她身上开玩笑似的指点出人体各个脆弱部位。当他用一个指尖按压她前臂的中央部位时，她感到说不出的难受。当他用双拇指轻轻地压迫她颈脖底部两侧时，她感到自己迅速失去了知觉。

“这里是日本人致死的点穴之一。”他说。接着，在她身上一边扣压，一边滔滔不绝地作起讲解来：“这里是大脚趾穴位，戈奇就是击在这个穴位上打败了哈金斯密德。我从法默、勃恩斯那里学到的。这里是扼颈的部位，可让你痛得狂癫，这样我自然是胜啦，我可以叫你昏迷过去。”

他一只手扣住她的手腕，另一只手从她的前臂下绕过，抓住他自己的手腕。刚听他说要用力了，她就觉得手臂好像成了一根快要断裂的管子。

“那称作‘亲昵’。这是强臂，使用强臂，一个小男孩能扳倒一个男人。要是你万一和别人打起架来，而那人用牙齿咬住了你的鼻子——你自然不想让人咬掉你的鼻子，是不是？这就是办法，这样做如闪电一般。”

当比利的拇指头压在她的眼睛上时，她不由自主地闭上了它们，而且竟然已感到一阵隐约的可怕的疼痛。

“如果他还不放手，你就狠狠地压，这样他的眼睛就会突出，他后半生会像蝙蝠那样再也看不见东西了。不过他一定会放手的，一定会的。”

他放开她，躺下来大笑。

“你感觉怎样？”他问道，“这些不是拳术，但是在室内打斗时，人们经常用这些手法。”

“我想反击报复。”她说着对他的手臂也实施“亲昵”来。

她用力按压时，自己竟痛得叫起来。原来她根本没伤到比利半根毫毛，却伤了自己。见她那副狼狈相，比利咧嘴笑了起来。她模仿日本人点死穴的手法，用两个大拇指使劲地挤进他的颈脖子，可是只能悲哀地看着自己的指甲弯了过去。她又迅速地一拳击在他的下巴尖上，却又痛得哇哇大叫，只见自己手指节都起了青肿。

“嘿，我根本不痛。”她咬咬牙说，接着用两个拳头突然击向他的太阳神经丛。

他却爆发出一阵狂笑。那致命的神经中心有盔甲一般的肌鞘覆盖着，对于她的击打无动于衷。

“打呀，再打。”他怂恿她。她已摆手了，在那里喘不过气来。

“好舒服，好像你用一根羽毛在搔我痒似的。”

“好吧，男子汉先生，”她愤愤地说，眼神里透露出一种不怀好意的威胁，“你可以大吹你的握力，你的死穴，你的种种本领，可那是你们男人的勾当。我知道一种手段，可以击败你们的一切，可以叫一个强壮的男子像一个婴儿那样无能。看，瞧我的。闭上眼睛，好了吗？我马上开始了。”

他闭上眼睛，一会儿，只觉得有几瓣玫瑰花片轻软地在他嘴上颤动，原来是她的双唇在吻他呢。

“你赢了。”他心醉神迷地说，然后张开双臂紧紧搂住了她。

40

撒克逊迫不及待地想见到哈柴尔和哈蒂，于是比利一早就到镇中心去了。付钱买马是件极简单的交易，可她觉得他去了老半天。当比利驾着哈柴尔和哈蒂拉的马车回来时，她高兴得什么都忘了。

“我得买马具。”他说，“把波苏抱上来，你进来，让我给你瞧瞧这对双H配，真的是好搭配，真的。”

撒克逊简直乐坏了。当马车驶出镇子，进入乡村时，她坐在那对花纹斑斑的栗色马后面，看着那奶白色的鬃毛和尾巴，真的是满心的喜悦。她默默地欣赏着，几乎没说一句话。马车上的座位有弹簧垫，座背高高的，十分舒适。比利如醉如痴地夸耀着制动器的灵敏。他让马儿在坚硬的乡村大道上小跑，想显示显示马的标准的工作状态。他又驾着马车驶上一条很陡的泥路，泥巴有轮毂那样深，他想证明这对马确实有比利时雄亲的血统。

撒克逊后来却一言不发，怔怔地坐在那儿。他斜眼看了她几眼，焦虑地细察她的神情。她叹了口气，问道：

“你认为我们什么时候可以动身呢？”

“或许两星期后吧——也可能两三个月后。”他支支吾吾地说。

“比利，告诉我，你葫芦里卖的什么药？我知道你眼睛在打什么主意。”撒克逊用了两个不连贯的隐喻责问他。

“撒克逊，是这么回事：圣多是不服气的，他气得发疯了，他竟一拳也没击中我，连表现下自己的机会也没有。他要求再次比赛。他在镇里到处叽里呱啦吹牛，胡说什么，他可以把一只手绑在身后就可把我击败了，还说了其他不少大话。不过这没什么了不起。问题是拳迷们都纷纷要求我们再次比赛。上次他们付了钱，却没看到一个回合。他们会挤满整个厅堂，举办者们已找我商量了，这就是我在那里多待了一些时间的原因。只要你说同意，那么从昨夜起两周里，树上还有三百美元等我去摘取。还跟我上次说的一样，他是我的肉。他仍认为我是个乡巴佬，那一次只是我侥幸地击中了他。”

两星期后的周六晚上，当大门咔嗒响时，撒克逊跑去开门。比利显得很疲倦，他的头发湿漉漉的，鼻子肿大，一边面颊鼓起，两耳皮开肉绽，双眼微微充血。

“我真是该死，那小子上次蒙骗了我。”他说着把一筒金币塞进她手里，然后双膝一屈和她一起坐在地板上，“他耐久力真不错，是个响当当的男孩。打了七个回合，他都不肯罢休，硬逼我和他打了十四回合。然后仍被我击中要害。他真倒霉，他就是下颌经不起打。他的动作比我原想的要快，拳很重，从第二回合起，他的拳击就令我暗暗钦佩——而且击法漂亮，变化多端，是我少见的。可是，那个不经打的下颌！他一直把下颌藏在棉絮里，到第十四回合才被我击中。

“说真的，我非常高兴打了十四回合，我不觉得难，我没有怎么喘气，每一轮都打得很快。我的双腿如钢铁一般，我可以打四十回合。你知道，我从不叫苦。但是自从挨了‘芝加哥恶魔’那顿打以后，我一直在怀疑自己还行不行。”

“荒唐！你早该就知道的。”撒克逊大声说，“难道不记得卡尔米尔的所有拳击，摔跤，跑步的活动？”

“不，”比利十分自信地摇了摇头，“那是不一样的。这不是找某人吵架，你必须面对真家伙，一轮又一轮地，终生和身强力壮的拳手争斗而丝毫不损害健康。在这种情况下，如果你保持了良好的竞技状态，如果你的双脚站得稳稳的，你的心动正常，你的身体坚实，你的头脑轻松——那么你就无须担心，你的一切仍是顶呱呱的。我一切都健康，我就是这样的汉子，你听到了吗？我以后再不参加拳击比赛了，再不在健康上冒险。这是我的真心话。钱来得容易，去得也快，到头来生活就会很艰难。从现在起，我只做马匹买卖，赚些佣金。你我还要赶路，一定要找到月亮谷。”

第二天一早，他们赶着马车告别了尤基亚。波苏坐在他们俩中间，它十分兴奋，呆呆地张着那红润的嘴巴。他们原打算从尤基亚去海岸，但冬雨后的道路泥泞多水，不好行车，于是他们折向东，朝湖县进发。他们将向北旅行，穿过上萨克拉门托峡谷，跨越群山，进入俄勒冈。

大地到处绿草青青，鲜花烂漫。他们驶进山庄时，只见每个小村庄就是一座迷人的花园。

“嘿！”看见这样的大地风光，比利却轻蔑地说，“人们说滚石不生苔，转业不聚财。可是我们得到的马车和马不也是财嘛。我一生从没拥有过这么多实实在在的东西。在以往的日子里，我可没有滚动呀，那时连家具都不是我们自己的。

我们只有穿在身上的衣裳，一些旧的袜子，和一些零零碎碎的用品。”

撒克逊伸手抚摸他的手，他知道她极想亲它。

比利挨近她身边，吻了她。

他们开始爬山时，路越来越坚硬，路上岩石越来越多，但分水岭很容易下。他们一转眼就到了蓝湖的峡谷。湖泊四周田地长着茂盛的金黄色罂粟，峡谷底荡漾着一泓碧绿的湖水，向前望去，山丘层层叠叠，连绵不断；远处是一座葱郁的高山，十分巍峨，俨然是这个大地的中心。

他们邂逅一位男子，向他问了些问题。那男子长得很清秀，黑眼睛，一头卷曲灰发，讲话带德语的腔调。他们还看见一位长着樱桃脸的妇女，她从河边瑞士风格小屋的格构式高窗上探头向他们微笑。不一会儿，他们来到一家漂亮的旅店，比利给马刷洗了一番。旅店的主人出来与他们聊天，他告诉他们说，他是按照一位卷曲灰发，黑眼睛男子的设计图自己建起这家旅店的，那男子是圣弗兰西斯科的建筑师。

“上去啰！上去啰！”比利边喊边哈哈大笑，他们弯弯曲曲绕过一座座山岭，又驶过一个碧蓝的湖泊，“你注意到没有？我们背着行装步行和驾车旅行时，人们对待我们的态度是不同的。有了哈柴尔和哈蒂，有了波苏，有了这辆时髦的马车，有了你亲爱的，老百姓很可能把我们当作在外游玩的百万富翁呢。”

十天后，他们驾车来到科路沙县的威廉斯。这里，他们又见到了铁路。比利正在找铁路呢，跟在他马车后的两匹高大的驮马要运到奥克兰去，马是比利替卖主带的。

“太热了。”撒克逊这样判断天气。她举目凝视巨大的萨克拉门托峡谷，辽阔的谷地上阳光灿灿，令人眩目。“这里没有红杉树，没有山丘，没有树林，没有熊果，没有石楠，只有寂寞和忧愁。”

他们向北行驶，跨过加利福尼亚广阔平原。接连数日，头顶烈阳，风尘仆仆。一路上他们到处看到新的农事——大型灌溉渠道，有的已经竣工，有的仍在施工中；电力线纵横交叉的农田，电线是从高山上牵下来的；还有新围起来的小农庄，庄上建了许多新农舍。那曾经是财源的农庄如今正在被分解。不过萨克拉门托河岸四周辽阔地区上，仍保留了许多五千至一万英亩的大庄园。但见一望无际的农作物在热浪中随风摇曳，高大挺拔的山峡栋树处处引人注目。

“这么大的树需要肥沃的土地。”一位农民告诉他们说。他的农庄只有十英亩土地。

比利要给哈柴尔和哈蒂饮水，他们驶离大路来到一百码外的那农民的小牲口棚。他的十英亩地大部分是果园，果树年轻茁壮。农庄上还有许多粉刷得雪白的鸡房和铁丝网围成的家禽活动场，里面养了几百只鸡仔。那农民刚开始建筑一幢小型框架结构的住宅。

“买这些树，种这些树时，我休了假。”他解释说，“然后我就回去工作了。等这地方清理完了，我又来到这里。现在我再也不走了，房子建好后，我就马上把夫人接来。她身体不怎么好，在这里生活对她有好处。为离开城市，我们计划、工作了好多年。”他停顿了下，轻松地叹了口气，“我们现在自由了。”

强烈的太阳把水槽里的水都烤热了。

“等等，”那男的说，“别让它们喝那个水，我给它们喝凉的。”他走进一个小棚子里，打开电闸，一个水果箱大小的马达嗡嗡地响了起来。须臾，一股五寸宽的水流，泛着气泡，哗哗地涌入灌溉网上的主渠道，然后穿过支渠流向整个果园。”

“很棒，是不是？——太棒了，太棒了！”那男人眉开眼笑，乐呵呵地连连称赞说，“这是萌芽和果实，是血液和生命。你瞧它，比金矿好多了，比沙龙美多了。金矿、沙龙算得了什么，我清楚。我，我以前是开酒吧的。事实上，我大半辈子是做酒吧生意的，所以我才买得起这个地方。我一直厌恶做生意。我曾经是农家孩子，我年年都想着要回去经农。现在终于成功了。”

他擦了擦眼镜，以便把心爱的流水看得更清楚些。然后提起锄头，大步走下主渠道，挖开更多的支渠口。

“他是我见过的最有意思的酒吧老板。”比利说，“我把他当成生意人了，以为他必定一直在某个幽静的旅店里工作呢。”

“不要急着赶路，”撒克逊要求说，“我想跟他聊聊。”

那男人走了回来，擦着眼镜，脸上挂着微笑。他目不转睛地看着流水，似乎被深深地迷住了。撒克逊和他一聊，他的话匣子就打开了，恰如他驱动的那马达一般。

“五十年代早期，拓荒的人们就在这一带定居了。”他说，“墨西哥人从未来得这么远，所以这里是政府的土地。每个人获得一百六十英亩地。多好的地呀！据说，每英亩地生产的麦子简直多得难以置信。后来发生了几件事。那些最精明，最稳当的拓荒者保持了他们的土地，而且还从别人那里添置了许多。要建立一个发财致富的农庄，需要成千上万英亩。没过多久，这里几乎全建了那样的大农庄。”

“他们是成功的赌徒。”撒克逊插嘴说，她想起了马克·哈尔的话。

那男人点了点头，表示赞赏这个说法。他接着说：

“老一辈人设计、规划了土地，团结一心共同开发，把土地转化成了巨大财产。他们造了牲畜棚和宅第，建了果园和花圃。年轻人被这许多财富宠坏了，他们离开土地，到城市里去挥霍财富了。不过新老两代人在一件事情上是联手的，即让土地变得贫瘠。年复一年，他们对土地竭力作掠夺性的耕作，从土地中榨取财富。可是他们对土地什么也不投入。嘿，就这样一大批一大批土地地力枯竭了，几乎成了荒漠。

“创造了财富的农民现在全走了，感谢上帝！这里是我们小农民当家了。用不了多少年，这整个山峡会分割成一个个像我这样的农庄。看看我们做的事！那精疲力竭的土地，已不长小麦了，我们给它灌上水，对土地施加肥料，作了适当改造。瞧我们的果园多漂亮！

“我们有了水，这些水来自山里，来自地下。前天我看了一篇报道。一切生命离不开食品，一切食品离不开水。生产一磅食品需要一千磅水。生产一磅肉需要一万磅水。你一年喝多少水呢？大约一吨吧。可是你一年要吃掉大约两百磅蔬菜，两百磅肉，也就是说，蔬菜上，你消耗掉一百吨的水；肉上，你消耗了一千吨的水。也就是说，要维持像你这样一位小小女人的生存。每年需要一千一百多吨的水。”

“哎呀！”比利只吐出这两个字。

“你可明白人是多么需要水了吧。”前酒吧老板继续说道，“我们有了水，大量的地下水。几年后，这个峡谷的人口会和比利时一样稠密。”

那五寸宽的流水随着嗡嗡响的马达从地下涌出，流向田地。他看着水，给深深地迷住了。他站在那里，是那样地欣喜，那样地专注，竟忘了他的谈话。他的参观者上路了，他也没注意。

“他简直是个斯林酒酒徒！”比利感到十分惊异，“要是有人要你给他戒酒药，他肯定会把它扔掉的。”

“想到这些水，想到将来生活在这里的幸福的人们，真令人高兴……”

“可是这里不是月亮谷！”比利笑道。

“是的，这里不是。”她回答说，“在月亮谷，除了苜蓿和这类作物以外，人们不必灌溉。我们要的是，水从地下自然冒出来，流过小溪，流向农田，边界上是一条漂亮的大溪流……”

“溪水里还有鲑鱼！”比利打断她的话，“哎哟，那个月亮谷必定是真正的峡谷了！”说着，他似有所思地停了片刻，一手扬起鞭子驱赶哈蒂身上的一只苍蝇。“你说，我们会找到这样的月亮谷吗？”

撒克逊十分肯定地点了点头。

“一定的，就像犹太人找到希望之乡，摩门教徒找到犹他，拓荒者找到加利福尼亚那样。你还记得离开奥克兰时，我们获得的最后那个忠告吗？‘功夫不负有心人。’”

九

41

他们一直向北旅行，路经一片富饶的生气蓬勃的乡村。他们在威罗镇、兰德·勃洛弗镇和兰亭镇作了短暂的停留。他们又路过科路沙，格伦，得哈那，夏斯他诸县。一路上，比利驾着漂亮的马车，瞧着花纹斑斑的栗色马，自觉心旷神怡，威风潇洒。比利到了许多农庄，但他只搭了三匹马的货。他和男人们检查牲口时，撒克逊就和女人们聊天。她逐渐相信那一带地区没有她要寻找的山峡。

他们在兰亭乘铁索渡船渡过萨克拉门托河。整整一天里，他们头顶烈日，驾着马车蜿蜒行走在绵延起伏的丘陵地和平坦的高地上。天热得如火烧一般，树木、草丛都枯萎了。于是他们又来到萨克拉门托，在那里，看到凯尼特的几家大冶炼厂，他们明白了植被受破坏的原因。

在凯尼特，房子建在高高的陡壁上，看上去摇摇欲坠，十分危险。他们慢慢走出这个冶炼镇。镇外道路宽阔整齐，建得十分漂亮。他们沿路爬了几个英里长的山坡，只见大路陡峭下倾，直抵萨克拉门托河的峡谷。那路的路面都用岩石铺砌，坡度平整，原来路是从峡谷山屏上开辟而成的。再向前，道路变窄了，比利担心起来，生怕前面也来了马车。山崖溪水时而流淌在卵石浅底上，激起许多水花，时而奔腾在圆石上，发出哗哗的喧闹声，时而越过瀑布，形成湍流。但见它急匆匆向他们身后的大峡谷奔驰而去。

有时候，在宽阔的路段，撒克逊驾驶马车，比利下车步行，以减轻马车的负荷。她坚持和他轮流走路。上陡坡时，马气喘吁吁，撒克逊就下车挨近马头，双手抚摸，以示安慰。比利目不转睛地看着漂亮的双马和容光焕发的年轻妻子，心里甜滋滋的，乐得说不出话来。今天撒克逊穿着金黄色灯芯绒衣服，显得楚楚动人，尤其是长裙子下棕色灯芯绒裤包着的微微隆起的隐约可见的那修长的双腿，更令比利心驰神往。当她向他投以幸福的一笑，以示回应时，他觉察到她那端正、灰褐色的双眸突然闪过一丝朦胧的神色，他此刻完全意识到了，他必须说点什么，否则就要驾驭不住自己了。

“哎哟，你在戏弄我！”他大声地说道。

她满面红光，回答说：“嘿，是你在戏弄我！”

一天晚上，他们在山峡的一深凹地露宿。那山峡紧靠一座盒子厂村子。有一位没齿的老人，用他深陷的双眼呆呆地看了半晌马车，问道：“你们是演戏的？”

他们过城堡山崖。那里地势险要，是个巨大的棱堡，它那炽热的红色和明净碧空形成鲜明的对照。这里的夏斯他山第一次映入他们的眼帘。夏斯他山高耸入天，呈玫瑰色，山顶终年积雪。夕阳西沉时，它显现出梦幻般的美景。山西边和山后是连绵不断的峡谷山崖，山崖上绿荫蔽日。在以后的许多日子里，这美丽的风光一直伴在他们的身前身后。尽管它在远处，但它的两个山峰和熠熠闪光的冰川仍清晰可见。他们缓缓行驶了许多日子，许多路程，可那盖着夏天白雪的夏斯他山变幻莫测，使他们能天天看见它的新面貌。

“蓝天上的电影。”比利说。

"哦——它真是太美了，"撒克逊赞叹道，"可是这里没有月亮谷呀。"

他们遇到了潮水般的蝴蝶群。接连几天，他们在蝴蝶群中穿梭。那漂亮的蝴蝶，扇动着美丽的翅膀，盖天覆地，漫山遍野。路上仿佛铺上了一层均匀的深黄色天鹅绒。马已走得气喘吁吁，可是马鼻底下的路似乎每时每刻在升高。天空中蝴蝶密密匝匝无声地上下翻飞，令人眼花缭乱。微风吹起时，棕色的，黄色的蝴蝶成群结队，宛如柔软雪片，随风飘去。在栅栏处落下的蝴蝶堆积成山；路边水渠上的蝴蝶重重叠叠，无可奈何地随流水飘去。哈柴尔和哈蒂不多时就习惯了，可波苏始终在那里张牙舞爪，兴奋不已。

"嘿——谁听说过蝴蝶形状的马吗？"比利打趣说，"那种马的价格比一般的高五十块美元。"

"等着吧，等到你们过了俄勒冈边界，进了罗格河峡谷以后。"人们这样告诉他们，"那里有上帝的乐园——宜人的天气，优美的风景，丰饶的果园，果园地英亩价是五百美元，产值是百分之百。"

"哎唷！"比利驾驶到没人处时说，"那太富了，我们消受不了。"

然后撒克逊说："我不知道月亮谷里的苹果怎样。但我的确知道，月亮谷可生产百分之一万的幸福。其价值是一个比利，一个撒克逊，一个哈柴尔，一个哈蒂，还有一个波苏。"

穿过西斯基尤县，越过高山，他们来到阿什兰德和密德福得，在桀骜不驯的罗格河边扎了营。

"这个地方好极了。"撒克逊赞叹说，"可是这里不是月亮谷。"

"是的，这里不是月亮谷。"比利同意她的话。那天晚上，他在冰冷的罗格河里钓了一条特大的硬头鳟，鱼立起来和他颈脖子相齐。这个多鳍的大家伙在水里拼命地晃动，足足挣扎了四十分钟，比利才把它拉到岸边。他如同科曼契人俘获战利品时狂喊那样，双手紧抓鱼鳃，高兴得又蹦又叫。

"'功夫不负有心人'。"撒克逊充满信心地预言。他们向北行驶，出了格兰特要隘，然后继续向北走，跨过群山和丰饶的俄勒冈各峡谷。

一天，在尤姆普卡河边露营时，比利打了一头鹿，这是他第一次猎到鹿。他躬腰开始剥鹿皮时，抬眼看了看撒克逊说：

"要是说我不认识加利福尼亚，那么我想俄勒冈一开始就中了我的意啦。"

晚上，他美美地吃了一顿鹿肉。饭后他靠着手肘休息吸烟时，说："或许根本没有月亮谷。如果没有的话，怎么办呢？我们可以永远这样过下去。我满足了，没有更高的要求了。"

"月亮谷肯定有，"撒克逊认真地说，"而且我们一定会找到它，我们必须找到它。怎么啦，比利。家不安下来是决对不行的。家不安下来，就没有小哈柴尔和小哈蒂，就没有小——比利……"

"也没有小撒克逊。"比利插话说。

"也没有小波苏。"她紧接着说，一边点头，一边伸手去抚摸小猎狗。它正兴致勃勃地啃着一根鹿肋骨呢。只见它恶狠狠地狂叫一声，猛的一口，差点咬掉了她手指。

"波苏！"她大声严厉地训斥，然后又伸过手去。

"别伸过去，"比利警告说，"它控制不了自己，再伸过去，它会咬着你的。"

波苏又嗥叫起来，嘴紧紧守着鹿骨，那怒气冲冲的威胁越发变得明显。

“这是只好狗，它会守护它的骨头。”比利大加赞赏说，“不会守护的狗，我就不喜欢。”

“可是，这是我的波苏，”撒克逊辩解说，“它喜欢我，而且它必须喜欢我，那块骨头有什么要紧。它必须听我的，喂，波苏，把那块骨头给我！先生，把骨头给我呀！”

她小心地伸过手去，狗嗥叫得更厉害了，最后它又猛咬了一口。

“我说了，这是它的本能。”比利又说，“它确实是爱你的，但它就是控制不了自己咬人。”

“它有权维护它的骨头，不让陌生人拿走，可是对它母亲不能这样。”撒克逊争辩说，“我一定要叫它放弃那块骨头。”

“猎狐小犬是很敏感的，很容易动怒，撒克逊，你这样做会使它发疯的。”

但是，她很固执，不肯改变主意。她捡起一根短木柴：“听着，先生，把那块骨头给我！”

她用木柴进行恐吓，小猎狗嗥叫得十分凶猛。它又猛咬一口，然后回头蹲伏在骨头上。撒克逊举起木柴，装作打的姿势。这时它突然放弃骨头，滚倒在她的脚旁，四脚在空中摇晃，双耳温驯地贴在地上，那对眼睛骨碌碌地转动着。那样子既是顺从，又是在哀诉。

“我的天呐！”比利深吸了一口气，神情敬畏地说，“瞧它多可怜！它把它的太阳神经丛置于你的手下，他的命根子，他的生命，全不要了。它是在说：‘我在这儿，向我踩吧，取了我的命吧，我爱你，我是你的奴隶，可是我就是无法放弃我的骨头，我的本能比我强。杀了我吧，但我控制不了自己。’”

撒克逊心都软了，泪水充满了双眼。她弯腰把可怜的小东西抱在怀里。波苏显得焦急不安，不断地哀鸣着，战栗着，蠕动着，曲起身子，舔她的脸，苦苦地哀求她的宽恕。

“他有颗金子般的完美的心。”撒克逊低声地说，把脸贴近那满怀情感的温柔颤动的爱兽上。“母亲很抱歉。她再也不会这样打扰你了。去，去，小宝贝！看，那是你的骨头，把它吃了。”

撒克逊把它放下地，可是它显得迟疑不决，似乎在她和骨头之间的选择上难下决断。它望着她，显然想确信她的允许是真的。可是它仍在微微打战，那敬重和欲望之间的激烈冲突撕裂着它。直至她又说了一次允许的话，并赞同地点了点头以后，它才走向骨头。

“那个墨西戴斯说得对，男人争工作犹如狗抢骨头。”比利慢慢吞吞地说，仿佛在阐明一个理论，“这是本能的。嘿，波苏控制不住咬你，就像我见了工贼，我就抑制不住拳头那样。这是解释不了的。一个人不得不做某件事情时，他就不得不做。一个人做了某件事，这事实说明，他不得不做。理由他不一定能解释得了的。我绝对没有道理痛打我们的房客詹姆斯·哈蒙。他是个好人，很正派，确实是这样。可我没办法，不得不打他，罢工就要完蛋了，我心里一切都那么辛酸，那样痛苦。我从没告诉过你，我出拘留所以后，见过他一次。那时我的双臂正在好转。我去了拘留所等他，他去了。我向他道了歉。可我为什么要道歉呢？我不知道，或许也同我打他的理由一样——就是没办法，不得不那样做。”

这样，在尤姆普卡河边的营帐里，比利用现实主义的词语，阐述了相似的理由。而波苏在鹿骨事件上用犬齿和食欲的行为语言也陈述了这一理由。

42

撒克逊驾驭马车来到罗斯帕格镇。马慢悠悠地走着。马车后挂了两匹肥壮的年轻驮马，另外六匹马自由自在地跟在后面。比利骑着马走在最后。他要把这些马从罗斯帕格运到西奥克兰马房去。

那是在尤姆普卡峡谷，他们听到了关于白麻雀的寓言。告诉他们的是一位上了年纪的老农，但是仍红光满面，体魄壮实。他的农庄是系统管理的样板。后来，比利听旁人说，他的家产有二十五万美元之多。

“你听到过农民和白麻雀的故事吗？”吃晚餐时，他问比利。

“连一只白麻雀都没听说过。”比利回答说。

“是呀，白麻雀现在极少了。”那老农说，“不过，有这么一个故事：从前有一个农民，办事很少成功，似乎事事都不称心如意。最后，有一天，他听到了关于神奇的白麻雀的故事：白麻雀好像只在东方发白时才出来。哪位农民有幸抓住它，它就会给他带来种种好运。第二天早上，我们的那位农民天一亮就起来了，他开始寻找那白麻雀。你知道吗，他连续寻找了许多个月，可是连麻雀的影子都没看到。”老人说到这里摇了摇头，“没有，他从未找到它。可是他发现农庄有许多事需要处理，他每日早餐前就处理这些事。不久他偿还了抵押，开始在银行存钱。”

那天下午他们上路后，比利沉思起来。

“哎，我理解了它的意思，”他过了一阵又说，“不过我还是不满意。当然啦，白麻雀根本是没有的。但要起得早，要勤快，做好以前因拖拉而疏忽的事——哎，故事的含义我全明白了。可是，撒克逊，如果当一个农民，生活就是那个样子，我就不想找什么月亮谷了。生活不等于艰苦工作。从天亮到天黑，整天辛辛苦苦——那和生活在城里还不是一样？我看没区别了。你留给自己的时间就是睡觉，而你睡觉时，你就没有了享受。可你在哪里睡觉都一样，像死了似的。那个样子，天天忙得团团转，还是死了的好。我宁愿天天在路上跑，打打鹿，抓抓鲑鱼，然后在树荫下躺躺，和你一起玩玩，和你一起笑笑，还可以和你去游游泳。我也是愿意工作的，可是这世界上，恰当的忙碌和工作得昏头昏脑是完全不一样的呀。”

撒克逊的看法完全相同。她回忆起以往几年的劳累，对照了自旅行以来的愉快生活。

“我们不想成富人，”她说，“让他们在萨克拉门托岛上，在灌溉的峡谷中寻找他们的白麻雀吧。在月亮谷，我们早上起来时，就会听到鸟唱歌，就会听到我们和鸟一起唱歌。我们有时可以辛勤工作，这样我们才会有更多的时间来玩。到时你去游泳，我也去。我们玩累了，我们就会乐于工作，放松自己。”

“我已整个儿晒干了。”比利告诉撒克逊，他不断地抹着前额上的汗水。前额已被太阳晒得黑黝黝的。“我们往海岸方向走怎样？”

于是他们向西行驶，从高海拔的内陆峡谷顺着荒芜的山坡驶出谷地。道路十分险峻，在一条七英里长的路段上，他们看见十辆损坏的汽车躺在路旁。比利怕累坏了马，在一条溪流旁安了营。溪中流水淙淙，鱼儿游弋。比利一次就钓了两条鲑鱼。撒克逊第一次抓获一条大鲑鱼。她习惯把鱼拉到岸上十英寸的地方。她收钓线拉那条大鱼时，卷盘发出刺耳的尖叫声，吓得她叫出声来。比利走上浅滩，给了她一些指点。几分钟后，撒克逊激动得双颊通红，两眼闪光，小心翼翼地把那大家伙从水边拉到沙地上。那鱼吐出鱼钩，啪啪地在地上剧烈翻动。她双手扑上去，终于牢牢抓住了它。

“一尺六长。”她骄傲地高高捧起大鲑鱼。比利说：“嘿！你要去做什么呀？”

“把沙子洗掉。”她回答说。

“最好把它放在筐里。”他劝告说，然后闭上嘴，似笑非笑地在旁观看。

她走到溪边，弯腰把那条漂亮的大鲑鱼浸在水里。鱼翻动身子，她只觉抽搐了一下，那鱼已不知去向。

“啊！”撒克逊懊悔得叫起来。

“到口的食，不该让它跑了。”比利说。

“我不在乎，”她回答说，“不管怎样，那条鱼比你抓到的都大。”

“哎，我可不否认你是个杰出的钓鱼手呀，”他慢吞吞地说，“你听懂我的话没有？”

“我怎么能听懂你的话呢，”她反驳说，“也许像那个男的，解禁期过了，还捕鲑鱼，因此被逮捕了。他的辩护就是自卫拳击。”

比利默想了下，可是仍不明白她的意思。

“那鲑鱼攻击了他。”她解释说。

比利露齿笑了笑。过了片刻，他说：“你的确给了我一次厉害的攻击啦。”

天阴沉沉的，他们沿着科基尔河岸行驶。不知何时起了大雾，他们不知不觉被笼罩在雾中。

“唷！”比利呼了口气，显得很高兴，“好大的雾！我觉得我好像是块干燥的海绵在吸水呢。以前我从没这样感受过雾水。”

撒克逊伸出双臂，想领略浓雾。

“我从没想过，我会对太阳感到厌倦。”她说，“可是这几个星期，太阳太强了，我们真有些受不了。”

“那是我们进了萨克拉门托山峡以后。”比利也有同感，“太阳太多了也不是好事。我早就看到了这一点。阳光好比烈酒，你注意过吗？天阴一个星期以后，太阳出来了，你会感到很舒服，那阳光就像一小杯威士忌，有同样的效果，让你感到浑身舒适。当你游泳后，从水里出来，躺在阳光下，你的感受也会非常好。这是因为你是在尽情地喝一杯太阳鸡尾酒。可是假如你卧在沙里一两个小时，你就会感到不那么舒服了。你的动作会变得缓慢，穿衣服要花许多时间，你会懒洋洋的，拖着双腿回家。你会感到虚弱，好像生命中的元气都耗尽了。那是怎么回事呢？那是酒后病症。你被太阳彻底灌醉了，就像被许多的威士忌醉倒一样，你现在要为此付出代价了，这就是为什么雾在这种天气中是最好的。”

“那么，我们已醉了几个月了，”撒克逊说，“现在我们要清醒清醒了。”

“肯定的。真的，撒克逊，有这样好的气候，两天的活，我可以一天做完它。你看这两匹牝马，它们现在可活跃了，我准没有错。”

撒克逊看了看四周松林，想寻找她的红杉树。他们会在南边加利福尼亚找到红杉林的，在巴思顿镇时，有人这样告诉他们。

“这样看来，我们往北走得太远了，”撒克逊说，“我们必须去南面找我们的月亮谷。”

43

他们沿着海岸向南走，一路上打猎钓鱼，游泳，买马，生活也觉得丰富。比利把买来的马匹用近海海轮运走。他们途经丹尔诺尔特和哈姆波尔特县，又穿过门多西诺，进入索诺马——这些县比东部的州还大。途中，他们穿过巨大森林，跨过无数溪流，越过许许多多肥沃峡谷。撒克逊一心一意寻找月亮谷。有时，似乎一切都很理想，但是缺了铁路；有时是少了石楠树和熊果树，而雾又常常太多。

“每过一定时候我们定要喝上一次太阳鸡尾酒。”她对比利说。

“是的，”他回答说，“雾太多会叫我们湿得黏糊糊的。我们追求的是两者之间，我们必须离开海岸，往内地走些路，找一找太阳鸡尾酒。”

时值秋季，他们在古老的罗斯城堡告别太平洋往内陆行驶，取道卡柴德罗和古尔涅维尔，进入远离尤基亚的俄罗斯河谷。在圣他·罗沙,比利因运送了几匹马而耽误了一些时间。直到下午，他才驾车南行，后又向东朝索诺马峡谷行进。

“我想，到安营的时候，我们就可以到达索诺马了。”他抬眼看了看太阳说，“这里叫贝尼特山峡。从山峡越过分水岭就是格兰埃伦。可以说，这是个美丽的大山谷，那边山非常漂亮。”

贝尼特山峰巍然屹立于蓝天下，山下是绵延起伏的农田，山脚偎依着一排堡垒状的山丘。但是山的另一边，虽然有阳光下的黄褐色的加利福尼亚衬托，山丘和山脉尚显美观，但是光秃秃的，日晒十分强烈。

他们转向左走，开始攀登一座座险峻的山麓丘陵。他们走近贝尼特山时发现水源比哪里都丰富。他们行驶在一条小河边，河里流水潺潺。山丘上的葡萄园在夏天时晒干了，但是低洼地和平地上的农舍四周是处处绿树成荫。

“或许听起来好笑，”撒克逊说，“我已开始爱上这山了。不知怎的，我好像以前见过它似的，它什么都令人满意——哦，真的！”

他们越过一座桥，驶过一个急转弯，突然置身于一种神秘的清爽、宁静、阴凉的环境中。他们周围出现了雄伟挺拔的红杉树。树林地面上长满了秋蕨，看上去宛如铺上了一层玫瑰色的地毯。偶尔，一道道阳光渗入树荫深处，给阴暗的丛林带来几丝光亮。林间幽径纵横交叉，各自通向隐蔽的去处。每个去处都很舒适，那里全是一圈圈又直又圆又粗的红杉树。原来，这里曾是古人聚集的地方，今天古人已不见踪影，那些高大的红杉树仍傲然挺立着。

他们离开丛林，驾车来到陡峭的分水岭。分水岭仅仅是索诺马山的一个块壁状的凸出地段，道路向前穿过绵延不断的高地，横过几个小山坡和峡谷，这里到处都是茂盛的树林，到处都是湿漉漉的，有的地方，路边的泉水搅得路面泥泞不堪。

“这山像个海绵，”比利说，“你瞧，干旱的夏季快过去了，这山还到处渗水呢。”

“我从没到过这里，”撒克逊提高嗓子，亲昵地说，“但是这里的一切都那么亲近！看来我一定在梦中见过这个地方。看，那里是石楠树，整整的一大片！看那些熊果，长得多好！嘿，我觉得我回家来了。哦，比利，这里要是是我们的山谷，该有多好！”

"迷恋上这里的山坡了？"他问道，狡黠地笑了一笑。

"不，我不是这个意思。我是说我们走在通向我们山谷的路上。因为通向我们峡谷的路——所有的路——一定是漂亮的。这条路，我以前都见过了，梦见过。"

他们路过一幢舒适的大农舍，农舍四周是一排排谷仓和奶牛棚。他们又穿过绿荫蔽日的树林，来到一片农田。撒克逊立即被它迷住了。农田位于上山道路一侧较平坦的凹地上，远处的地界是一排连绵不断的树林。在夕阳渐沉的晚霞中，那田地闪耀着红光，犹如尚未加工的金块；地中央屹立着一株孤独的大红杉，树顶有许多枯枝，那是鹰的巢窝。远处山上，树木郁郁葱葱。当他们驾车向前时，撒克逊回头望了望她称作的"她的土地"，看到了那高耸入云的真正的索诺马山顶峰。"她的土地"后面的那座山不过是大山边上一个小小的山鼻子。

右前方是陡峭山岭，山间是苍翠的深谷，山脚底是一座座绵延起伏的果园和葡萄园。过了山岭后，索诺马山谷和东边交界的荒山野岭第一次映入他们的视野。在他们的左方是一片片小山丘和小峡谷；远处向北也是索诺马谷地，更远处是山谷的边远山屏，那是一排山峦，那最高的山峰挺举着一个古老的火山口，火山口四边内倾，呈红色，背后是阳光柔和的天空。在晴朗的天空下，山脊从北到东南勾画出一条清晰的曲线。此时夜已临近了，天色朦朦胧胧。比利看了看撒克逊，只见她满脸陶醉的神色，显得十分喜悦。比利勒住了马，东边天空整个儿如火烧一般地红。那红色笼罩群山，映在他们脸上，双颊闪现红光，恰似喝醉了酒一般红润。这时，紫红色的霞光开始洒落在索诺马山谷中，它如滚滚的潮水，在四周山麓漫延开来，然后逐渐上涨，不久群山淹没在紫红色的海洋里。撒克逊无声地用手指点着，示意说，那潮水般的紫红色是索诺马山夕阳西沉时的天色。比利点了点头，口里啧啧地叫着催马前进。马车在暖和、绯红的霞光中驶下山去。

在高坡的路上，从四十英里外的太平洋上吹来的凉爽、舒适的微风令他们心旷神怡。在小山凹里，略带秋天土味的暖风给他们送来干草、落叶和鲜花的芬芳。

他们来到一个深谷边上，谷地似乎直通索诺马山中心。比利又默默地瞧着撒克逊，停下马车。峡谷的景色美极了，一片片红杉树高大挺拔，山岭远端的三座崎岖小山上云杉林和栎树林密密丛丛。小山间是一个较小的峡谷，那是主谷的支脉，四周全是密匝匝的红杉树。比利手指小山脚下收获后的田地，说：

“我看到了我的牝马在那样的草地上吃草。”

他们驶向山谷。路边的溪水在枫树和赤杨下潺潺流去。黄昏的霞光透过天空上的积云，把峡谷染成了绯红。这时，枝繁叶茂的淡红色石楠树和深红色熊果树如火烧一般。空气中飘浮着月桂的芳香。野葡萄的长藤葛爬过溪流，盘绕在两岸的树枝上。这里有各种各样的栎树，树身都披上了西班牙带状苔藓。溪流边蕨类植物长得非常茂盛。

“我有种预感。”比利说。

“让我先来说吧。”撒克逊要求说。

他等她开口，眼睛盯着她的脸，两人都遏制不住心头的喜悦。

“我们找到了我们的山谷，”她轻声地说，“是不是？”

他点了点头。他刚要说话，就克制住了。他看见一小男孩正牵着一头母牛从路上走来。那小孩一手提着大得出奇的短枪，一手拎着一只特大的长耳大野兔。

“到格兰·埃伦还有多远呀？”比利问道。

“半英里。”那男孩回答说。

“这条溪流叫什么？”撒克逊问。

“野水河。流向索诺马河的，离这里有半英里路。”

“有鲑鱼吗？”比利急切地问道。

“这要看你有没有本领抓啦。”男孩露齿微笑说。

“山上有鹿吗？”

“还没到季节呢。”男孩这样回答。

“我说，你从没打到过鹿，是不是？”比利狡黠地套问说。他达到了目的。

“我有鹿角。”

“鹿会脱角的，”比利逗笑他，“谁都找得到。”

“我身边还带着鹿肉呢，肉还没干——”

男孩突然不说话了，他两眼惊疑地盯着比利，知道自己中了他的圈套。

“没关系，孩子。”比利笑着说，一边策马向前驶去，“我不是渔猎监督。”

四周出现更多的红色石楠树和仙境般的红杉树圈，他们走到路旁的一个大门，门附近仍是那条流水汩汩的小溪，门前立着一个乡村邮箱，上有“埃德蒙德·海尔”几个字。一对男女肩靠门框，站在古朴气的拱门下，那样子构成一幅非常优美动人的画面。撒克逊给迷住了。她屏息凝视，但见他们并排而立，女人的纤细玉手缩藏在男人的手里，那男的看上去似乎生来就是给人赐福的，他脸上的神情活生生地证明了这一点：他有漂亮的容貌，一头密密的玻璃丝般的银发，头发下是一双和善的灰黑色大眼睛；他的体魄十分魁伟。他身旁的这个女人个子娇小，但身段匀称，姿态秀美，宛然是一尊玉雕。她具有白种妇女独有的那种橘黄肤色；她的眼睛碧蓝，脸上荡漾着甜甜的微笑；她身着幽雅，灰绿色的服饰看上去犹如一朵鲜花。她那小巧清晰的脸庞不禁让撒克逊想起春天的延龄草。

在金色的黄昏里，他们下坡行驶的时候，撒克逊和比利构成的画面也许同样地美妙动人。两对情人只是瞧着对方，钦羡不已。那小巧女人抿着嘴笑，显得极为快乐；那男人满脸红光，闪现着赐福者的慈祥。撒克逊觉得自己似乎一向熟悉这对可敬可爱的夫妻，就像她熟悉山坡上的田地那样。她知道自己喜欢他们。

“你们好。”比利说。

“幸运的孩子，”那男人说，“你们知道吗?你们坐在那里有多可爱。”

须臾，马车过去了，沙沙地驶下路去，路面上盖了一层厚厚的枫树、栎树和赤杨的落叶。然后他们来到两条溪流的汇合地。

“呵，在这地方安家该有多好。”撒克逊手指着野水河大声地说，“比利，你瞧草地上方的那块平地。”

“撒克逊，这是块肥沃的谷地，那块平地也是。你看，那上面的大树长得多繁茂。”

“驾过去看看。”她说。

他们走下大路，驶过野水河上的一座小桥，沿着一条满是车辙的旧小道，往前行驶。小道旁是一排弯弯曲曲的栅栏。栅栏是用红杉木条做成的。他们来到一个大门前，门扉敞开着，门上铰链已经脱落。那小道穿过大门，通向那块平地。

“这就是了，我认识它。”撒克逊深信不疑地说，“进去看看，比利。”

树林中间，他们看见一座粉饰过的小农舍，农舍的窗门破烂不堪。

“你的石楠树——”

比利指着一棵最大的石楠树，它的根基直径足有六英尺，它巍然矗立在农舍前。

他们低声说着话，绕过高大的栎树林下的房子，在一间小谷仓前停了下来。他们立刻卸了马具，把马拴在树上，然后开始察看四周的情况。从平地到草地的坡度很大，斜坡上盛长栎树和熊果。他们哗啦啦地穿过矮树丛时，惊飞了十几只鹌鹑。

“这里打猎怎么样？”撒克逊疑惑地问道。

比利笑了笑，伏下身子看一处清泉。泉水冒着水泡，不断向外涌出,形成一条清澈的小溪流进草地。这里的地面晒干了，到处是很大的裂缝。

撒克逊脸上即刻浮上一层失意的神色，比利手指碾着一块泥巴拿不定主意。

“土地很肥沃，”他发表看法，“可是——”

他突然煞住话，凝目望了望四周，看了看草地的地形，然后跨过草地，来到对面的红杉树林，然后又走了回来。

“从眼前状况来看，这地是不够理想的，”他说，“可是如果适当处理，这地是最好不过了。需要做的只是一些常事，多排水。草地是个自然盆地，还没填平。你过来，我给你看。”

他们走过红杉林，来到索诺马河边。这里溪水平静地流入一个幽静的水潭，岸边垂柳随风飘拂。河对岸很陡，比利拿眼量了量它的高度，又拿一根浮木试了试水的深度。

“十五英尺！”他宣布说，“从岸上不管如何跳水都没问题。”他们沿水潭朝前走。水潭出水处是一个急流，水越过裸露的基岩，进入另一个水潭。正当他们观看时，一条鲑鱼跃入空中一闪，又落在水中，在平静的水面上激起一圈圈涟漪。

“这地方是专门为我们设造的。”比利说，“明天早上，我要查清楚这地方是谁的。”

半个小时后，他喂马时要撒克逊注意听火车的汽笛。

“你有了你的铁路啦，”他说，“那是开往格兰·埃伦的火车，离这里只有一英里地。”

撒克逊在毯子下正昏昏沉沉欲睡时，比利叫醒了她。

“如果拥有这土地的家伙不肯卖呢？”

“他会的，那是毫无疑问的。”撒克逊平静地肯定回答，“这是我们的地方，我知道。”

44

他们被波苏吵醒了，它狂叫着，正对一只不肯下树找死的松鼠发狠呢。松鼠的叽叽喳喳叫声诱惑得它几乎发疯了。波苏拼命往树上爬，却怎么也不成。比利和撒克逊看到它发狂的样子，笑得抱成一团。

“要是这里成了我们的家，就不需要打松鼠了。”比利说。他们匆匆吃过早饭，又开始考察。他们在崎岖不平的地界上来回奔跑，一次又一次地从栅栏走到溪流，又从溪流走回栅栏。在草地边缘，沿平地的底部，他们发现了七个清泉。

“有了你的水源啦。”比利说，“搞好草地的排水，治好土壤，然后施上化肥，用这些水，你就可以一年四季种庄稼了。这块草地必定有五英亩大，那可是块好地，比莫蒂默夫人的地好多了。”

在旧果园里，他们数了数果树，共有二十七棵。果园在平地上，占了好多土地，可是无人管理，已经荒芜了。

“屋后平地上我们可以种各种浆果。”撒克逊说完，想到了一个新的主意，“要是莫蒂默夫人能来这里给我们出出点子该有多好。比利，你认为她会愿意来吗？”

“她一定会的。坐车从圣约斯到这里无非四个小时路程，不过我们先要在这里安顿下来，然后我们写信告诉她。”

这是个小农庄，它的一边是索诺马溪流，两边有曲折的栅栏围住，另一边和野水河相连。

“那对漂亮的男女要做我们的邻居了，这太好了。”撒克逊想起了遇见的高个子男人和小个子女人，“野水河将成为他们和我们的地界了。”

“这土地还不是我们的呢。”比利说，“走，我们去拜访拜访他们。他们会告诉我们这里的情况的。”

“那也好，”她回答说，“重要的是，我们已找到了地方。不管地主是谁，都不会喜欢这地方了，这里已很长时间没人住了。喂，比利，你满意吗？”

“没说的，”他坦率地回答说，“仅就现有的情况来看。但问题是有些事还没搞清楚呢。”

她脸上露出失望的神色，这令他有点儿泄气，他感到他那美好的梦做不成了。

“我们把这地方买下来，不就行了。”他说，“不过草地四周这么多树林，牧场几乎没有了，连两匹马，一头奶牛都养不了。可是我不在乎，我们不可能拥有一切。现有的已经相当相当地好了。”

“我们就这样开始吧，”她安慰说，“以后我们可以扩展。沿野水河向上，我们昨天看到的那三座小山，那带土地或许——”

“就是我放马的那个地方？”他记起来了，眼睛闪现光亮，“为什么不呢？我们上路以来，许多事情都办到了，或许那也可以办到的。”

“我们要设法办到它，比利。”

他们走进那富有乡土味的大门，沿一条弯弯曲曲的小道穿过树林。那房子掩蔽在树林中，他们走到它前面时，才突然看见它。它如同架在树间一般，是幢八边形的两层楼房，它的结构非常匀称，楼层不高不矮，十分适中。它与树林相映成趣，委实是个好去处。它似乎和树林一样，也是从土里长出来的。这里没有正式的庭园，门前野草丛生，杂木蔓长，大门低矮的门廊离地只一尺高。门廊房檐下刻有“延龄草幽居”几个古里古怪的大字。

“上楼来吧，亲爱的。”撒克逊敲门后，有人从楼上大声地说。

她后退一步，抬头一看，那小个子女人正从凉台上向他们微笑招手呢。她身穿玫瑰红质地、线条柔和的室内长袍。撒克逊觉得好似见到了一朵鲜花。

“推开前门就行啦。”那女人说。

撒克逊进了屋，后面紧跟着比利。室内几净窗明，壁炉是粗糙的石头砌成的，里面闷烧着一根大木头。石板上放着一个特大的墨西哥大口瓶，瓶口插满了秋色的树枝和淡蓝色轻软的葡萄藤，那藤蔓爬向四周。墙壁衬了保暖的原木头，木头着了色，但没有光泽。空气中弥漫着纯真的木头香气。在房间的一个浅角落里，隐隐露出一架胡桃木制的风琴。在这八边形的住所中，每个角落都是浅的。还有一个角落里堆放了一排排的书籍。窗户下摆着一把矮睡椅，显然是供临时用的。通过窗户，可以看见一片宁静的景色：秋天的树木，枯黄的野草；小小的庄园上，一条条羊肠小道纵横交错；一个漂亮的小楼梯在窗旁盘旋而上，通到楼上。那小个子女人向他们致意欢迎，把他们引入室内，撒克逊立即看出来了，那是她的房间。房间很宽敞，占据了房子的两个边的空间，房间全是落地窗。靠地板的窗台下摆了几个书架，上面堆满了书；工作台上，长沙发上，书桌上也全是书，放得乱七八糟。窗户开着，窗台上摆着一瓶盛长秋叶的树枝。那皮肤黝黑，面容姣好的夫人坐在树叶边的橘红色小藤椅上显得分外娇媚。

“古怪的房子，”海尔夫人如少女一般满心喜欢地笑了一笑，“可是我们喜欢它。埃德蒙德亲手建的，甚至抽水马桶也是他做的，不过他确实是花了很大工夫。”

“楼下那个硬木地板呢？还有壁炉？”比利问道。

“都是，都是自己做的，”她自豪地回答，“还有，一半家具也是自己制作的。”

“是这样，”一小时后，撒克逊言归正传，“我们三年来一直在寻找我们的月亮谷，我们终于找到了。”

“月亮谷？”海尔夫人不解地问道，“那么说，你们一向知道这个地方？怎么要这么长的时间？”

“不，我们不知道。我们只是盲目寻找。马克·哈尔把我们的寻找称作朝圣，他总是逗我们，要我们带上长拐杖。他说，当我们找到那地方时，我们就会知道了，因为到时候拐杖会突然绽开花朵。他取笑我们在我们的山谷里想要的一切好东西。一天夜里，他带我到屋外，让我用望远镜看月亮。他说，我们只有在月亮上才能找到那样美好的山谷。他是说，那仅仅是梦想而已。可我们采用了那个名字，以后就开始寻找它。”

“那真是巧合极了！”海尔夫人大声叫起来，“这山谷就是月亮谷呀。”

“我们知道这山谷，”撒克逊平静自信地说，“我们向往的东西这里都有。”

“可是，亲爱的，你没听懂我的话，这里的确是月亮谷。这是索诺马山谷，索诺马是印第安语，它的意思就是月亮谷。”

他们谈得非常愉快，谈兴越来越浓。比利都有些坐不住了，他故意咳了一声，插话说：

“我们想去看看溪流那边的大草场，不知是谁家的，卖不卖。我们该去哪里找他们？还有其他相关的事要问问。”

海尔夫人站起身来。

“我们找埃德蒙德去。”她说着就移步往楼下走。

“哎呀！”比利突然叫出声来，他那魁梧的身量在矮小的海尔夫人身边宛如一座巍峨的塔楼，“我常以为撒克逊矮小，可是她可以做你的两个。”

“你的个子真够大的，”那小个子女人微笑着说，“但是埃德蒙德比你还高大，他的肩膀比你的还宽。”

他们走过明亮的厅堂，发现那大个子丈夫躺在一把又笨又大的摇椅上看书，旁边也放着一把橘红色的小孩坐的小藤椅。一只大得出奇的花猫卧在他的大腿上，头依偎在他的膝盖上，眼睛盯着壁炉里的一块闷烧的木头。它和主人同时转过头来欢迎进来的客人。撒克逊再次感受到，他的脸，他的眼睛，他的双手都隐现出那种祥和的赐福神情。她见到他，不由自主地垂下双眼。他的绅士风度叫人难以忘却，他的手是慈爱的手，是她从未梦见过的超俗的手。在卡尔米尔快乐的人群中，谁都无法与他相提并论，他们是艺术家，而他是学者，是哲学家。年轻人的激情，以及他们的一切疯狂反叛，在他这里成了智慧的温和举止。他的慈祥双手已为他渡过了生命的苦海，替他摘取了生命的乐果。她太爱它们了，当她想到那些卡尔米尔的人们到了他这个年龄时会是什么样子时，她感到一阵战栗。

“埃德蒙德，亲爱的孩子们来看你了。”海尔夫人说，“他们想买马德罗诺牧场，你有什么看法，跟他们说说吧。这样的农场，他们已寻了三年了——我忘了告诉他们，我们找延龄草幽居，用了十年时间。给他们讲讲关于牧场的事吧。奈斯密瑟先生肯定还想卖掉它。”

他们在简易的大椅子上坐下来。海尔夫人坐在大摇椅旁的小藤椅上，一只纤弱的小手如同一个卷须搁放在埃德蒙德大手里。撒克逊听他介绍时，眼睛却注意到了各个房间，只见里面光线暗淡，一排排书架放了许多书。她开始意识到，他设想和制作的只用木头和石头建成的结构是怎样表达他的精神和思想的。她的眼睛飘过书桌和椅子、工作台和隔壁房间床边的书架，那房间有一个台灯，灯罩是绿色的，房间里有许多杂志和书，一堆堆放得整整齐齐。她心想这许多家具该是他那双慈祥的手做的吧。

“关于马德罗诺牧场，”海尔先生说，“那是件很容易办的事，奈斯密瑟会卖的。他在山谷下面的矿泉地经营一家瓶装矿泉水公司。五年来，他一直想卖掉他的牧场。幸好，牧场是他的。这四周的其他土地都是一位早期法国移民的。那法国人一寸土地也不会放弃，他是位农民，爱地如命，土地已叫他着了魔，成了他身上的痼疾。他是土地奴隶，但他没有经营的能力，又老又固执。他有土地，但因产量低而穷得要命。对他，事情是明白不过了：要么一死呜呼，要么倾家荡产。

“奈斯密瑟是马德罗诺牧场的主人，他为牧场出的价是五十美元一英亩。牧场共有二十英亩地，也就是说，买下整个牧场要一千美元。作为一种农业投资，如果使用老式的方法，那是得不偿失；可作为一种经营投资，那是有利可图的，因为山谷的优越环境正越来越被外面的世界所知晓；作为避暑胜地，这里是首屈一指的地方；如果投资是为了享受，那么山谷适宜的气候，幽美的环境，胜过地价上千倍。艾尼特知道，奈斯密瑟会给时间，缓付大部分款额。”接着埃德蒙德又建议说：“你们先租种两年，然后买下。所交款的地租计为地产的价值。奈斯密瑟对一个瑞士人曾经是这样做的，那瑞士人每月付十美元的租金，可是后来他的夫人去世了，他就走了。”

说完这些，埃德蒙德马上觉察到，比利会拒绝他的建议，尽管他不清楚真正的原因是什么。比利提的几个问题表明了他的拒绝态度——老拓荒者的梦：广阔的土地，上百个山头的牛群，一百六十英亩土地是予以考虑的最小区域。

“可是，亲爱的小伙子，你不需要全部土地呀，”埃德蒙德和蔼地说，“我知道你懂精耕细作，可是有没有过精心养马呢？”

听到这个非常出色的主意，比利低头侧耳细听起来。他沉思了一会儿，他不明白这两种方法有什么相似之处。

“你告诉我呀！”他大声地说。

埃德蒙德微微笑了笑。

“是这样，首先你不需要这二十英亩地，不要图好看。草地上有五英亩，靠卖蔬菜谋生，两英亩就足够了。事实上，你和你的妻子，即使起早摸黑地劳动，也管不好这两英亩地。还有三英亩，那里的泉水足够用了。一年不要满足种一季作物。这个山谷的老式农民就只种一次庄稼。对这三英亩要精心管理，一年种几种作物作为马的饲料，你要勤灌溉，多施肥，轮着种庄稼。那三英亩将够你喂养许多马了，它们可以抵得上一个巨大面积的不播种、不管理，荒芜的大牧场。考虑一下吧，有关这些方面的事，我会借书给你们看的。我不知道，你们的作物将会长得怎么样，也不清楚一头马要吃多少，那是你们的事。不过我相信，雇佣一个劳力代替你，帮助你妻子管理那两英亩蔬菜，等到你拥有你的三英亩供养的所有马时，你就拥有了你奋斗的一切。到那时，你可以添置土地，养更多的马，可以获取更多的财富，如果那就是幸福所在的话。"

比利理解了，他压抑不住内心的激动，忽然情不自禁地说："你真行，是农业行家。"

埃德蒙德莞尔一笑，看了看夫人。

"对他们说说你的看法吧，艾尼特。"

她的蓝色的眼睛眨了眨，说：

"噢，真的，我这位先生从不务农，他从没经营过牧场，但是他懂。"她说着向靠着书的墙挥了下手，"他非常好学，天底下好人做的好事，他都研究学习。他的乐趣就是书，还有做木工。"

"别忘了达尔西。"埃德蒙德稍显不乐。

"好的，达尔西。"艾尼特笑了起来，"达尔西是我们的奶牛。我都说不清，是埃德蒙德更溺爱达尔西，还是达尔西更溺爱埃德蒙德，这可是个大难题。当他去圣弗兰西斯科时，达尔西就难受起来。见不到达尔西，埃德蒙德就不好受，他于是急忙赶回来。哦，达尔西可叫我吃了不少醋呵。不过我承认，谁也没有像他那样了解她。"

"那是我凭经验知道的一个实际问题。"埃德蒙德接过她的话说，"我是泽西种乳牛的权威。"

他站起来走到书架前。他魁伟的身躯令他们暗暗赞叹。他手里握着书，不时停下来回答撒克逊的问题。没有，这里没有蚊子。不过有一个夏天，刮了十天南风，一件史无前例的事发生了——几只蚊子被风从圣巴勃罗湾吹到这里。至于雾，那是山谷的作品：他们所有的地方位于索诺马山谷，受它的遮蔽，雾几乎总是很高。雾从四十英里外的海洋上吹来，到这一带地方，就受索诺马山阻挡而偏离方向，升到高空。还有一件事是：延龄草幽居和马德罗诺牧场幸运地正好位于一个狭窄的温热带，这样，在冬天的霜冻早晨，气温比山谷的其他地方总是要高出几度。

埃德蒙德不断地念着书名，挑选着书本，他选了一大堆才停手。撒克逊接过书，堆放在比利的怀里。

"还要的话，可随时来拿。"埃德蒙德热情地说，"我有几百册关于农业的书，还有所有的农业简报。你们有空，一定先来认识认识达尔西。"他们出门时，他高声地说。

45

莫蒂默夫人来时带了种子目录和一些农业书籍。她惊喜地发现，撒克逊已在埋头阅读农业方面的书了，那本书是她从埃德蒙德那里借来的。撒克逊带她到四周看了看，她对一切都感到很喜欢，甚至对租约条款和租约中的买地特权都觉得很满意。

"说说吧，"她说，"准备怎么干？你们俩都坐下来，这是一次行动计划会议。这个世界上能告诉你们该怎样行动的人就是我啦，我应该有这样的责任吧。我整顿过大城市图书馆，并为图书馆重新编制了图书目录，我应该能使你们年轻人迅速行动起来。你们说，我们该从哪里开始呢？”

她稍作了考虑后又说：

“首先，马德罗诺牧场是桩好买卖。我知道土壤，知道幽美的风景，知道气候环境。马德罗诺牧场是个金矿。那个草地是一宗财富。第一，土地已有；第二，你们拿土地准备做什么呢？为了生活？是的。蔬菜种不种？当然要种的。种了蔬菜以后，你们打算怎样处理它们？卖掉。卖给谁呢？好，你们听着，你们一定要照我的方法去做。绕过中间商，直接卖给消费者，设法招揽自己的生意。你们知道我进这个山谷时，在离这里几英里的地方朝车窗外看到了什么吗？我看到了旅馆，温泉。避暑胜地，避寒胜地——那是人，嘴，市场呀。那里市场供应如何呢？我找了找蔬菜庄园，但没找到。比利，套上你的马，准备下，饭后马上带我和撒克逊出去看看。其他的事都别管，暂时不动。盲目地，不知道地方，就去那里做生意有什么用呢？今天下午我们就去熟悉地方，然后我们就会知道，我们该怎么办。”她说最后一句话时，向比利笑了笑，似乎在询问他的看法。

可是撒克逊没有跟他们去，她要做的事太多了。她要打扫这幢长期无人居住的房子，要为莫蒂默夫人准备下榻的地方。莫蒂默夫人和比利回来时，已大大超过了吃晚餐的时间。

“你们这两位孩子真有运气，”她一跳下马车就说了起来，“这个山谷刚开始开发，你们的市场就在这儿。山谷里没有竞争者。我想，那些胜地该是新的——卡利埃特，鲍伊斯温泉，埃尔伏拉诺以及沿路的许多去处，看起来都是新开设的。邻近的格兰·埃伦还有三个小旅馆。嘿，我和它们的业主和经理都谈过了。”

“她真是个能手，”比利钦佩地说，“她谈起生意经来一套一套的，真了不起。你没跟我们去，真可惜。”

莫蒂默夫人听了他的赞美的话，微微笑了笑马上说：

“他们的蔬菜都从哪里来的呢？都是坐马车，跑十二至十五英里路从南边的山塔罗沙和北边的索诺马运来的。那些地方算是最近的蔬菜庄园了。现在蔬菜的需求量越来越大，当那些庄园供应不了时，那些饭店和旅店的经理不得不用快车从遥远的圣弗兰西斯科运来。我听说，这是经常的事。我向他们介绍了比利，他们都同意赞助本地的蔬菜业，因为这对他们也有利。你们将提供价廉质优的蔬菜，要设法提供比外地更漂亮、更新鲜的蔬菜。别忘了，你们的运输路程短，送货上门对你们来说将更便宜。

“这里不能做一日鲜鸡蛋的经营，也做不了果酱或酱果的生意。但是在那块平地上你们有许多空地，那些空地种不成蔬菜。明天上午我来帮你们规划下养鸡场和房子。而且还有个给圣弗兰西斯科市场提供阉鸡的问题。开始时，经营规模要小些，它主要是一项副业。所有这方面的情况，我也会告诉你们的，我会把有关的书寄给你们。你们必须多动脑筋，雇人来办事，对这点，你们必须彻底明白。主管的薪水总是要比工人的高。你们必须记好账，必须知道自己的状况，必须知道哪些是有利可图的，哪些是不合算的。哪些是最赚钱的。你们的账本要反映出这些情况。到时候，我会告诉你们这一切该如何做。”

“真难相信，两英亩地要办这许多事！”比利低声说。

莫蒂默夫人瞪了他一眼。

“就是两个英亩，你这个婆婆妈妈的男子汉。”她严厉地说，“五个英亩，你就无法供应你的市场。孩子，第一场雨水一下，你就会忙得不亦乐乎，你的马将没完没了地忙于排草地的水。明天我们把这些计划订出来。另外，那平地上可以种酱果，像棚架葡萄，那是最优良的品种，可以卖极好的价钱。还可以种黑莓，像帕巴恩克的那种。他住在山塔罗沙。还可以种罗干莓，大莓。但是别玩弄草莓，种草莓是一项独立的经营。你们知道，草莓不是藤本植物。我仔细检查过这里的果园，它的基础很好，以后我们可以进行修枝和嫁接。"

"可是比利想要三英亩的草地。"撒克逊赶紧解释说。

"做什么用呢？"

"他要养马，种马吃的干草和其他饲料。"

"从那三英亩所获取的利润中拿出一部分来买。"莫蒂默夫人当即这样决定。

比利想说什么，但克制住了。

"好吧，"他摆出一副十分高兴的样子，"不管它了，用来种蔬菜吧。"

在莫蒂默夫人来访的几天里，比利任由两位女人决定她们的事。"孩子，你们的事，我还没有完呢。"莫蒂默夫人告别时这样说。那个冬天，她几次来山谷，教撒克逊如何为直销的小市场，为日益繁荣的春天市场，为夏天生意的高潮安排庄稼。她说，夏季来时，撒克逊会倾销她种的全部蔬菜，并且会供不应求。这段时间里，哈柴尔和哈蒂空闲时常去格兰·埃伦拉肥料。那里的畜棚场上，粪便从没彻底清除过。它们还从火车站拉来几车商业化肥。化肥是按莫蒂默夫人的指示购买的。

那是第二年六月的一天早上，阳光灿烂，比利要撒克逊穿上骑装去试骑一匹驯马。

"十点钟以后吧。"她说，"到十点，第二趟返回时，我就可以把马车卸了。"

撒克逊扩展了许多业务。由于她办事能力强，方法好，她仍有许多空闲的时间。她常常可以拜访海尔夫妇。对她来说，拜访他们永远是一种乐趣。在这种志趣相投的气氛中，撒克逊成长了。她开始了阅读，而且读了能理解。她有了时间看书，有了时间缝制漂亮的衣服，也有了时间陪伴比利。

比利甚至比她更忙碌了，他必须四处奔波，同时还要照看家里的牲口棚和撒克逊使用的马。事实上，他早已成了忙人。莫蒂默夫人仔细检查了他的账目，以洞察秋毫的眼力细看了开支数列，发现了几处小小的漏洞，最后在撒克逊的协助下迫使他按要求记起账来。每天晚餐后，他和撒克逊就誊账目，账目誊完后，他就坐在早就计划要买并很快就买回来的大莫里斯安乐椅上，撒克逊会悄悄溜进他的怀抱，胡乱地弹一通乌古拉里琴，或和比利津津有味地长谈他们眼前的工作和今后的打算。

他们的坐骑慢步跑出大门，马蹄敲得桥板砰砰作响。他们跑过延龄草幽居，在野水河峡谷的山坡上勒住了马。撒克逊看中了她自己的牧场，那是索诺马山横岭上的一块空地。她把它称为他们骑马外出的目的地。

到达撒克逊的“牧场”后，他们策马到野水河山峡的边缘。他们坐在马鞍上，身子向后倾，走下一个陡坡。山坡上是一大片云杉林。穿过树林后，他们来到一条几乎被遗忘的古老的羊肠小道。

“五十年代，这条小道就没人用了，”比利解释说，“我只是偶然发现它的。”

他们又伏下身子，紧贴马的颈背，沿一条险峻的牛走小道向上爬行，走出峡谷，然后艰难地跨越崎岖曲折的区域朝那些小山岭走去。

“撒克逊，你一直在寻找漂亮的东西，是不是？我给你看一个地方，会让你大吃一惊的。快了，过了这片熊果林。”

出了熊果林，眼前呈现一幅无限美好的山林图。自从外出旅行以来，撒克逊从没见过如此美好的风景：那暗淡色的小道，如一长条红色的阴影，东兜西转地行进在林间平坦的空地上；周边红杉树雄伟挺拔，栎树绿荫蔽日；数不清的各种树木藤萝，似乎协商好了似的，共同编织成一片浓绿——枫树、大石楠树、月桂树，还有树皮是棕褐色的参天栎树；那野生葡萄和那似火一般红的毒漆树的藤蔓，或一层层攀附在树枝上，或一圈圈盘绕在树干上，或互相纠缠一起，难分难离。

他们又骑了片刻，跳下马，把马拴在谷地的边沿上。那狭长的谷地穿插过小山包的整个荒原。对着树林间的空隙，比利手指一棵倾斜的云杉树顶说：

“对，就在那下面，”他说，“我们必须沿溪流河床走才可以到那里，跨过小溪有许多鹿踏走的小径，但是这里没有路。你的双脚会弄湿的。”

撒克逊高兴得开怀大笑。她紧跟比利，涉过水塘时踩得水花四溅，走到光滑的岩石上时，她手脚并用，匍匐前进；遇到横倒的枯树时，她小心翼翼地蠕蠕移动。

路越来越难走。最后他们来到一个狭窄的裂缝。裂缝被堵塞了，他们只得停下来。

“你等在这儿吧。”比利好似下命令，自己躺下身子，平卧在地，蠕动着穿过灌木丛。

撒克逊静静地听着他的声音渐渐远去，最后什么也听不见了。等了一会儿后，她沿比利开辟的路走去。在谷底无法行走的地方，她就踏上鹿行走的小径，她相信那一定是鹿踩出来的。那小路绕过陡坡，穿过茂密的草木丛，像是一条隧道。她望见了那棵云杉，它屹立在对面山崖上。高高悬在空中，几乎伸到她的头顶。她又来到一块泥塑般的盆地，只见盆地中央有一池清凌凌的溪水。水池的对岸赫然升起一堵白色的峭壁。她环顾四周，寻找比利的身影。这时传来了他的口哨声，她抬头看时，只见两百英尺高处，他双手搂住树干，正立在白色峭壁的险峰上，那棵悬空的云杉树只离他数尺之遥。

“我可以看到你那个小牧场的背部。”他向下喊道，“怪不得谁也没发现这地方，只能从那小牧场这边看到它。嘿，你先看到了。有个秘密等我下来告诉你。我以前没看见过。”

撒克逊一听就知道他说的是什么秘密了，那是用来制砖的宝贵的黏土。她看见他手扶树枝，如下楼梯一般，盘旋爬下峡谷峭壁。

“那东西太好啦！”他落到她身边时欣喜若狂地说。

“真有意思，那黏土躲在四英尺土地底下，谁也看不见，只等我们开发了月亮谷才露面。它撕掉一张皮以便让我们看见它呢。”

“真的是那种黏土吗？”撒克逊关切地问。

“错不了，肯定错不了。这种土我见得多了，闭上眼睛都可以把它认出来。只要拿这么一点点用手指一碾——就这样。嘿，我闻都闻得出来，我赶马车吃足了灰土。看来我们的乐趣就在这黏土上了。我们到山谷后一直忙得晕头转向，现在好了，我们的日子好过了。”

他们手携手地坐在野水河旁，商谈着农庄的具体事宜。

“喂，撒克逊，”比利沉默了一会后说，“给我唱一段《庆丰收》好吗？”

她同意了。继而又听比利说:“你第一次唱那首歌给我听时，是在我们野餐后坐火车回家的路上——”

“我们见面就是那一天呀。”她插话说，“那天你对我是怎么看的呢？”

“别说啦，我一直认为你在世上是专门为我而生的。我们第一次跳华尔兹舞时，我就是这样想的。那么当时你对我是怎样想的呢？”

“哦，怎么说呢？也在第一次跳华尔兹舞前吧。我们互相介绍，互相握手的时候，我那时想，你是否就是那个男的呢？当时我心里闪现的一句话是：是这个男子汉吗？”

“我看起来相当潇洒，是不是？”他问。

“可能是吧，我的眼光一向是很准的。”

“喂！你说，”比利突然扯开话题，“明年冬天，等一切都办起来了，一切都有头绪了，我们去卡尔米尔看看，你说好不好？你的蔬菜闲季来时，我雇个工头来管事，我们去那里。”

撒克逊却没流露出赞同的神色，这令他诧异。

“怎么啦？”他急忙问。

她眼睛盯着他，显得极其拘谨，连说话都支支吾吾了:

“比利，我昨天做了件事，事先没和你商量。”

他看着她。

“我给汤姆写了信。”她说话战战兢兢的，似乎在做忏悔。

他仍不吭声，他不知道该说什么。

“我要他把那只旧衣橱托运过来，那是我母亲的，你记得吗？我们放在他那里的。”

“嘿！我还当是什么了不起的事，这有什么不可以的。”比利宽慰她，“我们需要衣橱，是不是？而且我们也付得起那笔运费，是不是？”

“你真笨，你就是那种笨男人。难道你不知道衣橱里放的东西吗？”

他摇了摇头。她的说话声变得十分柔和，几乎成了耳语。

“那婴儿的衣服。”

“是吗？”他大声叫了起来。

“真的。”

“没错？”

她点了点头，两颊涨得绯红。

“撒克逊，这是我想要的呀，比世界上任何东西都想要。我们来山谷以来，我一直在想这件事，想得要命。”他因激动，说话都有点结结巴巴了。撒克逊第一次看到他的眼眶涌上了泪水。“不过，我尽管办了这许多事，养了那些马，做的事情数也数不清，我，我却从没催逼过你呀，连一句话都没说。可是我想要孩子——哦，我真的想要，就像我现在想要你那样！”

他张开双臂搂住倒在怀里的撒克逊。野水河谷久久没有一点声响，那河谷中央清澈的水塘显得分外恬静。

图书在版编目（CIP）数据

月亮谷 / (美) 杰克·伦敦著；齐永法，龚晓明译. -- 南昌：百花洲文艺出版社，2014.5
（外国文学经典阅读丛书. 美国文学经典）
ISBN 978-7-5500-0932-5

Ⅰ. ①月… Ⅱ. ①杰… ②齐… ③龚… Ⅲ. ①长篇小说－美国－近代 Ⅳ. ①I712.44

中国版本图书馆CIP数据核字(2014)第072440号

月亮谷

［美］杰克·伦敦 著
齐永法 龚晓明 译

出 版 人	姚雪雪
责任编辑	张 越 龚晴瑜
美术编辑	彭 威
制 作	周璐敏
出版发行	百花洲文艺出版社
社 址	南昌市红谷滩世贸路898号博能中心A座9楼
邮 编	330038
经 销	全国新华书店
印 刷	江西千叶彩印有限公司
开 本	787mm×1092mm 1/16 印张 20
版 次	2014年9月第1版第1次印刷
字 数	240千字
书 号	ISBN 978-7-5500-0932-5
定 价	33.00元

赣版权登字 05-2014-104

邮购联系 0791-86895108
网 址 http://www.bhzwy.com
图书若有印装错误，影响阅读，可向承印厂联系调换。